# 城平京

**Invented inference**
**Short stories**
**Day of Counterattack and Defeat**
by Kyo Shirodaira

## 逆襲與敗北之日

# 目錄

# 登場人物&事件介紹

**岩永琴子**——如西洋人偶般美麗的女性。然而因為外觀較實際年幼，看起來像個中學生。十一歲時遭遇神隱，被妖怪們奪走右眼與左腳變成單眼單足，因而成為了幫忙妖魔鬼怪們仲裁與解決爭執、接受商量的『智慧之神』，以及聯繫人類與妖魔的巫女。十五歲時遇到九郎而一見鍾情，強硬與他結下了情人關係。

**櫻川九郎**——與琴子就讀於同一所大學的研究生。因為祖母讓他吃下了能夠以性命為代價預言未來的妖怪「件」以及相傳吃了可以不死的「人魚」肉，使得他擁有了決定未來的能力以及不死的身體。在妖魔鬼怪們眼中，九郎才是超越了怪異的怪異存在，因此對他相當害怕。雖然對待女友琴子的態度看似冷淡，不過或許他內心也是有在關心琴子的。

**櫻川六花**——九郎的堂姊，與其擁有相同能力的女性。為了某項目的與九郎和琴子站在敵對立場。

**【鋼人七瀨】事件**——寫真偶像手持鋼骨徘徊於街上的都市傳說。琴子與九郎藉由比尋求真相更艱難的「構築虛構推理」試圖將都市傳說還原為虛構故事。

# 第一章　看見的是什麼

一如既往，岩永琴子又為了男朋友櫻川九郎的事情感到心情不佳。

由於岩永之前有一次特地穿上佩斯利花紋的內衣褲卻被九郎說完全不性感，所以今天她帶了整整五種不同款式設計的內衣褲到九郎的公寓房間來，要對方挑選希望自己穿哪一套，結果九郎竟對岩永露出了有如看到什麼果蠅似的眼神。

「你那是什麼眼神呀！我只是在問九郎學長希望我穿什麼樣的內衣褲而已不是嗎？」

「拜託妳對那樣的問題抱持疑問好嗎？」

「你嫌五種選項還不夠？人家可是從外觀華麗到樸素，連布料觸感都考慮在內，精心挑選了這些款式來呀。難道這樣還不能讓你像個正常青年人一樣感到興奮嗎？」

岩永從中抓起一條白底搭配藍色條紋的內褲亮在面前，但九郎的反應別說是興奮了，自始至終都冷淡無比。

十月初的某一天，岩永從上午就來到九郎的住處，為了今晚的過夜計畫而問著這樣的問題。

然而九郎卻還是講著大學功課怎樣之類千篇一律的事情，站在廚房開始準備午餐，並說教似地講述起來：

「我對於內衣褲的花紋或形狀都沒興趣。再說，我一方面由於吃了人魚肉變成不死之身的緣故，所以在生物學上來說對那方面的衝動也——」

「那種說法以前六花小姐也跟我講過，但完全被我駁倒了。」

「妳到底是跟我堂姊聊了什麼東西啊？」

「要說聊什麼嘛，就是『妳家堂弟的性慾究竟是怎麼回事？』之類的話題。」

九郎不禁對六花感到抱歉而嘆了一口氣。

「是在什麼樣的狀況下會聊起那麼不正經的話題啦？」

就是因為當初太正經，讓兩人之間的關係遲遲沒有進展才會變成那種狀況的，這男人難道一點自覺都沒有嗎？岩永對於這點才真的想要抱怨個一兩句，不過同時也不經意想起一件事情。

「要說起是什麼狀況，我記得是在去年的三月底吧。也就是六花小姐寄宿在我家過了兩個月左右的時候。有個妖怪來拜託我解決一樁殺人事件，所以我請那個人幫了一點忙。而我們就是在那樣的狀況中聊起了這個話題。」

「妳居然還給六花姊添了那種麻煩？」

即便事態至此，九郎卻感覺依然對堂姊很關心。明明就現況來說，岩永才是被那位大九郎三歲的堂姊添了許多麻煩的說。而且要講到當時那件事，責任完全在九郎身上。

「是呀，因為那時候我拜託學長你幫忙卻被拒絕，所以才只好轉而求助於六花小姐的呀。你都不記得了？」

見到九郎一臉無從反駁的表情，岩永才暫時氣消，然後開始敘述起那樁大約一年半前發生過的事情：

「當時那起事件的凶手是一位叫重原良一的年輕男子，殺人動機則是『因為買了一把漂亮的刀子』這種有如法國荒誕小說的理由。而他在殺了人之後，又因為某種臆想而做出了奇妙的行動。」

真要講起來，也許岩永應該要提前問清楚對方的預定計畫，或者提早跟對方約定時間才對。但即便如此，九郎那種態度也實在不是拒絕女友誠懇拜託時應有的樣子。再說，他竟然把肯定可以找到其他人替補的搬家打工擺在優先，對於女友的請求內容連聽都不聽就斷然拒絕，簡直太過分了。

「我就說這件事情需要九郎學長的力量呀！什麼你暫時都很忙，我這邊的事情也同樣很急的！」

岩永拿著手機對通話對象的九郎如此懇求，但對方卻絲毫不領情，中途掛斷了電話。

三月二十六日，星期五。岩永已經結束高中的畢業典禮，從四月開始便會與九郎在同一所大學念書。既然如此，在準備迎接新生活的這段春假期間，就應該出門採購一些東西或是約會之類的。而岩永本來以為九郎也應當會為此空出時間才對，卻沒想到對方壓根兒沒有考慮這些事情，排了一堆打工計畫，實在不明白腦袋出了什麼問題。

岩永身為一般所謂妖怪、怪物、靈異、魔物等等存在的智慧之神，經常要接受相關的諮詢商量或出面處理問題，肩負守護這個世界秩序的責任。而這一天她同樣必須動身去解決某個妖怪前來商量的問題。

被掛斷的手機螢幕上顯示著時間是上午十點五分，岩永正在自家的客廳。她坐在一張皮革沙發上撥電話給九郎，但萬萬沒想到竟會遭受如此冷淡的拒絕。她是在昨天深夜才構思出預定計畫，想說到早上再打電話請九郎過來就好。或許這樣的大意心態正是這次失敗的原因。

既然無法藉助於九郎的力量，原本計畫好的策略也必須變更了。雖然也不是說沒有其他手段，但終究還是有九郎幫忙，處理起來比較圓滑順利。

「你們還是老樣子感情很好呢。」

這時從岩永背後傳來這樣愉快的聲音。坐在對面的沙發上拿著一本寫生簿畫圖的那個人，名叫櫻川六花。她是九郎的堂姊，今年一月從原本長期住院的大學附設醫院出院之後，因緣際會下寄宿到岩永家的宅邸來了。

當初本來說她頂多只會住上一個月左右，在那段期間要去找個落腳之地。然而因為岩永的父母很中意她，鄰居們也都對她深有好感，所以告訴她宅邸裡的房間多得是，沒必要勉強去外面找其他公寓或大廈的空房間。結果這一慰留，她就這麼徹底住了下來。

對於岩永來說，這樣一方面可以賣九郎一個人情，也能從九郎的親戚開始套好關係，因此六花想留在這裡住多久其實都不會介意。

只是這位身材細瘦到嚇人的程度，比外國人模特兒還要高䠷，無論臉色或氛圍都給人一種薄命的感覺，在某種意義上有如妖怪的女性竟然會被自己父母喜歡，又受到周圍的人良好評價，讓岩永怎麼也無法理解。甚至感覺她獲得的評價，似乎比身為這個家千金的自己更好的樣子。

岩永不但身材嬌小，又有一張容易被誤會是中學生的稚氣臉蛋，經常被人形容像是個洋娃娃一樣。而六花的外貌可說是與那樣的自己完全相反，這點同樣讓岩永感到在意。

岩永也不是不承認六花屬於美女的類型，是個引人注目的存在。然而對岩永來說，她同時也是個有點難以捉摸的人物。

「妳說我們感情很好是在諷刺我嗎？光從講電話的隻字片語，應該就能聽出我遭到妳家堂弟多麼過分的對待了吧？」

「我是聽得出來妳多麼自私任性地想要利用我堂弟啦。」

「我只是在向他要求，應該好好寶貝自己的女朋友呀。」

「九郎已經很寶貝你了吧？」

六花依然在素描簿上動著鉛筆，不為所動地如此斷定。岩永認為自己可能必須先讓這位對於九郎有一定程度影響力的堂姊矯正錯誤的認知才行，於是雙手扠腰。

「他哪裡有？上次我還被他從背後一腳踹倒呢。九郎學長就連跟我親個嘴都是敷衍了事呀。」

「妳跟我講這個我又能怎樣？」

「所以說，我就是想請妳給他個忠告，跟情人接吻時應該要好好把舌頭纏在一起才對。」

六花頓時停下鉛筆，拿起來抵到自己額頭邊。

「我下次請妳去吃美味的牛舌，妳就用那個將就一下。」

「為什麼我吃牛舌可以將就？」

「我和九郎是吃了牛的怪物——件以及人魚的肉，使這兩項混雜在一起的存在。那麼牛的舌頭應該可以當成代替品吧。」

正如她所說，九郎和六花小時候被家人餵食過這兩種怪物的肉，因而獲得了特殊能力。那麼她這講法乍聽之下似乎有理，但其實不然。

「件是一種牛身人頭的怪物，所以舌頭應該是人類呀。」

「哦哦，這麼說也對。」

也不曉得是真的搞錯，還是明知故犯的，六花輕易就認錯了。這個人果然難以捉摸。

「說到底，妳堂弟的性慾究竟是怎麼回事？就算我在他房間過夜，他也連我的內褲都不脫一下。」

「那種事情別講得這麼大聲，不然妳父母的臉色又要難看了。他們還拜託過我也注意一下妳的言行呀。」

六花讓修長的雙腿交換一邊翹起，抬頭仰望高高的天花板。接著又闔上素描簿，看向岩永。

「性慾這種東西追根究柢是一種必須延續物種、繁衍後代、讓自己的遺傳基因遺留下去的慾望，是源自於那樣的生物本能。因為生物本來絕對無法逃過死亡的命運，所以會想要生殖，留下基因。有種說法是當人感受到生命危機的時候會有性慾高漲的傾向，也是因為這樣的理由。」

岩永聽到這邊已經可以猜出大致的結論，但還是決定默默聽到最後。

「然而我和九郎都吃了人魚的肉，變成了不死之身。既然不會死，就會缺乏想要在自己以外的地方留下遺傳基因的必要性以及慾望。也就是生殖行為變得沒有意義了。相對地，假如出現其他擁有相同基因的存在，將來反而可能成為與自己競爭的礙事者。因此我們對於那方面的慾望非常薄弱，不會追求基於生物本能的生殖行為。」

日本自古以來便有食用人魚肉可以變得不老不死的傳說，而九郎和六花正是體現那種傳說成為不死之身的存在。順道一提，或許因為同時吃了件的肉所造成的影響，目前他們都沒有發揮出不老的能力，身體似乎還是會成長的樣子。不過他們也因此吸收了件能夠預言未來的能力，只要是發生機率較高的未來，就能決定讓它一定發生。

總而言之，六花這段理論不但符合邏輯，就生物觀點來看也有道理。

但岩永依然從容不迫地提出反駁：

「不不不，自然界有一種叫燈塔水母的不老不死生物。這種水母就算身體遭受嚴重的損傷，在其他水母都會溶解消失的狀態下也依然能夠使身體恢復年輕，回歸原狀。不只是不死，更會返老還童。即便如此，牠們依然有雌雄之分，會有生殖行為。所以妳的理論並不成立。」

這並非岩永在瞎說，而是實際存在的水母生態。怎麼可能把生物的本能那麼輕易就捨棄呢。

六花把右手的手掌伸向前方。

「燈塔水母雖然會返老還童，但依然會死呀。牠們會遭到捕食的。那跟即使受到正常狀況下絕對會死的致命傷也能馬上恢復原狀的我們不一樣吧。」

「燈塔水母的再生能力也是很強的。即使只剩下細胞碎片也能夠返老還童，重新復活喔。」

岩永立刻如此回應。這些反駁都在她的預料範圍之內。

六花搖搖頭，深深嘆氣。

「那麼就是九郎從琴子小姐身上感受不到魅力了。」

「也可能是妳在九郎學長還是青春期的時候對他做了什麼奇怪的惡作劇，害他留下了心靈創傷。」

「但他跟紗季小姐交往得很正常呀。」

被六花搬出九郎前任女友的名字，岩永也不禁有點語塞了。

六花接著淡淡微笑，主動改變話題：

「話說，這次妖怪是來找妳商量什麼事呢？」

聽到她這麼一問，岩永忽然靈光一閃——這不是有個比牛舌更能替代的存在嗎？

「對了，六花小姐擁有跟九郎學長同樣的能力與體質呀。這樣吧，請妳這次來幫我的忙如何？就當作是為堂弟收拾爛攤子。」

「我覺得認識了妳才是九郎最大的爛攤子呀。」

六花雖然又多嘴講了一句不必要的話，但她似乎還有一點常識，知道自己不可以對寄宿家庭的千金過於草率對待，於是主動詢問：

「那麼妳要我做什麼呢？」

岩永豎起食指說道：

「很簡單。只要到一家拉麵店，把一碗有懸賞活動的擔擔麵在二十分鐘內吃完就可以了。」

「光這樣聽起來是很簡單的樣子。」

「只不過那是一碗極辣的擔擔麵。至今已有近百名挑戰者，卻沒有人成功。據說多半都吃不到三分鐘就辣得昏頭而棄權了。麵裡好像加了大量的哈瓦那辣椒喔。」

不知為何，六花對岩永露出了有如看到什麼果蠅似的眼神。

「大約一週前，有種叫脛擦的妖怪來找我商量。那妖怪說牠們有一次兩隻成對想要捉弄從前方走過來的人類，卻在那時候撞見了一件奇妙的事情。」

岩永向六花如此說明起來。

所謂脛擦是一種外觀近似狗或鼬鼠的妖怪，具有會在走夜路的人類雙腳之間反覆穿梭、磨蹭小腿，妨礙其走路的習性。

這些妖怪大致上只會做如此程度的小事，不算特別有害。不過人類即使凝神注視也只能捕捉到模模糊糊的影子，而且又在夜晚時段所以更是看不清楚。可是小腿卻不知為什麼一直有種被磨蹭的感覺，走起路來很不順。這樣的狀況或許也可以說有些恐怖吧。

岩永帶著六花，在下午一點前來到了那對脛擦描述撞見奇妙事情的地點。雖然六花答應幫忙後，她們很快就從家裡出發了，但由於路途遙遠，一路轉乘電車抵達這裡時已經花了兩個小時以上。

這地方距離最近的車站大約徒步十分鐘。附近有一座能夠舉辦田徑或足球等運動比賽的大規模體育場，假如有在辦什麼活動的時候，周圍一帶也會很熱鬧，但平時似乎是個連路上行人都不多的地方。

即便四周有幾棟看似當成混合大樓或倉庫利用的建築物，不過就算有公司進駐其中，等到晚上員工們都下班後，這附近應該終究還是會變得沒什麼人，車站前的幾間商店過了晚上十點也想必都會打烊吧。雖然有一家二十四小時營業的便利商店就是了。

只要從那車站稍微離遠一點，就算是白天也一樣冷冷清清，而岩永和六花現在站的這條人行道上目前都沒看到半個人影。一旁的馬路只有偶爾幾輛車子經過，路燈之間的間隔也設置得很遠。

岩永與六花正在走的這條人行道通往一處高地，稍微把視線往下移就能看到稍遠處有一座投幣收費停車場，距離大約二十公尺。假如是位在相同的高度，應該就沒辦法從人行道看見整個停車場了。不過由於兩處之間有十公尺以上的高低差距，因此即便周圍有其他零星的建築物，從人行道還是剛好可以看見整座停車場。就算沒辦法完全辨識停在裡面的車輛車號，應該最起碼也能清楚看到在那裡的人物身上穿著什麼衣服。

整座停車場的空間大約可以容納二十輛以上的車子，雖然在這種冷清的地方感覺有些突兀，但遇上體育場舉辦活動或者周邊的辦公大樓有需要的時候，想必還是會派上用場吧。而這天只有一輛黑色的小客車停在角落而已。

「我聽過脛擦們的描述後自己也調查了一下，那件事情是發生在二月二十日的深夜十二點半左右。雖然就時間來講已經是禮拜六，但感覺來說還是禮拜五深夜的時間帶。據說那兩隻脛擦當時準備在這附近跟一名從前方走過來的男子接觸，但男子卻朝那座停車場看了一眼後忽然停下腳步。」

岩永拿起手中的紅色拐杖，用前端指向下方那座收費停車場。她雖然因為左腳是義肢所以外出時都會帶著拐杖，但其實就算沒那東西，走起路來也不會有太大的困擾。只是要指東西的時候，拐杖用起來頗方便的。順道一提，岩永的右眼也是義眼，不過同樣已經習慣的緣故，在掌握距離感的時候並不會有什麼不便。

現在雖然已經快要四月，天氣還是有些微寒。岩永身上穿著一件白色大衣，頭戴一頂同色的貝雷帽，手上也套著手套。六花則是身穿一件灰色大衣，將雙手插在口袋中默默望向停車場。或許因為她瘦得像棵枯木的關係，即使穿著禦寒衣物也依然讓人看起來覺得冷。

這附近一帶區域大致分成高地與下方的平地兩個部分，而岩永與六花所在的這條人行道與另一側之間有相當大的高度差距。如果想要從這裡到下面去，必須回頭走到車站前的分岔路，或者再繼續前進，尋找能夠往下走的路。至於中間這段路則都有一道防止摔落用的柵欄。

從人行道通往下方的斜坡幾乎呈現垂直。假如不繞遠路而想要直接從這裡翻越柵欄下去停車場，幾乎就跟直直往下跳落十公尺的高度無異。換作是貓或許還勉強可以沿著斜坡往下滑吧。

岩永指著停車場繼續說明：

「脛擦們也好奇究竟發生了什麼事而沿著男子的視線看過去，便發現在停車場的正中央附近有個背對這裡的人影騎在另一個人身上，右手握著一把應該是刀具的東西，不斷高舉起來又往下刺落。」

「就算是深夜，停車場也有一定程度的燈光照明，從這裡看過去或許有如被聚光燈照亮的舞臺吧。畢竟在那種時間，周圍想必也沒什麼其他光線。」

六花如此闡述感想後，要岩永繼續講下去。

「站在這條人行道目擊了那一幕情景的男子雖然表現出驚訝的反應，但一句話也沒說，又立刻往前走了。而其中一隻脛擦對那男子的反應感到奇怪，並追上去妨礙他走路，但最後男子還是走到車站前一棟混合大樓後面，騎上一輛停在那裡的機車，也沒拿手機報警就這麼離開了。」

包括機車停得有點隱密的事情在內，脛擦表示那名男子一連串的行動中，似乎有很多令人不解的地方。

「而實際上脛擦們在這附近逗留了一個晚上，都沒看到有警察過來。即便事情過了一個月以上，到現在警方也依然沒有到過那座停車場調查的樣子。想必當時目擊了那一幕的男子完全沒有把事情告知警方。」

「就算目擊到殺人事件也不報警——這種事情雖然有違良知，但也不是那麼令人意外的事情吧？誰都不會想要跟麻煩事扯上關係呀。」

六花在形式上姑且如此表示。但她肯定也很清楚，岩永既然會特地帶她到如此冷清的場所來講這件事，那絕不會是用這樣簡單一句話就能說明的內容。

岩永接著開始進入重點：

「然而當時另一隻留在這裡的脛擦則是對那個揮刀的凶手感到好奇，於是越過這道柵欄直往停車場而去，接近到凶手身旁。據說牠這麼做是抱著『假如殺人犯想要逃跑時卻被什麼東西妨礙走路，肯定會慌張得很有趣吧』的念頭。然而凶手就在這時停下用刀刺屍體的動作，轉回頭仰望人行道的方向，呢喃了一句話。」

即便在光線明亮的地方，普通人也很難清楚辨識脛擦的存在。而脛擦想必是在沒有被凶手發現之下靠近到那人身邊，才聽見了那句呢喃。

「『嗯，感覺到視線了。嗯，被看見了。一定被看到了。』——而且似乎講得心滿意足的樣子。」

六花微微挑起眉梢。

「心滿意足？」

「是的，據描述，這凶手感覺就像是為了要故意給遠處人行道上經過的行人看見這一幕，而用刀刺著屍體的。如此詭異的行徑讓脛擦頓時變得難以冷靜了。」

那想必是只有妖怪或怪物才有辦法親身經驗的詭異情景吧。如果換作是人類，根本沒有機會靠近到凶手旁邊都不被發現，而聽聞目睹這一切。

「那名凶手是男性，雖然嘴巴附近被圍巾遮掩而看不出長相，也為了不留下指紋而戴著手套，然而穿的上衣卻非常醒目，即便從遠處看到也會讓人留下印象的樣子。」

岩永說到這邊窺探了一下六花的反應，但她卻默默不語地站在那裡。於是岩永接著用拐杖示意著凶手的行動並繼續說明：

「據說凶手後來從停在停車場裡的唯一一輛車後面拿來一個大包包，將屍體裝進裡面後，提著包包走路離開了。」

真是一樁情報獲得越多就越令人感到不解的事情。

「那裡有裝監視器嗎？」

六花雖然表現得沒什麼興趣，不過還是向岩永確認必要的情報。

「是有監視繳費機周圍的攝影機，但沒有拍攝到整座停車場。如果不是開車出入就不會被監視器拍到，而直接被人從這地方目擊了。」

停車場四周與道路之間有高低差，不過沒有柵欄。高度差距也是一般人能夠輕易跨越的程度，因此可以很快從停車場出去外面。

「順道一提，在二月二十日的下午三點左右，距離這地方大約二十公里遠的空地草叢中發現了一具男性屍體，身上有超過四十處的刺傷。死因是由於刺傷造成的失血死亡。不過真正的致命傷只有心臟附近的一處刺傷，其他大部分的傷口都研判是在死後才留下的。想必是凶手從這裡把屍體運走後，丟棄在那塊空地的。這件事情有被新聞報導出來，所以當晚在這裡目擊後離去的那名男子應該很有機會得知才對。」

「血跡呢？」

六花的這項提問非常精準地切中要點，而且她也說明了自己這麼問的意圖：

「假如是在那裡把人刺死，又騎到對方身上反覆用刀刺，想必會濺出相當大量的血液才對。那樣一來停車場會留下令人無法忽視的血跡，光是這樣應該就會有人報警了吧。」

「但其實幾乎沒有留下什麼血跡。脛擦說當時凶手離開之後，牠看見現場只有沾到一點點的血，若沒有仔細觀察，很難發現那是血液造成的汙漬。那麼一般人就算能看出那是血跡，應該頂多只會認為是停車場的利用者流鼻血或割傷流血而已，不會鬧成什麼騷動。」

而且到了隔天早上血液完全乾掉後，就更加難以辨識。岩永從脛擦們口中聽聞這件事情時也有調查過這點。

「既然如此，代表凶手是在別的場所將被害人刺死之後，再運到那座從這條人行道可以清楚看見而且晚上月光也很明亮的停車場中，讓被害人的遺體躺在地上，自己再騎到上面反覆用刀捅刺的。如果是心臟停止，血液不再流動的屍體，拿刀捅刺也就幾乎不會流血，即使溢出來也不會太多。而且血液若已經在體內開始凝固就更不用說了。」

六花提出和岩永相同的結論，並瞇起眼睛。

岩永接著把拐杖放下來，將前端重新抵在地面。

「被害人的死亡時間推算為十九日的晚上十點到隔天凌晨一點左右。名字叫內場新吾，二十九歲。任職於一間居酒屋，不過警方查出他在私底下幹過相當多恐嚇取財的行徑。」

「真是個不缺被殺動機的人物呢。」

「而且也不愁沒有讓人想要在殺死之後多補幾刀的恩怨吧。因此警方對於遺體狀態以及被棄屍的狀況都沒有感到可疑。」

就警方的角度來看，應該會研判內場是在什麼地方遭人刺殺，死後凶手還難以消氣地繼續多補了好幾刀之後，隨便丟棄在空地的吧。至於棄屍之前其實還在深夜的停車場中穿插了這麼一段詭異行徑的事實，警方根本無從推想。

「如果當時脛擦繼續追在那名凶手後面，或許還能知道詳情。但據牠說那凶手的言行舉止實在令人毛骨悚然，讓牠連妨礙對方走路都不敢，也就沒有追上去了。」

「連妖怪都覺得毛骨悚然呀。」

六花的嘴角微微笑了一下，不過看在岩永眼中似乎像在同情凶手。或許是跟她自身的狀況產生了共鳴吧。

「於是牠們就來拜託我，希望能搞清楚那天晚上究竟發生了什麼事情。牠們說自己姑且有思考過，但想來想去都得不出個所以然，覺得這樣下去心裡總有個疙瘩，怎麼也不舒服。」

六花聳聳肩膀。

「脛擦們妨礙人類走路的理由，正常來想也是莫名其妙吧？那麼就告訴牠們人類同樣會做些奇怪的事情，不就解決了？」

「智慧之神要是那麼隨便，會失去信用呀。」

岩永本是要指責六花身為年長者，怎麼可以鼓勵人那樣偷懶，但六花卻一臉狐疑地回應：

「可是我聽九郎說，妳為了解決問題，甚至會若無其事地提出騙人的說明喔。」

「如果沒搞清楚真相，也沒辦法講出合乎邏輯的謊話呀。」

岩永從來沒有為了偷懶而利用騙人的說明，也不曾輕視過真相。其實要撒謊反而還比較費事。

「值得慶幸的是，脛擦們找到了當時從這裡目擊現場而逃走的那名男子。因此我打算首先去問問那個人，當晚究竟發生了什麼事。」

不只是推想猜測而已，岩永也會像這樣腳踏實地做著收集事實的工作。

她轉動拐杖朝車站的方向走去，於是六花也跟著踏出腳步。

「也就是說，那個人在我們接下來要去的那間拉麵店？」

「對，他是那裡的店長，名叫駒木豪。年齡雖然才三十二歲很年輕，不過開店營業了四年，經營得還算成功。」

拉麵店的競爭相當激烈，聽說新開張的店多半在一年之內就會關門大吉，因此能夠延續四年已經非常值得稱讚了。

雙手依然插在口袋裡走路的六花，有點感到麻煩似地問道：

「既然他到現在都對目擊的事情保持緘默，就算妳當面去問他肯定也得不出答案吧。」

「所以我才會請妳一起來呀。那裡的超辣擔擔麵雖然如果沒有在二十分鐘內吃完就要罰錢，不過若能吃光，就會獲得罰金十倍的獎金呢。」

即便那罰金是拉麵價格的五倍，並不便宜，但由於吃完所得的獎金相當多，因此勇於挑戰的人似乎不少。而且近年來愛吃辣的人也越來越多了。

另外，如果沒能吃完而遭到罰錢，店家也會提供免費吃兩碗醬油拉麵的優惠券，因此以活動企劃來說評價並不差。網路上也能看到有人寫的評論表示，那擔擔麵雖然辣得完全脫離常軌，不過吃到第二口為止都非常美味。

「這活動當然一方面是為了製造話題，不過聽說那店長也以讓客人吃得哇哇大叫為樂的樣子。看那獎金的金額那麼高，肯定不是正常人能夠吃下去的辣度。」

六花毫不掩飾地深深嘆氣。

「然後妳想利用這讓他鬆口是嗎？」

雖然她的態度感覺就是在責怪岩永想做什麼惡質的事情，不過聽這口氣，她似乎連具體的方法都有推敲出來。

「看來我不需要指示妳怎麼做了是吧？」

「反正做對方最不想看到的事情便行了，對不對？」

六花即使嘴上批評著岩永居然讓她去做那種事，但感覺她就是很擅長那樣的事情。

拉麵店位於跟事件發生的停車場距離約三個車站的一條國有道路邊。基本菜單是醬油拉麵與擔擔麵，另外也有搭配小碗丼飯與沙拉的套餐組合。這家店本來以美味的擔擔麵受到好評，後來逐漸增加辣度的選項，最終做出了非比尋常的超辣擔擔麵。但因為實在不是可以正常吃下去的東西，所以才改成了附加獎金的菜單。

店名為『拉麵駒豪』，很明顯是取自店長的名字駒木豪。店內分為櫃檯座位與餐桌座位，總共可容納十五位客人，是一間除了尖峰時段以外，只有店長一個人在經營的小餐廳。營業時間從上午十一點半到晚上十點，不過店外看板也有標明只要湯賣完就會提早打烊。

岩永與六花在下午兩點前進店，坐到餐桌座位。岩永點的是普通的醬油拉麵，六花則是附加獎金的超辣擔擔麵，各自從自動販賣機購買餐券後，遞給店長。

頭上綁著頭巾，容貌精悍的店長駒木看到六花遞出的餐券，特地問了一聲「這辣度可不是開玩笑的，而且吃不完還要罰錢，沒問題嗎？」並伸手指向張貼在店內的一張關於這道餐的注意事項公告，上面明確記載了罰錢金額、限定時間以及必須把麵湯都全部喝完等等的規定。而六花對公告內容瞧了一眼後，態度溫和地回答店長：「我反而要問您，獎金沒問題嗎？」

後來不到一個小時，六花身旁就疊了四個連湯汁都完全被喝光的空拉麵碗，而且她還保持著從進店之後絲毫沒變的淡定表情吃著第五碗超辣擔擔麵。

店長駒木則是明明製作著光看顏色、聞氣味就令人汗水直流、眼睛作痛、體溫上升，看起來有如岩漿的紅黑色超辣擔擔麵並端來餐桌，卻不只是臉色而已，直達指尖都變得一片蒼白。

最後或許是再也忍耐不下去，駒木站在餐桌旁大聲主張：

「這位客人，妳太奇怪了吧！」

起初岩永和六花進店時，店內還多多少少有些客人。當六花用甚至像機械般的速度吃完第一碗擔擔麵時，大家都為她鼓掌喝采，駒木也帶著驚訝錯愕的表情拍手。然而掌聲都還沒停息，六花就接著點了第二碗麵，同樣不到十分鐘便全部吃完，再繼續點第三碗。結果也許是被這樣異常的展開與氣氛所震懾，其他客人都完全不見了。另外也可能是由於店裡徹底變成了空氣中瀰漫辛香料殘渣，讓人忍不住想彎低身子的空間，所以大家都待不下去了吧。就連駒木的手也開始發抖了。

至於岩永雖然一開始還跟六花坐在同一張餐桌，但很快就退避到櫃檯最邊邊的座位，從遠處觀望狀況。不過當六花追加點餐的時候，岩永也每次都有幫她從販賣機購買餐券，放到櫃檯上。

「這麵本來別說是一碗了，正常來講應該連半碗都吃不下去！但妳竟然吃到第五碗！」

對於駒木這般大叫，六花把淡黃色的麵條滑溜地吸進嘴巴後，示意店內張貼的那張注意事項。

「公告上並沒有規定每個人只能挑戰一碗呀。」

雖然讓人在意的是店家把一半都吃不完的東西提供給客人，會不會被衛生所提出警告，但現在既然有客人能夠全部吃完，就不抵觸法律了。然後注意事項中既然沒有限定點餐的數量，六花這項主張也同樣不會牴觸法律。

六花把麵吃完後，雙手捧起麵碗並解說起來：

「味覺是由鹹味、酸味、甜味與苦味四種味道構成，『辣味』這種味覺並不存在。那不是一種味道，是來自疼痛的感受。而擅於吃辣、喜歡吃辣的人，也可以說是對痛覺比較遲鈍，或比較喜歡刺激感的意思。」

雖然最近又多加了第五種叫『鮮味』的味道，不過大致上就如六花所說，『辣』是屬於跟味覺不同種類的東西。

六花將麵碗捧到嘴前，把裡面剩下的湯汁徹底喝光後，放回桌上。如此一來第五碗也算吃完了。對目瞪口呆的駒木瞥了一眼後，六花從桌上的牙籤中捏起一根到右手。

「因此如果是完全感受不到痛覺的人，你不覺得就算再怎麼辣都不會在意了嗎？」

她說著，毫不猶豫地把牙籤刺進自己的左手掌心，甚至貫穿到手背。駒木當場嚇得抽了一口氣，全身倒向後方，用手撐在櫃檯上。

面不改色的六花揮一揮插著牙籤的手，繼續點餐：

「請準備第六碗。假如我沒辦法吃完，就把目前累積的獎金全部還給你。這樣的賭注對你來說應該也不差吧？」

面對這樣的六花，駒木就像見到什麼怪物般往後退下。吃了妖怪件與人魚肉的六花和九郎，或許是得到特殊能力造成的副作用，變成了完全感受不到痛覺的體質。一方面也因為如此，連真正的怪物們也都畏懼六花和九郎。所以現在一個大男人被她嚇得站不穩雙腳其實也無可厚非。

駒木似乎總算察覺自己中了圈套，而用害怕的聲音問道：

「妳、妳有什麼目的？」

六花一臉無趣地看向岩永，把牙籤從手掌拔出來。照她的體質，肯定連血都還沒噴出來，傷口就會癒合消失吧。

「這樣就行了嗎？」

面對把牙籤丟進空碗的六花，岩永拄著拐杖從座位站起身子。

「妳做得也太過火啦。雖然並不壞就是了。」

岩永本來腦中預想的是讓六花輕輕鬆鬆吃完一碗超辣擔擔麵使店長駒木心生動搖後，緊接著加點第二碗時自己便出面交涉。然而實際見到六花流暢地把擔擔麵吃完的模樣，自己就佩服得忍不住在一旁靜靜觀望了。

岩永接著走到駒木旁邊，率直詢問：

「上個月的深夜，你目擊到有人在收費停車場拿刀刺人卻沒有報警，直接離開了對不對？請問是為什麼？」

駒木用混亂至極的眼神來回看向六花與岩永，驚慌失措地說道：

「妳們是那起事件的關係人嗎？我什麼都不知道，也沒有看見凶手的長相，只有看到背影而已。我那天只是偶然路過那裡啊。」

他此刻想必腦袋混亂，沒有思考謊言的餘力。在這種狀況下，他也只能講真話了。岩永就是抱著這個目的，讓六花負責使駒木心情動搖的工作。

為了套出更多真相，岩永又進一步表示：

「我會這麼問一方面也是為了你著想喔？畢竟那凶手說不定也打算要殺掉你呢。」

駒木看起來無法聽懂岩永在暗示什麼，但似乎還是能判斷出如果要保護自身安全，現在就不該抵抗岩永的樣子。

在門口掛上『準備中』的牌子並關掉了好幾盞燈的店內，駒木垂著頭坐在櫃檯座位上，有氣無力地接受站在他面前的岩永提問。

「我什麼都不知道。那天晚上我只是去找正在交往的女性，然後從她家回來而已。」

「可是你為什麼要把機車停在車站前？大可直接騎到那位女性的家門前吧？」

岩永點出了駒木想必很不願意被提到的問題。

駒木抱著六花說不定會幫忙出面講話而對坐在餐桌座位優雅喝茶的她瞥了一眼，但很快便老實招供了。

「她是個已婚女子。那天她丈夫出差不在家，可是我如果把機車騎到她家也太醒目了。畢竟還要顧慮到附近鄰居的目光。所以為了避人耳目，我總是把機車停在車站前，再走路偷偷從她家後門進去。」

「別說對方有沒有丈夫了，你自己不也是有婦之夫嗎？」

「所以我目擊事件後更沒有辦法去報警啊。不論我還是她，萬一讓外遇的事情曝光都會完蛋的。要是我去報警，警方絕對會懷疑我為什麼那個時間在那個地方。雖然我看到新聞報導說在空地發現了遭人亂刺的屍體，就猜想可能是那時候的被害人，但我沒有確切的證據，也沒聽說有警察去調查過那座停車場。這樣就算我去報警也不會被相信，警方更可能來調查我的行動。所以我只能保持沉默了。」

這並不是什麼很特殊的自白，以不報警的理由來說也合情合理。這下應該可以判斷駒木單純只是被這起事件牽連的人物。

他或許難以忍受岩永與六花默默不語的壓力，又繼續為自己辯護：

「反正被害人是個被殺掉也理所當然的傢伙。我沒去報警有那麼不應該嗎？」

就在這時，他似乎總算注意到現在這個狀況最奇怪的地方。

「妳們應該不是警察吧？為什麼會知道我那晚目擊的事情？」

「因為當時在那裡有其他的目擊者，對於你和那位凶手的行動感到奇怪呀。」

由於那所謂『其他的目擊者』並非人類而是叫脛擦的妖怪，所以這不算是很正確的說明，但內容上沒有太大的謊言。

駒木露出猶豫該不該相信的表情，接著詢問：

「那傢伙有去通報警方嗎？」

「那邊也基於某些苦衷，處於無法報警的立場。於是我才不得不出面收拾狀況的。因此我今天來並不是要譴責你的行為。」

即便這麼說，想必也無法讓駒木放心半分吧。

岩永盡可能帶著表示同情的態度，歪頭問道：

「話說回來，你難道都沒想過自己的樣子有可能被凶手看見了嗎？」

「當時我在的那條人行道附近沒有路燈，一片昏暗，而且跟那座停車場之間又有一段距離，所以對方不可能會發現我。再說，那個凶手從頭到尾都背對著我的方向啊。」

駒木這時稍微恢復了一點精神。

「對了，所以凶手不可能會來找我殺人滅口才對。妳別嚇唬我啊。」

「但假如凶手當時是故意讓你目擊到事件現場，就要另當別論了。」

岩永清楚明顯地對駒木露出微笑。

「如果你目擊到在停車場的犯行之後，有將這件事告訴警方或自己周圍的人；後來又在與你所目擊的事件可以產生聯想的狀況下遭到殺害，警方應該就會判斷是那位凶手擔心你提供更多的情報或回想起更多細節，所以將你殺人滅口的。」

岩永煞有其事地提出如此一項假說。

「假設有個人物對你懷恨在心，想要把你殺掉。但你若直接遭人殺害，那個人物又處於立刻會遭到懷疑的立場；那麼那個人物為了不讓自己受懷疑，就必須偽造出某種明顯的動機和狀況，誤導警方判斷你是被其他人殺害的。如果是為了這樣的目的，才故意讓你目擊到在停車場犯案的那一幕呢？凶手當時所在的地方從那條位於高處的人行道可以一覽無遺，而且即便是深夜也很明亮，身上又穿著醒目的服裝，反覆用刀刺著被害人的身體——你不覺得這分明就在主張希望被誰看到嗎？」

駒木的舉動頓時變得難以平靜。恐怕是重新認知到自己目擊的情景有多麼不自然吧。即便如此，他依然提出否定的意見：

「為了殺我竟然先去殺掉一個毫不相關的人，根本是瘋了吧！」

「剛才你自己不也說過了嗎？那位被害人是個被殺掉也理所當然的傢伙。所以凶手才判斷他可以拿來當成為了殺掉你的煙霧彈。」

岩永進一步補強自己的論點。

「你那位外遇對象的丈夫，應該有理由對你懷恨在心吧。假若他已經察覺自己太太的出軌行徑，就能預測自己出差那天晚上你會去她家，也能估算你回家的時間。因此要算準時機誘導你目擊到他拿刀刺屍體的那一幕，絕非不可能的事情。你每次離開外遇對象的家之後，是不是都走同一條路回去的？」

「畢竟我要選擇幾乎不會碰到人的路徑，所以都是走同一條路。在那種時間會經過那條路的人頂多就是搭末班電車回來的人而已，而且幾乎沒有那樣的人物。」

駒木把視線從岩永身上別開。恐怕是難以接受自己遭人殺害的可能性開始逐漸有現實感了吧。

「即便從凶手的地方看人行道很昏暗，對方也早已知道目擊者是誰了。畢竟那就是凶手為了讓你看見而安排的舞臺。然後等你被殺的時候，其他人也會擅自解讀凶手應該是透過什麼方法得知了目擊者就是你吧。」

駒木拚命嘗試否定岩永的假說：

「那座停車場雖然在晚上很容易看見，但是無法保證我一定會從人行道目擊到現場啊！」

「太天真了。其實就算你沒目擊到那一幕也無所謂。只要有當天那個時間你經過了那附近的事實，構成凶手擔心可能被你目擊的狀況，你會遭到停車場事件的凶手殺害的理由便能成立。即便你沒有報警，甚至根本不是目擊者，也能把你塑造成一個被捲入其他事件而遭到殺害的不幸被害者。而現今的狀況單純是凶手很幸運地真的有被你目擊到罷了。」

岩永很周到地把退路全部封鎖。駒木眼看著就快被這段假說給擊垮了，一方面又在自己身為人夫卻與別人家妻子建立關係的罪惡感驅使下，此刻他腦中想必正清楚浮現出自己被那位丈夫殺害的畫面吧。

就在這時，六花一副要主張良心似地從旁插嘴：

「要欺負人也請適可而止吧。妳那種假說其實根本不成立對不對？」

雖然是一段即興成分居多的假說，但既然六花能夠立刻如此糾錯，代表她可能也早有想到這種假說並檢討過問題所在。或者光是在旁邊跟著聽，就看穿了這段假說的弱點嗎？

六花接著像在安撫駒木般說道：

「如果凶手計畫把你塑造成殺人事件的目擊者並加以殺害，就應該把遺體留在停車場直接離開才對。警方要獲報在停車場發現屍體，並查出被害人是什麼時間遇害的情報之後，才會調查那段時間在案發現場附近有沒有目擊者。接著獲得你在案發當時有經過停車場附近的情報，這才終於會將你跟事件連結起來，形成煙霧隱藏凶手殺害你的真正動機。」

這段反駁的邏輯正確。岩永感到有些佩服的同時，讓六花繼續講下去。

「像現在，警方就完全沒有察覺在停車場發生過那樣的事件。凶手根本沒有在停車場留下會使人跟那具遇刺屍體產生聯想的線索。那麼就算你遭人殺害，警方也難以將兩樁事件連結在一起。雖然也許可以等事後再流傳情報使兩者連結起來，但難保警方會不會在那之前就發現凶手殺害你的真正動機，導致好不容易準備的煙霧彈都還沒發揮作用，警方就已經正式開始對自己展開調查。移動屍體的行為不但多費工夫，又百害而無一利。這樣是講不通的。」

六花啜飲一口茶，抱怨自己被浪費了一大段時間似地做出結論：

「因此那樣的假說必須廢棄。」

駒木則是一副本以為自己在短時間內被逼到了絕境卻又忽然獲救的樣子，露出與其說是鬆了一口氣、還比較像不知應該如何反應才好似的茫然表情。

岩永對六花的發言點點頭。

「妳說得沒錯。而且從事件發生到現在已經過了一個月以上，假如凶手真的打算殺掉這個人，應該早就動手了。只是我必須讓他好好反省一下。如果這個人當初有乖乖報警，就省下我一件麻煩啦。」

「妳要他反省的不是外遇的事呀？」

「是呀，關於這點我就不過問了。反正他妻子也有在搞外遇。」

「什麼！」

駒木一臉虛脫地如此反應，但岩永不以為意地繼續問起其他事情。順道一提，關於駒木太太的外遇，是岩永派妖怪們調查時獲得的情報。

「當時那個凶手身上穿的是什麼樣的服裝？」

或許因為腦袋被搞得越來越混亂的緣故，駒木彷彿連思考的力氣都沒有似地提出證詞：

「那人穿著一件白底的羽絨外套，背上有一顆大大的紅色星星圖案。這點我印象很深刻。」

「白底上有顆大紅星是嗎？跟我得到的目擊證詞是一致的。」

駒木接著用求助般的眼神詢問岩永：

「我現在還應該去報警嗎？」

「隨你便。透過我這邊的調查過程說不定很快就會讓事件破案了，而且如今才接獲那樣的通報，警方想必也會困惑吧。」

岩永的工作是解決脛擦們提出的疑惑，並非協助警方辦案。雖然現在看起來應該是駒木感到困惑，不過岩永已經辦完自己想辦的事，便拿起貝雷帽鞠躬致意：

「那麼，今天打擾你了。超辣擔擔麵的獎金就當作是耽擱了你這麼久的賠償，不跟你拿囉。」

六花也跟著從座位起身，沒有特別表示抗議地把掛在椅背的外套穿起來。

「說得也是。畢竟也有些不公平。」

即便感受不到痛覺，正常來想把那麼大量的刺激物吃進體內，應該也會傷害到各處的黏膜或神經才對。然而憑藉六花吃過人魚肉的體質，可能造成問題的身體損傷都會立刻修復。因此很難說是一場公正的勝負。

岩永把手放到店門的同時，姑且用親切的表情警告駒木：

「關於我們的事情，奉勸你不要對別人提起喔。我想你應該也覺得那樣做肯定沒好事吧？」

駒木點頭如搗蒜，看起來只巴不得岩永和六花快點離開。其實就算他講出去，岩永也沒打算要做什麼，但站在駒木的立場想必難以如此相信。

兩人走出店外，把門關上後，六花開口說道：

「妳這個人真的一如傳聞，做事很過分呢。」

「我已經很溫和了。倒是六花小姐，原來還是個大胃王嗎？」

「可能不只是痛覺而已，我的飽食中樞也麻痺了吧。」

六花講得一臉輕鬆，但岩永實在難以判斷這句話究竟有幾分玩笑。假設真如她所說，她的身材應該再豐腴一點才是。然而即便出院之後，六花的身體依舊是骨瘦如柴。

岩永與六花再度回到目擊事件的收費停車場所在處，不過這次不是從遠處的人行道觀察，而是實際踏入停車場中。本來過中午時還停在這裡的黑色小客車早已離開，如今停車場中空空蕩蕩。時間已經過了下午五點。

岩永站在當時凶手拿刀反覆刺屍體的地點附近，望向人行道。而六花也站在她旁邊做著同樣動作。

「這座停車場中如果發生什麼事情，除了那條人行道之外，其實也可以從很多地方目擊到呢。」

六花依然雙手插在口袋中，隨口如此表示。

「是呀，像停車場旁邊和前面都有馬路，周圍也有混合大樓和倉庫。從路上經過的人或是在那些房子裡的人，肯定都能從更近的距離目擊現場。然而這附近住家不多，也有很多地方是空地，所以深夜時段似乎完全不會有人行經這裡，那些房子裡也幾乎都不會有人的樣子。」

岩永這麼回應，並且抬頭仰望周圍的倉庫與不知哪些公司當成辦公室利用的三層高建築，補充說明。

「就算房子裡有人，凶手光是在停車場默默地揮著刀而已，應該也不會被察覺異狀吧。」

「畢竟拿刀刺屍體程度的聲音，很難吸引周圍的注意呢。」

而屍體想當然也是沉默不語，所以現場應該相當寂靜。

岩永舉起拐杖指向遠方高處的人行道。

「那條通往高地的路姑且可以連結到民房較多的地區，因此還多少可以期待有人經過。這座停車場的空間本身也是那個方向比較開闊。」

至少可以確定，這不是一塊讓人覺得可以隱密進行犯罪行為的空間。

六花大概開始感到膩了，一邊避開監視攝影機的拍攝範圍走向停車場外，一邊說道：

「如果可以感受到那裡看過來的視線，代表凶手當時比起拿刀刺屍體的行為，更把注意力集中在留意周圍狀況吧。」

按照脛擦描述凶手當時那句心滿意足的呢喃內容，只能這麼推測。

岩永跟上六花，形式上姑且提出問題點：

「但也有可能只是凶手的錯覺碰巧與事實相符了而已喔。」

「就算是那樣，依然可以確定凶手是抱著被什麼人看見的期待，在這裡毀損屍體的。」

這點已經是無可動搖的事實。岩永追到六花旁邊，稍微抬起貝雷帽問道：

「而凶手那麼做的理由，除了我剛才提出的隱藏真正動機之外還能想到什麼？」

六花雖然用感到可疑的視線看向下方的岩永，但很快又轉回前方，簡短回應：

「也有可能是為了假造不在場證明。」

「哦？怎麼假造？」

岩永其實也大致上理解她的意思，不過還是故意詢問。

於是六花一副嫌麻煩似地繼續說明：

「透過目擊證詞可以知道在深夜十二點半左右，有人在停車場遭人拿刀亂刺。然後在另一個場所又發現了被亂刺的屍體。那麼警方可能就會判斷目擊證詞所說的時間是被害者遭到殺害的時刻。即便實際上是在更早的時間被殺，警方也很難想到凶手會把已經死亡的被害者屍體特地搬到停車場亂刺。」

「但是被目擊的那個時間，凶手也正在毀損屍體，這樣並沒有辦法製造不在場證明吧？」

「殺人犯和屍體毀損犯是不同人。為了幫那位殺人犯製造不在場證明，所以這次被目擊的那個人物才把屍體搬送到即使是深夜也很顯眼的停車場中，亂刺屍體讓人看到。殺人犯本身則是在這段時間內製造自己的不在場證明。那位殺人犯是當被害者遇害時首先會遭到懷疑的人物，但毀損犯與被害者之間沒有什麼關聯性。因此優先為殺人犯假造了不在場證明。」

這內容聽起來還算頗有可能性，然而岩永立刻提出否定材料：

「假如是那樣，停車場內幾乎沒有留下血跡的事情就是個問題了。若真想要讓警方認為殺害時刻與目擊時刻一致，就必須讓停車場看起來是殺害現場才行。要是沒有血跡，就會讓人推測或許凶手不是在那裡殺掉被害人，只是毀損了屍體而已。如此一來，警方察覺目擊時刻不一定就是殺害時刻的可能性就會提高。真要那樣做的話，最起碼也應該從屍體抽血出來，充分灑在停車場做偽裝才對吧？」

「也許這是一樁突發性的殺人行為，因此只是臨時想到幫殺人犯假造不在場證明的計畫，而沒有考慮到那麼多吧。」

雖然感覺是很隨便想出來的理由，不過在現實中也是有可能的。

「那麼為何要把損毀的屍體又特地從停車場運送到那麼遠的空地去丟棄呢？直接留在原處還能讓警方以為殺人地點就在停車場，而立刻在周圍探聽目擊情報。這樣對於犯人來說也比較好吧？」

這是剛才與駒木豪對峙時也提出過的問題點。

六花毫不遲疑地填補這個遺漏：

「在這項假說中，殺人現場本來就在其他地方，是為了假造不在場證明才把屍體移動到停車場來。但這樣一來，屍體上無論如何都會留下被移動過的痕跡。要是把遺體直接留在停車場，就會被發現那是從其他地方運送過來的。那麼警方自然會懷疑凶手為什麼要移動屍體，形成讓偽造的不在場證明被識破的契機。因此為了讓屍體上即便留下被移動過的痕跡也不會顯得不自然，就有必要把屍體再運送到遠處的空地丟棄。這是為了讓警方以為凶手是在停車場殺人之後，把遺體移動到空地的。」

也就是本來其實移動過兩次，卻讓警方以為只有移動過一次的偽裝。如此聽起來，將屍體移動到空地的行為在這項假說中確實是有必要的。

「原來如此，犯人明明有設想到這麼細節的部分，卻很大意地忘了考慮血跡的問題？」

岩永語氣明朗地說著，把拐杖抵在柏油路面上。

結果六花一副不痛不癢地輕易舉起白旗了。

「所以這項假說同樣必須廢棄。說到底，這種手法要是根本沒有人目擊到損毀屍體的那一幕，就毫無意義了。那座停車場雖然在深夜中也很顯眼，然而包含那條人行道在內，周圍的環境實在很難期待會有人經過。因此那裡並不是一個希望被人目擊時會選擇的地點。再說，目擊者也未必會通報警方。像這次的目擊者就沒有報警了。」

六花想必也是對於這些問題心知肚明下隨便講講的吧。

這次換成岩永試著提出另一種假說：

「若再講到其他可能性，就是凶手想要把嫌疑嫁禍給其他人物了。」

「也對，畢竟凶手不僅戴著手套防止留下指紋，又把臉部遮住，但身上卻穿著一件醒目的羽絨外套。」

六花不假思索便立刻回應。這樣看來應該不需要多做說明，但岩永依然繼續說道：

「背上有個大大的紅星圖案，走在街上想必也很容易注意到吧。因此凶手為了把嫌疑嫁禍給平常喜歡穿那種醒目外套的人物，而特地準備了一件同樣的外套穿在身上，並且在可以期待被人目擊的狀況下毀損屍體。」

「假如有了目擊證詞，而被害者曾經恐嚇過的對象之中有人平常愛穿那樣的外套，應該就很容易遭到懷疑了。」

六花雖然點頭同意，但也不忘追加說道：

「然而問題依然在於被人目擊的不確定性呀。」

「那倒未必。就算當時沒有被停車場的監視攝影機拍到，只要附近的其他監視器在推定死亡時刻前後有拍到穿著那種衣服的人物，就能夠加深嫌疑了。」

「就連在停車場有發生過事件都不曉得的警方，應該不會調查那種事情吧？即便是監視器的所有人也一樣，假如不知道周圍發生過事件，就不會對監視器拍到的人物感到懷疑進而通報警方。若沒有當場目擊的證詞，就不會有凶手所期待的發展了。」

這樣聽起來很有道理，但如果目的是嫁禍給特定對象，其實也不一定要真的有目擊者存在。

「如果有出現目擊者當然最好。然而就算沒有，只要凶手自己假扮成目擊者匿名通報警方，效果也是一樣。就說自己基於某些理由不便具名，不過那天晚上在那座停車場目擊到穿著這種衣服的人物騎在什麼人身上刺殺了對方——警方一開始也許還半信半疑，但只要發現周邊的監視器真的有拍到那種打扮的人物，便能提高可信度了。」

對於凶手來說，最重要的是製造一個即使出現目擊者也不奇怪的狀況，而這次駒木豪的存在只是個幸運的附加物罷了。因為這樣一來，可以相當程度地證明被人目擊的狀況不會很不自然。

六花的嘴角有如苦笑般微微揚起。

「就算在那樣的假說中，現場沒有血跡的問題又要怎麼說明？現場如果沒有血跡，警方應該也能立刻察覺凶手是特地把屍體搬送過來亂刺的。而警方只要進一步探討凶手那麼做的理由，也會想到可能是為了嫁禍給特定人物吧？」

「或許因為是突發性的殺人，所以沒想到那麼多呀。」

岩永搬出跟六花同樣的理由，不過同樣遭到否決：

「明明準備了一件跟嫁禍對象同樣的外套，還掌握過這附近有沒有監視攝影機，卻說是突發性的殺人？」

「也許凶手剛好有一件同樣的外套，又碰巧知道有監視器，所以在殺了人之後想到可以拿來利用的。」

「就算是那樣，如果凶手真有那種意圖，警方應該早已開始對那座停車場展開調查、鑑識之類的行動了。縱使凶手確定自己有被目擊到，但如今過了兩個禮拜以上卻還不見警方調查停車場，想必也會自己匿名通報吧？畢竟時間過得越久，監視攝影機的記錄影像就越可能被刪除掉呀。」

「是的，所以這項假說也很難成立。」

六花的追加補刀讓岩永也舉起了白旗。兩人接著默默行走，來到通往車站的上坡路。這時六花看向岩永，歪頭詢問：

「妳似乎在試探我對不對？」

岩永一時聽不出六花究竟在問什麼，稍微思考了一下，但最後還是開口反問：

「請問這話是什麼意思？」

「妳感覺像在觀察、分析我面對問題時會如何解讀、如何思考。」

六花看似一半開玩笑，一半認真。然而站在岩永的立場，自己並沒有理由要刻意做那種明顯讓人不舒服的行徑，於是傻眼表示：

「怎麼可能？我為什麼要那麼做？」

「為了當有一天妳認定我的存在很危險的時候，能夠盡速把我逼到絕境。」

「假如我要跟妳敵對，那種情報確實很重要。但我並沒有愚蠢到會跟自己男朋友所敬愛的堂姊故意敵對呀。」

六花對如此表示的岩永凝視一段時間，接著嘆一口氣繼續往前走。

「但願真的是那樣。不過妳這個人感覺會在無意識間就那麼做呢。」

對方好像不信任岩永的說法。這樣甚至有種六花主動把岩永塑造為敵的感覺。因此岩永有點壞心地反問：

「要這樣說，六花小姐今天陪我來也是為了試探我的實力嗎？為了將來與我對峙時，比較容易猜到我的做法。」

結果六花卻開懷地笑了起來。

「事到如今也沒有試探妳的必要吧？畢竟妳那麼單純。」

「總覺得妳在嘲笑我。」

雖然六花總是讓人難以明白是不是在開玩笑，但這次岩永的直覺如此告訴她。

不過六花一臉委屈地回應：

「單純的人其實比較強呀。因為不容易被扭曲，也難以矇騙。」

「我身為智慧之神必須治理妖怪們，守護世界的秩序。要是那樣的我輕易被扭曲或矇騙就太說不過去啦。」

可是現在卻把那樣的特質歸類單純，真讓人想要抗議。

六花偶爾會從批判的角度評論岩永，而且內心似乎也抱著自小陪伴身邊、與自己相同境遇的九郎竟被岩永搶走的不甘。隱約可以感受得出來，她對於九郎和岩永交往的事情並非由衷贊成。不過她對岩永沒有懷抱惡意。像現在，雙腳修長的她也會顧慮到身材嬌小又裝義肢的岩永，而配合岩永走路的步伐。

「妳對於這事件的真相怎麼看？」

六花這時將對話拉回主題。要是過度賣關子讓她又對自己的想法莫名揣測也不太好，因此岩永決定在這裡老實公開自己的見解：

「凶手做著期望犯行被人看到的行動，卻又同時感覺像在隱瞞。若真的想被人看到，大可以選擇在行人更多的地點，但凶手卻選了一個被看到的可能性相當低的地方。然而，當真的被人看到時又表現得心滿意足。感覺就像在那樣的狀況下被看見才具有什麼特別的意義。」

「特別的意義呀。那麼凶手會不會是賭在『被人看到與否』這種無從控制的事情上，根據結果來卜算自己接下來要走的方向之類的？」

六花果然非常犀利。說不定在她腦中已經描繪出岩永所想到的可能性了。

「是的，有那樣的感覺。」

對於岩永提出的肯定，六花毫不猶豫地繼續說道：

「凶手當時穿著一件很醒目的羽絨外套。犯案時所穿的衣服可能會沾到被害者的血液、毛髮或指紋等等的痕跡，所以正常來說應該會盡早處分掉。但這次的凶手恐怕到現在還經常穿著那件衣服。為了當有人出面提供目擊證詞時，警方能夠找到自己。如果是這樣，琴子小姐的看法就更加有可能了。」

岩永在三天前也做過同樣的推測。

「我已經對這地區的幽靈與妖怪們做出指示，調查附近是否有人類穿著背上有顆紅色大星星圖案的羽絨外套。因為既然凶手一邊隱瞞犯行又一邊想要被人發現，那麼應該就居住在這附近的地區。」

岩永今天也不是漫無目的來到這個地區。雖然根據駒木的證詞也許會有大幅修改推理內容的可能性，不過最後都還在原本的預想範圍之內。

六花這時狐疑地看向岩永。

「而後來找到了那樣的人是吧？」

「是的，只有一位。或許那款式的外套並沒有流通得很廣。」

假如脛擦們對於顏色或款式設計的掌握能力與人類大不相同，整件事就必須重新來過了。但現在已經從駒木的證詞中獲得確定。

「光是穿同樣的羽絨外套還不能確定那個人就是凶手吧？也可能只是剛好喜歡穿同樣的衣服但根本沒有關係的人物呀。」

雖然『嫁禍嫌疑』的假說已經遭到否定，但也有可能只是單純的偶然。

不過岩永已經排除了這個可能性。

「我讓事件當晚靠近到凶手旁邊的那隻脛擦去確認過了。牠說那個人就是當晚在停車場的人不會錯。」

這是岩永在昨晚得到的回答。

「凶手當時遮著臉，卻能如此斷言嗎？」

「有很多妖怪並不是只靠外觀辨別人的。像脛擦透過氣味和氣息等等異於人類的感官，也能辨識不同個體。所以不會有錯。」

對於個別同類的狗、貓，人類很難只透過毛色差異或數量多寡辨別。而妖怪之中有些存在對於人類的臉型同樣只能區別到那種程度，因此必須依靠其他感官的例子也不少。

岩永舉起拐杖，對六花指示接下來要前往的方向。

「那麼，我們就去跟凶手見個面吧。畢竟直接向本人詢問當晚的事情是最確實的。」

六花又一臉狐疑地看向岩永。

「既然可以這麼做，剛才驗證了那些假說是為了什麼？」

「就是透過廢棄正常的假說，來認知不正常的內容其實才是真相。」

對於如此回答的岩永，六花瞧了好一段時間後，看開似地說道：

「講得好像自己是什麼名偵探一樣，但妳才是最不正常的人呀。」

六花明明自己也是個不正常的存在，居然還講這種話——岩永不禁感到有些驚訝了。

下午七點多，天色徹底暗下來後，一名中等身材的年輕男子從一間清潔公司走出來，準備踏上歸途。而就在他轉進一條無人小路的時候，岩永上前攀談了。

男子年約二十五歲上下，臉上除了戴著眼鏡以外沒有什麼特徵，感覺是很容易被埋沒在人群中的長相。然而身上穿著一件白底的羽絨外套，背上有個大大的紅星圖案，唯有這點非常醒目，同時也更加掩蓋了他本身給人的印象。

「您是重原良一先生吧？我們想要跟您請教一下關於上個月深夜，發生在收費停車場的事情。」

趁著周圍都沒人的時候，有如埋伏等候似地現身並提出決定性的問題。這麼做雖然有幾分出其不意的感覺，不過如此一來，根據對方的反應也能判斷出岩永的推測究竟猜對了多少。

重原在被岩永搭話的瞬間雖然動搖了一下，但聽完來意後反而像是鬆了一口氣，並重整姿勢。接著用些許困惑的態度對岩永和六花開口說道：

「我是重原良一沒錯，不過兩位……應該不是警方的人吧？」

岩永摘下貝雷帽鞠躬。

「關於這點，很抱歉沒能如您所願。我們只是當時的目擊者基於某些原因前來委託，而在調查這件事情而已。」

重原對於岩永這段即使沒有撒謊卻也無法推查真相的說明愣了一下後，搔起頭來。

「這種狀況我倒是沒想到。目擊者居然會私下委託人來調查。」

他的語氣很悠哉，不帶任何恐懼或畏怯，簡直就像平常光顧的大眾餐廳突然被改裝成一間甜食店，而傷腦筋該如何是好的感覺——明明現在是針對他拿刀反覆亂刺屍體的事情做詢問。

岩永以及站在一旁的六花都態度溫和地請對方繼續說下去：

「關於那天晚上的事情，可以麻煩您說明一下嗎？」

重原終究笑著答應：

「我明白了。雖然跟預想的狀況不一樣，但這樣其實感覺更好啊。」

就這樣，三人決定來到附近一座無人的公園內談話了。

重原坐在一張木製的長凳上，對站在面前稍遠處的岩永與六花心情愉快地敘述起事情的原委：

「我會殺掉那個叫內場的男人，並不是對他懷很在心或出自義憤。在那幾天前，我買了一把很漂亮的刀子，就是一般拿來切水果或食物的刀子，還配有一個皮革製的刀鞘。我平常幾乎不會自己下廚，也很少用到菜刀，但是當我在一間大型的生活雜貨店發現那把刀時，不知道為什麼就是很想要它，便當場買下來了。後來也沒什麼原因，就一直把它帶在身上。」

重原的說明井然有序。或許他為了有一天可以遇上這種說明的機會，在腦中已經整理好要講的內容了。明明講的是關於殺人的事情，卻彷彿在發表自己的青春回憶一樣。

「就在這樣的時候，我得知了那個男人恐嚇取財的事情。因為我接到一份工作，是到那個男人工作的居酒屋打掃。當時我聽見他打手機在恐嚇人，而且從口氣上聽起來已經恐嚇過很多人，讓我忍不住覺得，這世上居然會有這麼過分的傢伙。而就在這時候，我心中忽然萌生一個念頭，覺得自己會買下那把平常根本用不上的刀子，其實就是為了這一刻啊。」

重原講到這裡，變得害臊起來。

「我的人生實在是平凡無奇，每天也過得一成不變，搞不清楚自己究竟是為了什麼而生到這個世上的。所以我一直希望這輩子至少能有那麼一次，做些特別的事情讓其他人高興。結果這次就讓我遇上了這樣的機緣。因此我沒想太多，刺殺了那個男人。趁他走夜路的時候裝作要擦身而過，直接從正面刺下去。他大概也完全沒有防備，就這樣被我從胸口刺上一刀，當場被殺死了。」

「當時周圍應該流了很多血吧？至少讓人一看就知道那地方應該發生過什麼事情。」

六花事務性地如此詢問。重原或許感覺對方有認真聆聽並理解自己在講什麼，而開心地點點頭。

「是啊，我把刀子拔出來的時候雖然流出了很多血，但那男人剛好倒在路邊的排水溝上，讓血幾乎都跟著水一起流走了，所以看不太出來那附近有死過人。畢竟傷口只有一處，血液也沒到處噴濺。這對我來說也是非常完美的狀況，感覺就像上天巧妙安排讓我可以殺掉那個男人一樣。」

雖然這下讓不明的問題癥結獲得解答是好事，但就連岩永都對這段自白感到不知如何才好了。

重原說明得越來越饒舌：

「肯定有人會說殺人是很過分的事情，但是被那個男人恐嚇威脅的人們想必會由衷感謝我吧。這不是很美好的一件事嗎？」

這或許也算是一種渴望認同。藉由做出特別的事情，而得到他人特別對待。只要能夠狠下心，即使不用努力或鑽研也能把人殺掉。而只要不是在戰場上，這種行為就會顯得特別。能夠讓一個平凡人立刻有種自己與眾不同的感覺。

重原這時露出嚴肅的表情接著說道：

「話雖如此，但殺人總不是好事。我好歹是個已經出社會的人了，對於犯罪行為同樣會有愧疚感。但真要說起來，我是在上天的引導下殺死那個男人的。要是被警察這種人間的組織逮捕並問罪，心中還是會有所不甘。然而要是沒有人知道是我殺的，也就沒有人會感謝我，這也會讓我感到不滿。究竟哪一條路才是上天所期望的未來，我無從判斷。」

雖然這結果算是不出所料，不過岩永還是思考著究竟該怎麼對脛擦們解釋，並稍微插嘴說道：

「所以你才會嘗試，看看自己會不會受到社會制裁，或者上天是否認同你不需要接受那樣的待遇是吧？」

重原高舉起拳頭。

「正是如此！哎呀～有人能夠理解真是太好了。我本來就知道那條通往高地的人行道在晚間可以清楚看見那座停車場，但也知道那個時段幾乎不會有人經過。所以要是那天、那個時間，我在那個地方被人看見並報警，就代表我應當被逮捕。畢竟除非是上天的旨意，否則要在那個場所，讓那麼短暫的瞬間湊巧被人看到根本是不可能的事情。反過來說，如果我沒有被逮捕，就代表那樣才是正確的。」

岩永開口確認：

「所以你才會特地把屍體搬運到那個地方拿刀反覆亂刺，然後又把屍體移動到空地丟棄是嗎？」

讓人搞不清楚究竟是想要被發現還是想要隱瞞的狀況——凶手正如字面上直接的意思，既想被發現，又想要隱瞞。

重原從長凳上站起身子。

「其實我本來想說直接把屍體丟棄在停車場也可以，但那樣一來就算沒有目擊者，警方只要正常調查，感覺還是會抓到我吧？那就跟天意如何沒有關係了。」

「畢竟在那周邊應該有監視器，要把你的痕跡完全從停車場消除也很困難。即使你與被害者之間沒有關聯性，警方只要從你移動時使用過的車輛以及逃離的方向，應該就能逼近你了。」

岩永姑且對這段理論做補充。但重原似乎不願意讓這個行為被解讀為自己單純想要逃過法網的偽裝行徑，於是秀出自己的背部。

「但相對地，為了一旦有人提供目擊證詞就能讓警方立刻抓到，我從那天以後一直都穿著這件外套。我之所以會有這樣一件醒目的外套，其實也是為了這天啊。」

六花語氣冷漠地詢問：

「你難道都沒想過可能不是從遠方的人行道，而是被湊巧經過停車場旁邊的人目擊，而難堪地當場遭到制伏嗎？」

重原表現得一副六花講的話很奇怪似地揮揮手。

「怎麼可能？請用常識想想看嘛。如果在深夜撞見有人拿著刀不斷刺著屍體，會有路人敢當場靠近制伏嗎？就算目擊到那樣的狀況，一般人也只會快快離開現場報警，等警察來處理吧。而那樣近距離的視線我也會馬上察覺，然後既然還有那麼多時間，我就能從從容容地做好被逮捕的準備啦。」

若是正在巡邏的警察就算了，但除非是什麼很特殊的狀況，否則目擊者應該也不敢貿然接近。即使要報警，也會盡量不讓凶手察覺下遠離現場之後再通報。就算是警察，假如只有一個人應該也會優先請求人力援助，不會立刻上前制伏。這樣想起來重原的確能夠有一段充裕的時間做好心理準備，而不會難堪地直接被逮捕。雖然說，被一個這樣的凶手講什麼常識也很莫名其妙就是了。

六花接著又問道：

「當你在停車場感覺到背後有視線的時候，是怎麼想的？」

「我那時候非常開心，認為這果然是上天的旨意。畢竟在那種地方居然會剛好有目擊者經過，只有可能是什麼特別的意志使然啊。所以我等著應該很快就有人來抓我，可是警察卻遲遲沒有現身，讓我感到很疑惑。」

他似乎在這部分的解讀上有感到不安的樣子。本來應該是對於警察會來的事情感到不安才對，然而對重原來說，遭到逮捕是對天啟的一種確認，是一種歡喜。因此警察不來反而才讓他感到不安。如果當初脛擦們沒有委託岩永調查，駒木也一直保持沉默，真不曉得重原接下來究竟要如何整合自己的理論。

六花似乎也抱著同樣的想法，毫不留情地說道：

「你那件外套的確有被看到，然而目擊者基於立場上的因素，無法向警方通報。也就是說並非什麼特別的意志，你只是被人類想要自保的世俗念頭放過了一馬而已。」

「不，那同樣是一種機緣。我確實犯了罪，但想必上天只是想要安排更加適宜的人物帶我去接受制裁吧。」

重原甚至有些自豪的態度中，感受不出絲毫的不安。

「妳們兩位散發出來的氛圍感覺與眾不同，我想應該是某種超越人世規範的存在派遣來的使者。如果能被兩位帶走，肯定比起被警察之類的公務員押送更加合適許多。」

雖然岩永也沒什麼資格講別人，不過眼前這個人只要有那意思，應該無論任何事物都能曲解得符合自己的想法。

重原的理論有一定的道理，甚至到別人難以舉例反證的程度。如今無論是什麼樣的事態，他肯定都會當成是上天引導自己的啟示吧。

重原接著對岩永與六花恭敬請求：

「那麼，請兩位把我交給警方吧。我已經做好心理準備了。」

這項要求完全符合日本的法律。但很遺憾，岩永並不是基於法律在行動的。

「不，我只是想要知道事情的真相，不會管你下場如何。今後應該怎麼行動，請你自己去想吧。我還有別的事情要忙。」

對岩永來說現在必須煩惱的是，要如何讓脛擦們接受重原這樣的行動原理。要是牠們無法接受，即便這是真相，也很難說岩永盡到了自己的責任。

人類總是會在一些微不足道的事情中尋求法則或意義，容易被吉相凶兆等等因果關係模糊不明的東西左右意志。假如過去曾經受命運翻弄，自然會變得想要相信那種東西。這道理岩永也能理解，但要是過於極端，就連妖怪也會忍不住困惑歪頭的。而這次的真相如果沒有做巧妙說明，恐怕會被當成岩永在撒謊吧。

重原頓時張大嘴巴愣在原地，接著一副感到莫名其妙地表示：

「怎麼可以這麼不負責任？太不合常理了。」

「因為買了一把漂亮的刀就殺人的人才叫不合常理呀。難得買了一把漂亮的刀子卻想要用血玷汙，這不是很矛盾嗎？」

岩永忍不住覺得麻煩而講出自己老實的感想。就算對重原來說是具有什麼特別意義的機緣，終究只是配合結論的穿鑿附會。解讀的基準只是為了讓自己成為特別的存在，得到被上天挑選的滿足感而已。

重原一臉不甘地仰望天空。

「太奇怪了。那麼應該再試一次看看。」

他從懷中掏出恐怕就是殺掉內場新吾時使用的那把刀子，握住把柄從刀鞘中抽出來，逼近岩永。那是一把假如說是北歐製應該也會被相信，有著白色握把與漂亮刀刃的刀子。

看來他一瞬間就做出判斷，決定在這裡殺掉岩永與六花，再試試看有沒有被人目擊，以窺探天意的樣子。

雖然缺乏殺氣或緊迫的感覺，不過動作毫不遲疑地迅速。岩永立刻思考要如何制伏襲擊而來的重原，並改變拐杖的握法。用拐杖將對方手中的刀子一擊打落，接著掃腿讓對方趴到地上，再用腳跟踩住喉嚨——這樣的流程應該比較確實。

於是岩永準備行動的瞬間，依然雙手插在口袋中的六花忽然從旁邊隨隨便便一腳把重原踹飛。重原當場一路翻滾到五公尺遠，趴在地上，刀子也掉落到一旁去了。

六花這一腳真的只能用隨隨便便來形容。甚至讓人覺得踹飛一個鐵桶搞不好都還比較帶有感情。

她接著從泥土上撿起重原掉落的刀子，不太情願地對岩永說道：

「也許是我多管閒事，但萬一妳留下任何一點擦傷，事後九郎會生我的氣呀。」

「如果他是為了那種事會生氣的人，就不會從背後踹倒我啦。」

岩永為了處理妖怪們的問題或衝突，受傷已是家常便飯了。九郎不可能因為這種程度就對六花抱怨什麼，反而比較可能罵岩永怎麼會勞煩到六花。岩永自己想像起來都覺得心有不甘就是了。

六花板著臉對岩永露出微笑。

「那麼剛才我應該把妳踹到一旁閃過刀子會比較輕鬆呢。」

「讓六花小姐當肉盾代替我被刀刺比較輕鬆啦。」

「那樣我衣服會破洞呀。」

通常應該要擔心身體開洞才對，不過這種擔心對六花是沒意義的。

六花拿著刀子走近發出呻吟想要站起來的重原，語氣冰冷地表示：

「讓我來傳達天意。」

她說著，將刀子刺進自己又白又細的頸部，毫不遲疑地劃破。頸動脈恐怕徹底被切斷了，霎時噴出大量鮮血。由於她骨瘦如柴，沒有多餘的脂肪阻礙，因此想必輕易就能切開了。

在夜晚公園的燈光下，重原看著眼前這一幕當場臉色僵硬，跌坐到地上後仰身子。或許是為了躲開噴向自己的鮮血吧。

人一旦被切斷頸動脈通常就會因為失血而失去意識，直接倒下去喪命才對，但吃過人魚肉的存在就要另當別論。噴著血的六花即使搖晃了一下，不過在倒地之前撐住了腳步，然後一臉無趣地再度低頭俯視重原。

「趕在倒下之前復活了呢。」

從這句話的途中開始，剛才噴出來的血液還來不及滲入地面就在眨眼間消失無蹤、回到六花體內，被劃出一道大傷口的頸部也恢復原狀，沒留下半點傷痕。由於是不死之身的緣故，無論死或傷都無法破壞六花的身體。

重原瞪大雙眼，對眼前的奇蹟發不出半點聲音。明明自詡是收到來自天外的啟示或旨意在行動的，然而讓他親眼目睹真正的異常現象時，卻又會感到恐懼勝於一切的樣子。

六花對那樣的重原下令：

「你現在隨便從身上拿一枚硬幣出來，拋向上空。若硬幣落地時正面朝上，你就去向警方自首。」

這雖是很獨斷的條件，不過應該符合重原的理論。

「要、要是反面朝上呢？」

重原幾乎要喘不過氣似地詢問假如相反的狀況要如何，但六花卻嚴肅地一口咬定：

「反面不會朝上。朝上的絕對是正面。」

雖然聽起來簡直就像在宣告自己會出老千一樣，但重原從自己帶在身上的硬幣中自己挑選一枚出來，自己拋向天空然後掉下來時，現實來講應該沒有什麼手段去操控硬幣哪一面朝上才對。更何況這句話出自一名割開脖子噴了血卻能恢復原狀的女性之口，對於重原來說肯定會認為是天啟吧。

六花將剛剛才切開過自己脖子的刀，同樣隨隨便便地丟到重原旁邊。

「這就是最後的引導了。從今後上天不會再看你任何一眼。搞清楚自己的立場行事吧。」

語畢，六花便再也沒有興趣似地轉身離去，走向公園出口，並姑且對岩永說了一聲：

「我們走吧。」

岩永也沒表示反對的念頭，便跟著六花一起離開。稍微回頭，可以看到重原正慌慌張張地拿出錢包，從裡面挑出一枚硬幣準備拋向空中。

至於結果如何，岩永也很清楚。鐵定是正面朝上的。

晚上十點多，岩永與六花坐進一班電車，總算踏上了歸途。把重原良一丟棄在公園之後，岩永和脛擦們見面並說明了凶手與目擊者各自令人不解的行動背後的理由。

雖然最終沒穿插什麼謊言就讓脛擦們接受了真相，不過脛擦們也聽得直呼『人類做的事情實在太恐怖，太恐怖啦。』並害怕發抖了。

回程這班電車只有前後兩節，其中前面這一節車廂的乘客只有岩永和六花。兩人並肩坐在長長的車廂座位上，燈光下不斷搖晃的吊環就算不想在意也難。

「居然還特地讓自己死一次，決定出拋擲硬幣絕對會正面朝上的未來，真是辛苦妳了。妳那項決定未來的能力雖然只能決定出發生機率較高的事情，不過硬幣正反面這種程度的事情有二分之一的機率，想必很容易決定要讓哪一面朝上吧。」

在鐵軌與車輪的聲響中，岩永如此對六花說道。那句話並沒有要諷刺的意思，但聽在六花耳中似乎有那樣的感覺。六花和九郎擁有決定未來的能力，然而必須以死亡為代價。如果是正常生物，這種能力一輩子只能用上一次。但這兩人由於吃過人魚肉，就算死了也能復活，所以要使用多少次都沒問題。

六花無奈地回應：

「要是不那麼做，他那個人根本難以收拾吧？假如放著不管，搞不好又會把微不足道的事情當作什麼機緣或天意然後跑去殺人了。」

接著，她又像在抱怨自己被岩永方便利用似地說道：

「妳不就是在期待我那麼做嗎？」

「其實就算丟著不管，他也只有自取滅亡的份，應該已經收拾得不錯了吧。那種事情跟我沒有關係。」

重原良一的將來如何，是真的跟岩永沒有半點關係，不過岩永也認為把事情好好收拾善後，比較不會又惹得附近的妖怪們苦惱疑惑。而如果要讓深信天意或啟示之類的重原與那些東西切割，就向他展示人力無從控制的巧合或奇蹟之後，直接宣告今後不會再有任何天啟降臨，的確是很簡潔了斷的做法。

六花把頭靠到後面的窗玻璃上，用閒聊似的態度對岩永說道：

「他只不過是相信了錯誤的理論。認為世上有所謂的啟示或天意，暗示的訊息就遍布在生活之中，而自己有能力辨識那些訊息，並且正確解讀。」

「是妄想的一種呢。」

「不過像求籤、問卜，將人生託付給神明的旨意，進而尋求心安的人也不在少數，那些同樣都像是沒有根據的啟示或天意。這次是因為他殺了人才顯得異常，但那是起因於任何人類都會有的脆弱部分。他只是對自己沒有自信，卻又希望變得稍微與眾不同，所以只能相信那種會讓自己變得特別的理論、暗示。如果沒有跟犯罪扯上關係，他其實應該可以過得很平凡吧。」

即便是離奇古怪的理論，只要能夠使相信的人獲得心靈上的安穩而且不要危害到周圍，就不至於是錯誤的東西而多少可以被社會所接受。有時反而是大肆批判迷信、錯誤、不合理而試圖排除的人，會被大家認為是不懂得看狀況場合、破壞社會協調而受到責備。因此無論求籤或問卜的行為才會一直存在，而討吉利的儀式或所謂的魔咒才會被人相信。

六花放低視線看向岩永。

「他只是為了克服不如意的現實，自己欺騙自己罷了。那跟妳時常利用虛構謊言蒙蔽他人，試圖藉此收拾局面的行為有什麼差別呢？」

「那個人是透過虛假的理論，讓自己相信那些符合自己方便的天意或神明等等可疑存在。而我利用虛構的理論，多半都是為了使人相信根本沒有那種神明或怪異存在。誰的做法比較健全應該再清楚不過吧？」

岩永口若懸河地如此回應。重原的理論到頭來說，其實沒有解決與現實之間的衝突，所以從根本上就是不健全的想法。怎麼能夠與岩永的行為相提並論？

六花沉默了一下後，講出這樣一句理所當然的發言：

「妳是妖怪和怪物們的智慧之神吧？」

「是呀。」

這是如今已無須懷疑的事實。

六花接著坐在位子上垂下肩膀。

「這次的人雖然不正確，但神鬼怪異都是真實存在的東西。即便真的是怪異存在所為的事物，妳也要誘使人相信沒有那種存在。然而結論卻完全相反，簡直是荒唐至極的欺瞞呢。」

「不過世界的秩序就是如此維持的。」

「這點我認同。」

對於岩永提出的真理，六花雖不情願也依然表示同意。岩永自然不會錯過這樣的好機會：

「既然如此，妳應該也能理解為了維護秩序，需要的是複雜的思考與調整。單純的人可無法勝任呀。」

雖然不是對六花講過的話耿耿於懷或者試圖糾正，不過岩永特別強調了『單純的人無法勝任』的部分。

對此，六花輕輕一笑。

「在『維護秩序』這點上，妳的態度總是堅定不移。為了達成這個目的，妳也不會對選擇感到猶豫。」

「那是當然。」

「所以妳的思考很容易推測。非常單純呀。」

不知為何，六花的語氣聽起來彷彿隱含著『假如很複雜該有多好』的感覺。

六花對於岩永來說果然是個難以理解的人物。像今天她雖然都依循著岩永的意圖在行動，卻也有種對於岩永的意圖預先猜測並配合行動的跡象。

岩永不禁稍微顰眉蹙額。

「真受不了。如果妳成為敵人，感覺會很麻煩呀。」

這是岩永由衷的真心話。

相對地，六花則是在行駛於黑夜中的電車裡默默凝視著窗外。

向九郎描述完過去的事件後，岩永感慨地提出如今才能明白的見解：

「現在回想起來，六花小姐應該從那時候就已經預想到現在這樣與我對立的狀況。結果不出我所料，她果然變成了很麻煩的存在。」

六花後來沒過多久便行蹤不明，如今站在對岩永來說敵對的立場，做著可能破壞秩序的行動。岩永為了封鎖那樣的行動而追查著六花的下落，但對方總是巧妙行事，讓岩永抓不到半點線索。

九郎把岩永帶來的內衣褲收回袋中，封起袋口放到房間角落。看來他是打死也不願意挑選自己的喜好。不過對於岩永描述的過去倒是開口說出感想：

「其實妳也有預料遲早會跟六花姊對立吧？」

這講得好像岩永也有不對之處一樣。

「我可是盡力想要跟那個人建立起友好關係呀。」

「但光從妳的描述聽起來，完全沒有那種感覺喔。」

這男人到底是如何曲解了人家講的話？對於如此面露不滿的岩永，九郎苦笑一下。

「不過六花姊聽到妳說她『如果成為敵人感覺會很麻煩』，想必打從心底感到煩躁吧。」

他果然在曲解人家的意思。

「為什麼會是那樣？這表示她讓我有種不想成為敵人的感覺呀，她應該在內心偷偷感到得意才對吧。」

九郎嘆了一口氣。

「從妳那句發言可以聽出來，妳認為六花姊如果變成敵人，也頂多只會感覺很麻煩而已，最終勝利的還是自己。而且妳對她的評價還不是『很麻煩』，而是低了一階的『感覺會很麻煩』。那她一定很煩躁吧。」

岩永雖然有點佩服原來發言可以如此解讀，但這男人對她堂姊的評價本來就很鬆了。

「她的個性有那麼好嗎？她不但是不死之身，還擁有能夠自由決定未來的能力。我看她才真的沒想過自己會輸吧。」

然而九郎卻用一臉認真的表情講出傻話：

「就算可以決定未來，也僅限於發生的可能性比較高的未來啊。妳應該也很清楚並不是那麼方便的能力。」

「但我也知道藉由事前準備與反覆試錯，可以達到相當程度的實現範圍喔。」

「即便如此，妳也能利用具備相同能力的我。所以終究是妳比較有利啊。」

如果有九郎的確可以與六花的能力抗衡，但岩永怎麼聽都無法釋懷，忍不住抱著懷疑追問：

「那麼六花小姐肯定會製造出讓我無法隨意利用學長的狀況。而且最近九郎學長身為同伴，卻讓人無法完全信任也是個問題。」

岩永再度從被丟到房間角落的袋子中拿出裡面的東西。

「具體來講就像今天，學長為什麼不願挑選希望讓我穿的內衣褲？」

「反正都一樣，妳自己隨便穿啦。」

「哪裡都一樣？假如學長覺得都很好，難以取捨，何不把根據風水挑選顏色的想法也納入考慮呢？」

「剛才不是才講過不要輕率相信那種東西嗎？」

「假如多多少少可以挑撥學長的獸性，哪怕是迷信我也信了呀。要不然逆向思考吧，請你用『看了會想脫掉』為基準挑選看看吧。」

然而九郎看向岩永的眼神卻始終有如看著果蠅一樣。

# 第二章　岩永琴子的逆襲與敗北（前篇）

自己究竟是被什麼東西襲擊？被什麼東西追逐著？

丘町冬司奔跑在幾乎伸手不見五指的黑夜山中，呼吸凌亂地思考著。一同上山的三位同伴也在前方稍遠處逃往相同方向。枝葉縫隙間透下來的月光與大家各自拿在手上的攜帶式吸頂燈、提燈等等微弱的光芒，勉強照亮著逃跑的路徑。

前方的三個人都看不清楚身影，但可以看見人工的光芒搖盪。大家都只能靠著那樣的光，在這片黑暗之中被樹根石塊絆著腳，被樹幹撞著身體，拚命逃跑。

這四個人是白天進山，爬了相當的高度後又往更深處走，入夜後各自搭起帳篷準備露營過夜。然後到了深夜，大家把照明設備擺在帳篷外，四個人坐著交談時，那個巨大的東西便無聲無息地出現了。既沒有傳來踩踏草木砂土的聲響，圍繞在四周的樹木也沒發出任何窸窣聲，那東西就綻放著青白色的光芒從黑暗中突然現身。

簡直教人搞不清楚狀況。冬司一瞬間還以為是冒出了什麼桌腳特別細長、桌寬莫名狹窄的巨大餐桌。那隻腳接著作勢要襲擊四個人似地高高舉起，這才察覺危機的冬司總算拿著手機起身逃跑了。其他三個人或許都回神得比冬司早，已經逃進樹林中，而冬司便追在那些人的後面。

也許四個人一邊逃一邊分散到不同方向其實比較好，但冬司卻反射性地追向其他同伴。一方面是因為四周只有那個方向看起來有空間可以逃離突然出現的傢伙，而且冬司也沒辦法冷靜做出判斷。四個人的帳篷是搭在一片樹林之中，周圍沒有清楚可以稱得上是山路的路徑。能做的選擇實在有限。

突然出現的東西雖然看不清全貌，但可以確定是又細又高，非常巨大的存在。既然如此，對方要追上在樹林中逃跑的冬司一行人想必不是容易的事情。那尺寸看起來至少也要推倒樹木才有辦法前進。

然而對方卻靜悄悄地追了上來。當冬司認為自己應該已經拉開一段距離而不禁回頭確認的時候，那東西竟依然保持著同樣的距離逼近而來。甚至連摩擦樹葉的聲響都沒有，彷彿看著冬司一行人慌張失措的模樣為樂似地不斷追上來。奔跑在漆黑樹林中的那玩意全身綻放青白色的光芒，想不看見都難。

令人難以置信的是，任何障礙物對那傢伙都不構成障礙。一棵棵樹木都穿過那東西的身體。那傢伙簡直就像不具實體般，穿透過所有東西。

亡靈——就在這個詞浮現冬司的腦海時，前方忽然接連傳來慘叫聲。緊接著是什麼重物摔落在地面似的低沉聲響，還有什麼堅硬的東西破碎的聲音。原本在前方搖動的燈光霎時消失。

冬司直覺猜到發生了什麼事而趕緊放慢速度，卻依然減速不及而差點往前摔出去。眼前的視野一口氣變得開闊，原來已經穿出樹林，沒有樹木遮擋在前方了。然而，也沒有路可以繼續往前。

幾公尺前方是斷崖。雖然左右多少有些空間，但沒有路可以通往下面。假如要從這裡逃跑，只能回頭朝剛才跑來的方向逃。

當初要登上紮營地點的時候，可以看到一座高約二十公尺、幾乎呈現垂直的山崖。一行人是沿著繞過那座斷崖的路徑爬到上面的區塊，然後在距離崖邊幾百公尺的深處紮營休息的。

剛才跑在前頭的三個人也許是沒有注意到斷崖，或者因為被追趕的恐懼而忘了斷崖的存在，加上黑夜中視線不良，即使穿出樹林也只顧著注意後方，結果就這麼踩空而掉落下去了。可能也有人雖然注意到斷崖卻來不及停下腳步。

冬司則是由於逃得比較慢，聽見從前方傳來同伴們的叫聲，才回想起斷崖的存在而驚險做出了對應。

認為自己必須確認那三個人是否真的掉落到崖下的冬司，即使明知沒有意義也依然走到斷崖邊緣，茫然地探頭往下看。但果然是一片漆黑，什麼也看不見。手機的燈光也想當然不可能照得到下面。

就在這時，周圍忽然變得明亮。冬司趕緊轉回頭。

從樹林中緩緩走出來的那東西，全身綻放著青白色的光芒。原本被茂密樹林遮掩而沒看到的全貌，如今清楚出現在夜空下的斷崖邊。

「怎麼、可能？」

不，或許要講「原來如此」比較正確。冬司張大嘴巴，抬頭仰望那個存在。假如現身的是完全沒見過的怪物，說不定反而不會感到如此驚訝。

那是一隻長頸鹿。

全身綻放白光，有著網狀紋路的長頸鹿。正是那個脖子很長的長頸鹿。

牠看起來遠比照片或影片中看過的感覺還要巨大，還要細瘦，也因此感覺更加恐怖。明明是自己知道的動物，卻極度像隻怪物。或許正因為是自己知道的存在，所以能夠理解是怪物吧。假如是完全不知道的東西，搞不好連認知都會有困難。

「果然亡靈作祟是真的。」

這句話不禁脫口而出。

長頸鹿位於高處的頭一副很舒暢模樣地俯視下方的冬司，並往前踏出一步。冬司基於本能往後退，卻發現腳下沒有地面了。當他發出叫聲時，眼睛已經仰望天上閃爍的繁星，全身落向黑暗之中了。

不知經過多久才恢復意識的冬司全身感到疼痛而趕緊睜開眼睛，撐起身子。看來自己雖然摔落山崖，不過勉強保住了一命。

頭部有種在流血的感覺，全身上下似乎也有好幾處骨折，但不至於完全無法動彈。即使雙腳還無法使力，站不起來，至少還可以坐起上半身。從那個高度掉落下來卻只有這種程度的傷害算是奇蹟了吧。說不定那隻長頸鹿以為冬司跌落懸崖喪命，已經感到滿足而離開了。

附近一帶的樹林在斷崖下方比較稀疏，變成許多岩石或土壤裸露的地方，還有矮樹與雜草叢生的開闊空間。而冬司倒在與山腳隔了一點距離的地點。

稍微轉頭可以看到其他三名同伴也趴在與冬司相距不遠的位置，動也不動，怎麼想都知道已經喪命了。而冬司本身假如無法下山，同樣遲早會飢渴而死。就算疼痛還能忍耐，但腳骨折的話也難以靠自己的力量下山。

然而，現在要想下山的事情看來還太早了。那隻發光的長頸鹿竟然出現在前方約十公尺處。由於這裡是視野良好的開闊場所，讓牠的身體沒有被樹木遮擋。大概是為了確認冬司的生死而從崖上下來的吧。

冬司忍不住感到好笑起來。現在自己不但無法站起來走路，就算能夠走路也不可能在這種深山中逃得過一隻會穿透樹木追上來的長頸鹿。雖然遺憾，但這下看來只能接受這個必然的結果了。

長頸鹿的亡靈沒有實體，因此或許也有無法對冬司做物理攻擊的可能性。然而這類的靈體會對人類做物理性危害的傳言也時有可聞。

就在這時，冬司注意到長頸鹿的狀況有些奇怪。牠看起來莫名焦躁，似乎不敢接近冬司的樣子。

冬司這才發現，有個人站在自己身邊。

是一名身材高䠷的女性。雖不到長頸鹿的程度，但那女性也瘦得讓人不禁懷疑是不是患了厭食症。她就像在保護冬司一樣挺直著身子，視線望向長頸鹿。

「你恢復意識了呀。總之，先冷靜下來吧。」

女性沒有看向冬司，對這狀況彷彿不以為意地用輕鬆的態度說著。

「雖然就算是我，也沒應付過那樣的對手啦。」

她雙手插在外套口袋中，輕輕苦笑後，走向長頸鹿。結果這次換成長頸鹿不知為何往後退下了。

這名女性與冬司一行人是在山中相遇並一同行動過一段時間，也互相問過名字。她的打扮雖然姑且算是適合野外活動，但全身裝備輕盈，是個只背著睡袋與單手就能提起的背包便上山的奇特女性。

莫名其妙的發展讓冬司的思緒完全跟不上狀況。這女性究竟為什麼會出現在自己眼前？

她應該不可能會站在這裡才對。簡直就跟那隻長頸鹿一樣，是完全脫離常識的狀況。

冬司忍不住回想起這位女性的名字。她對冬司一行人說過，自己叫櫻川六花。

對於眼前發生的所有事情，冬司只能感到無比錯愕。

十月十八日星期二，下午三點多。岩永琴子拿著手機坐在大學校園內的一張長凳上，傷腦筋地抱住戴著貝雷帽的頭。這地方由於和學生們的主要動線離得較遠，所以周圍本來就沒什麼人影，而且又是在上課時間就更不用說了。

「妳忽然寄訊息把我叫出來是幹什麼？妳現在不是應該在上課嗎？」

就在這時，手提著超商購物袋的男友櫻川九郎現身，如此責備似地對岩永說道。

雖然他收到訊息沒有放著不理算是精神可嘉，但看見岩永現在的模樣難道都不會察覺自己不應該劈頭說教嗎？

「請你看看這個。」

岩永將顯示在手機螢幕上的一則新聞網站報導拿給九郎看。

「這是中午收到的新聞。有五名男女組成的團體原本打算在Z縣的山上過夜，但其中三人卻在山中死亡。剩下兩名雖然順利下山，於今早向附近居民求助，然而當中的一個人由於身受重傷而住院了。詳細狀況警方正在調查當中，不過因為地點位於山中深處，調查起來似乎很費工夫的樣子。」

「打算在山中過夜，意思是那裡有什麼露營區嗎？」

九郎探頭看向手機螢幕，並將購物袋放到長凳上如此詢問。看來他現在才總算察覺岩永寄訊息給他是為了討論重要的事情。雖然岩永在訊息中附註拜託九郎順便買個有點貴的杯裝冰淇淋過來或許也有不對就是了。

岩永從購物袋中拿出她要求的香草冰淇淋與冰匙並回答：

「那好像是一座什麼設施都沒有，也幾乎無人管理的山。那些人似乎是擅自入山的。另外，關於死者的姓名與年齡都沒有公開，詳細身分也不清楚。媒體大概認為只是普通的山難或意外事件，並沒有大幅報導。假如光是這樣的內容，今後應該也不會有死者個人情報等等的後續報導吧。」

就現階段看來，感覺是一樁很快就會被其他事件或八卦新聞淹沒，除了與當事人關係相近的人物以外都會立刻遺忘的事情。而九郎似乎也馬上聯想到了類似的案例。

「雖然死了三個人應該是很重大的事情，但如果只是山難意外，的確很可能不會再有後續報導了。」

不過既然岩永會特地把九郎叫出來見面，便可想而知這不是一起平凡的事件。

「其實那座山現在變得有長頸鹿（Kirin）的亡靈出沒。不久之前，棲息在那座山中的妖怪們還來找我商量過這件事。」

「麒麟（Kirin）？妳說住在日本山中的那個神獸嗎？」

九郎就像聽到有什麼很不得了的東西現身似地大聲驚問。

所謂的麒麟擁有像鹿的身體，頭上長有一根角，尾巴像牛，腳蹄如馬，能展翅飛在天上，據說還綻放五彩光芒。會現身於聖人誕生之時，與鳳凰等存在一同稱為神獸、瑞獸。

那是絕對無法與妖魔鬼怪等等相提並論的存在，就連岩永至今也沒遇過的經驗。而且假如真的遇上了，岩永恐怕還必須跪下低頭表示敬意，心裡也會感到緊張吧。雖然至今還沒看過麒麟有直接干涉什麼重大現象的紀錄，但也因為如此，有種力量深不可測的恐怖感覺。說到底，在日本搞不好根本沒有描述麒麟曾經現身過的傳說。

九郎這時忽然感到奇怪。

「不對，等等喔。岩永，妳說麒麟的亡靈是什麼意思？神獸竟然會有亡靈，這在概念上沒有問題嗎？」

假如神獸死亡變成幽靈，聽起來確實很莫名其妙吧。

「我講的不是那個麒麟（Kirin），是脖子很長、在動物園可以看到的那種長頸鹿（Kirin）。」

或許因為岩永平常總是與妖魔鬼怪扯上關係，所以聽到她口中提起 Kirin 就會首先想到傳說中的神獸麒麟吧。不過一般人如果聽到 Kirin，會浮現腦海的應該是動物的長頸鹿才對。

那是在非洲草原上，主要棲息於熱帶莽原地區的一種頸部很長的動物。在日本也常有動物園飼養，是相當有名的存在。身高可達五公尺左右，其中一半以上是頸部的長度。相對地身軀則顯得短小，足部細長。比起軀體，脖子和腳都比較長，外觀上看起來很不安定，可說是比例相當奇妙的哺乳類。

長頸鹿頭上有多支角，只要頸部沒那麼長，其實就跟一般的鹿沒有太大的差別，但就是那頸部的長度給人很特別的印象。偏黃色的身體上帶有褐色的斑紋，紋路看起來像是網狀。

相較於幾乎不會現身的麒麟，長頸鹿還算是貼近日常的存在。九郎似乎因此稍微鎮定下來，但很快又覺得這同樣是很異常的事情。

「就算這樣，為什麼長頸鹿會出現在日本的山中？而且還是亡靈。」

在日本不可能會有野生的長頸鹿，就算是動物園中飼養的長頸鹿死亡後，靈體應該也不會跑到深山中才對。

「關於這點，其實有一段很可憐的緣由。事情要回溯到大約一百年前。」

岩永轉述起前幾天來找她商量的妖怪們說過，日本山中會出現長頸鹿亡靈的來龍去脈。

事情的開端發生於明治時代末期，也就是距今一百多年前，日本的一座動物園引進了一頭成年的公長頸鹿。那是全日本第一或第二次，相當早期進口的長頸鹿。當時雖然已經有照片或圖畫，但大眾對於長頸鹿的認知還沒有像今日這般普及。在這樣的時代，那隻長頸鹿經由海運被帶到了日本。

由於那樣特殊的身高，導致運送上花了相當大的功夫，再加上長頸鹿本身的稀有性，因此據說是一筆相當高額的交易。由於最後開銷的經費遠超過當初的購入預算，甚至還傳出負責人遭到處分的傳言。

生於熱帶莽原的長頸鹿就這麼被運送到遙遠的日本，進入夏季之前在動物園公開亮相了。當時的參觀民眾幾乎都是第一次見到真正的長頸鹿，而且在日本國內也找不到類似的生物。即使就全世界來看，外觀近似長頸鹿的哺乳類想必也沒有其他現存的例子吧。論大小也好，外型也好，那都是具有壓倒性存在感的珍奇野獸。

公開展示的長頸鹿很快便聲名大噪，吸引大批民眾來到動物園，據說發揮了超過那筆巨額購入費用的價值。

然而也許是長頸鹿無法適應日本的氣候，或者由於動物園初次飼養而沒有準備好充分的飼育環境，也可能是單獨一頭長頸鹿在異鄉被圈在園內，受幾十萬民眾的好奇眼光注目導致壓力過大的緣故，長頸鹿在隔年的二月便死亡了。來到日本還不到一年，就斷送了生命。

「假如當時能夠公母成對飼養，或許還能多少減輕壓力負擔呢。」

岩永對於長頸鹿的歷史知道得並不詳細，當初聽到這段故事時不禁感到同情。而且據說最近的動物園也都會盡量避免在無法繁殖的狀況下飼養動物。

九郎似乎也有同感：

「對於那隻長頸鹿來說，等於是在莫名其妙的狀況中孤獨死亡的吧。」

「是呀，後來那隻長頸鹿的遺體被剝製為標本，由附近的博物館接收。但從那之後就開始發生了奇異的事情。」

「事到如今妳還講什麼奇異。」

岩永身為妖怪們的智慧之神或許講這種話很奇怪，但當初來找她商量的妖怪們就是如此說明的。即使到這邊已經明白長頸鹿是怎麼到日本來然後怎麼喪命的，但還沒有跟化為亡靈出現在深山中的現象接連起來。

於是岩永繼續說明。

自從那隻長頸鹿死後，動物園內不知為何接連發生了許多不幸。園內飼養的好幾頭動物都死於非命，園長也病倒住院，就這麼與世長辭。園內的猴子脫逃出去，危害到周邊居民。就連收藏長頸鹿標本的博物館也遇上館長病倒，館內員工陸續因不明原因發燒導致無法工作等等狀況，可說是一連串的不幸。

動物園的關係人中或許也有幾個人對於引進不到一年就養死的長頸鹿抱有罪惡感，而開始流傳會不會是那隻長頸鹿死後作祟的說法。而且這下還波及到了博物館，等到住院的館長病逝後，大家的恐懼便飆升到極點，認真覺得不能夠再放著不管了。

於是動物園的新園長與博物館的新館長互相討論，決定中止展示長頸鹿的標本，並且找一座深山設立祠堂，奉祭遺骨，藉以平息牠的憤怒與不甘。

「既然要建立祠堂，何不建在動物園或博物館旁邊，還可以平時合掌祭拜一下。幹麼要特地把遺骨搬到深山中啊？」

九郎把同樣裝在購物袋裡的瓶裝茶拿出來喝，語氣無奈地如此說道。

岩永也吃著香草冰淇淋，對這點表示同意。

「那給人的印象確實與其說要奉祭，還比較像是把災禍封印到深山中呢。畢竟那座山無論從動物園或博物館來說，都距離很遠，而且又是在私底下祕密進行的。」

這麼做可能是考慮到就算作祟現象平息，假如祠堂建在平常可以看見的地方，還是會讓人永遠無法忘記那些不吉祥的事情。而且也害怕因此破壞動物園或博物館的形象吧。

後來，動物園和博物館不幸的連環都停息下來，又開始聚集起人潮。但不久後國家便爆發戰爭，使得動物園變得難以繼續飼養動物而歇業，博物館也同樣閉館。如今那兩座設施都已經不存在了。

「而且據妖怪們說山中的長頸鹿祠堂，當初每半年還會供奉一次祭品，也有妥善受到管理，但頻率卻逐漸減少為一年一次、三年一次，到最後都看不到有人來祭拜了。那座山又不是一般人容易前往的地方，到現在根本連誰是那塊土地的所有人都搞不清楚的樣子。」

世事無常。即便山區成為了國有地，假如沒有在利用森林資源，人們也不易到訪的話，就只能放任山中草木叢生，讓一切的存在都逐漸被人們淡忘了。像這樣被遺棄而無人祭拜的神明也不少。岩永不難想像那座長頸鹿祠堂，如今肯定被青苔雜草掩埋的景象。

九郎不禁皺起眉頭。

「既然動物園和博物館都在戰爭中消失，恐怕現在就連有長頸鹿被供奉在那裡的事實都沒有人知道了。」

「是呀，從熱帶莽原被送到日本的動物園來，死後的遺骨又無法回去故鄉，甚至被封印在深山之中。那隻長頸鹿想必也深感遺憾吧。」

假如因此死後化為怨靈，實在是一場悲劇。

九郎試圖從中尋找一線希望。

「話雖如此，但牠當初對周圍作祟許多，應該已經算達成報復了吧？」

「你又在講那種不科學的話。那些都只是碰巧接連發生的不幸而已，跟長頸鹿一點關係都沒有。那麼強力的詛咒作祟，並不是僅僅活了十年上下的野獸能夠辦到的事情呀。」

把什麼事情都拿來跟超自然現象聯想不是一件好事。岩永如此糾正九郎的常識。

「假如殘忍殺害野生動物會受到詛咒，早就應該不再有盜獵的問題，長頸鹿也不會面臨絕種危機啦。」

雖然現在日本的動物園也能看到長頸鹿的身影，但據說牠們曾經因為遭到過度濫捕，使得個體數量大幅減少了。

九郎臉上露出不太了然的表情。

「妳這種話從前提上就已經不科學了吧？」

「聽說好像有一種叫靈異科學的學問喔。」

雖然這樣講也有點自圓其說的感覺，但總之只要理解一件事：並不是化為幽靈就能夠為所欲為，其力量還是有限制的。

「可是牠到現在卻化為亡靈現身了不是嗎？」

九郎疑惑歪頭，大概是覺得從時期上來想好像講不通吧。

「即使沒有作祟的力量，有時候怨魂還是會存留下來。而且又被封印在山中的祠堂將近一百年，其怨念自然也會加深。不過只要被封印著，其實也做不了什麼事。然而聽說最近由於長期大雨加上管理不周，山中發生了小規模的土石流，讓長頸鹿的祠堂徹底被破壞了。」

這下九郎應該也總算看出了一些端倪。

「正因為長年被封印在山中，讓牠蓄積了足夠化為亡靈現身的力量是嗎？」

深山本來就是容易凝聚各種妖氣、靈氣和意念的場所。即便剛開始只是微弱的意念或靈魂，只要百年不動，並吸收、濃縮周圍的靈氣，就連來自異國的哺乳類也能夠再度化為原本的形體現身了。

「根據來找我商量的妖怪們說，那隻長頸鹿的亡靈每到深夜就會現身，在山中到處走動。而且牠或許對人類真的懷抱強烈的怨恨，只要見到住在山中的人類幽靈或形體近似人類的妖怪就會發動攻擊。可能是長頸鹿本身的力量就很大的關係，那隻亡靈也相當強大，又完全不聽這邊講的話。」

「畢竟原本生在熱帶莽原，來到日本還沒一年就死了，肯定對這邊的文化完全不能理解吧。」

九郎這次靠著邏輯如此分析。

而岩永其實也沒什麼自信能夠和來自異國的長頸鹿亡靈進行溝通。

「雖然長頸鹿是草食動物，給人一種很溫馴的印象。然而大小也好、型態也好，讓不曉得長頸鹿的人撞見的話根本就形同怪物囉？像那些從近處見到亡靈的妖怪們也說過，簡直不敢相信會有那樣的生物闊步於山中呢。」

假如已經從照片或影像中看習慣了，或許還比較容易接受實物。然而要是在事前完全沒有相關知識的狀態下遭遇到長頸鹿，想必會難以相信那是經過正常演化與設計所誕生出來的生物，而當場大叫怪獸或怪物吧。

再加上深山中的環境或許更加深了令人發毛的感覺。如果能夠從遠處看到整體樣貌就算了，但那種四肢和頸部都很細長，軀體部分又小的長頸鹿要是站在樹林之中，就難以觀察到全貌。只能見到對方的一部分，無法掌握整體形象，光是這樣就足以令人感到不安了。況且只看過長頸鹿身體的一部分，也很難推測出那樣不均衡的整體樣貌，所以會更加深其神祕的印象。

九郎把手指抵在額頭邊說道：

「要是牠攻擊過來，感覺就會更像怪物喔。畢竟長頸鹿擁有能夠一腳踢死獅子的腳力，雄性長頸鹿互相打鬥的時候也會用那條長長的脖子互撞。還會把長脖子用力一甩，用頭上的角撞擊對手。牠們只是因為吃草，所以不會主動攻擊其他動物，但以陸生動物來說算是相當強的生物。假如想要跟牠硬拚，妖怪陣營恐怕也要抱著付出代價的覺悟。」

「那個用脖子互撞的行為稱作脖擊，據說力量強到甚至會折斷對手的頸部呢。如果是像轆轤首或見越入道之類脖子會伸長的妖怪，或許去溝通一下還能產生同伴意識，但萬一被認作同族而吃上一記脖擊，肯定會輸得很慘吧。」

要支撐那條足足有兩公尺長的脖子就必須有堅固的骨骼，而且要自由活動也必須有強韌的肌力。聽說長頸鹿光是頸部的重量就有上百公斤。如果被那樣的東西甩到，想必等同於被一輛輕型汽車衝撞吧。

「長頸鹿的腳看似皮包骨，跟整體大小相比起來顯得很細，但其實也有成人男性的手臂那麼粗喔。」

九郎繼續發表著他的知識。

「要是被那踢到，應該就跟被棍棒毆打沒兩樣吧。」

要說大小不輸長頸鹿的妖怪也不是沒有，甚至有山上還棲息著體長好幾公尺的巨蛇。要靠蠻力硬拚制伏亡靈的方法不是不可行，但要是因此受到嚴重的傷害也可能會為將來留下禍害。而且妖怪們肯定也不太想跟那麼巨大又令人發毛的存在正面交鋒吧。

岩永這時轉頭仰望九郎。

「九郎學長，真意外你會對長頸鹿了解得這麼多。」

「因為我以前買給紗季小姐的長頸鹿布偶附有很詳細的解說啊。」

「哦～我倒是不記得學長你有買過什麼布偶給我呢。」

聽到九郎若無其事地提起舊情人的名字讓岩永不禁感到火大，於是把冰匙含在嘴上，抓起一旁的拐杖用前端猛刺九郎側腹部。可是對於沒有痛覺的九郎來說根本一點效果都沒有，讓岩永更加生氣了。

「要不然下次我買長頸象鼻蟲的布偶給妳嘛。」

「那只是名字裡有『長頸』的甲蟲呀！」

顧名思義，那是像長頸鹿一樣頸部非常長的一種昆蟲。那種東西光是有沒有賣布偶都不知道了，就算真的有賣，也不是應該送給女孩子的東西吧。

「那些妖怪們是想拜託妳怎麼處理那隻長頸鹿的亡靈？」

九郎喝著寶特瓶裡的茶並催促岩永繼續說明下去。雖然也可以說是故意撇開話題，但反正岩永也沒有特別想要什麼布偶，於是吃著冰淇淋回答：

「他們知道了對方的來歷都感到同情，並不希望粗魯對待。因此據說是讓山中的妖怪們暫時到其他地方避難，靜觀其變。而那隻長頸鹿雖然會在山中徘徊，但似乎不敢下山的樣子。或許牠即使對人類懷抱仇恨，但畢竟曾經有過被捕抓的經驗，所以害怕到人多的地方去吧。至少在還沒掌握自己的力量究竟到什麼程度之前。」

只要沒有特別感到麻煩，就不會想要大幅改變現狀。這或許是人獸共通的心理。

「妖怪們判斷那隻長頸鹿是突然在一座陌生的深山中醒來，會感到困惑而情緒激動也是在所難免，過一段時間應該就會平靜下來了。而且那座山即便是白天也不會有人類上去，所以不會引起什麼騷動。但要是過了好一陣子依然無法溝通，而且對方還想鬧事的話，可能就需要我出面鎮壓了。因此他們才會提前來找我商量，向我告知這樣的狀況。」

長頸鹿在日本的山中可說是極度的異物，但畢竟是亡靈，是靈異存在。棲息於山中的妖怪們基本上都很單純而憨厚，對於成為自己同類的野獸，想必也不希望二話不說就直接排除掉吧。

假如妖怪們沒有那樣的意願，岩永自然也沒必要急著行動了。

「若能和平收場當然最好，所以我也贊成靜觀其變。可是……」

岩永讓冰淇淋含在舌頭上，並用眼神示意放在長凳上的手機。於是九郎也把視線轉向手機。

「意思說在山中傳出傷亡的男女五人團體，就是被那隻長頸鹿襲擊的？」

「妖怪們當時由於跟那座山保持距離，所以並不曉得實際上發生了什麼事。我也是剛剛才接到妖怪們的報告說，有人類聚集在長頸鹿亡靈出沒的那座山山腳，似乎在騷動什麼。」

就算想要收集情報，妖怪們也一直慌慌張張的，似乎無法判斷該怎麼行動的樣子。而站在岩永的立場，也不希望讓妖怪們把事態搞得太複雜，因此只有指示他們暫時從遠處觀望狀況，從人群傳來的講話聲中收集資訊。

九郎不禁顰眉蹙額。

「無法否定長頸鹿有牽涉其中是嗎？」

「現在還是先做好最壞的打算吧。我希望能在今天之內抵達當地收集正確的情報。萬一長頸鹿襲擊人類得了勢，結果下山造成被害擴大，就真的難以收拾了。」

岩永正是為此特地把九郎叫出來的，九郎也沒有表示拒絕。

「要我開車載妳嗎？話說那些妖怪們也真厲害，居然能夠對山中長頸鹿的過去內幕知道得那麼詳細。」

這點也許該說是不幸中的萬幸。要不是妖怪們事前有告知過這些內幕，岩永的行動想必會延遲許多。

「那是因為有妖怪在當年建立長頸鹿祠堂的時候，就棲息在那座山上了。聽說是當時注意到人類把奇怪的骨頭帶進山中，所以感到好奇而偷聽了那些人類的對話。」

據說妖怪是聽了那些負責建立祠堂、供奉長頸鹿遺骨的人們交談的內容與傳言，然後又向居住於動物園周邊的妖怪們收集了補充情報。雖然當時那妖怪也萬萬沒有預測到後來會發展成這種事態就是了。

岩永接著看向九郎。

「我也希望能盡量透過跟長頸鹿亡靈溝通的方式解決問題，但搞不好會發生必須蠻幹的狀況。到時候就得依靠擁有不死之身的九郎學長，所以麻煩你了。」

雖然感覺像是把一半以上的麻煩事都丟給九郎負責，不過這就叫適材適所。

九郎明顯露出不甘願的表情。

「要我跟長頸鹿打架也是會害怕的好嗎？即便是百獸之王的獅子，要狩獵長頸鹿的時候也必須十隻左右一起上啊。」

雖然長頸鹿或許也不會想跟九郎打架，但總之現在首先應該想辦法避免那樣的狀況發生。然而在山中感覺不管做什麼都會不太方便。

另外還有一件讓岩永擔心的問題。

「那兩個活著下山的人也讓我很掛心。要是他們有遭遇到長頸鹿的亡靈而且把這件事講出去，說不定會導致奇怪的謠言被增幅，惹出更多的麻煩。假設真的是被長頸鹿襲擊，如果全部的人都當場喪命，事情還比較好收拾呢。」

「不要講那麼可怕的話啊。」

哪有什麼可怕？擅自闖入人家山中招惹麻煩的傢伙們，根本沒有同情的必要，反而是長頸鹿才真的令人同情。牠只會在深夜現身，而且都乖乖待在山中。搞不好是人類擅自闖入深山騷動，才導致會遭到攻擊的狀態。

而且那兩位倖存者還可能招致更多的麻煩事。

「之前那個叫鋼人七瀨的都市傳說怪人，就是靠著人們流傳的謠言獲得力量，帶來了災禍。要是這次山中有長頸鹿亡靈的謠言被傳開，可能會讓已經獲得形體與強大力量的長頸鹿變得更強呀。」

雖然可能性極低，但還是有警戒的必要。

不過九郎依然感到懷疑。

「得救的那兩人真的會把遭到長頸鹿亡靈襲擊的事情，告訴警察或身邊的人嗎？」

「假如他們夠冷靜，應該就會擔心被人懷疑腦袋出問題而保持沉默，但也有可能抱著好玩的心態向別人吹噓。而且可能因此讓六花小姐聽聞到謠言，進而利用此事向我找麻煩。」

九郎聽到六花的名字，眼中也頓時浮現警戒的神色。之前鋼人七瀨的謠言正是被六花大肆散布並加以利用，害岩永為了解決問題費上大番心力。雖然這次的事情有可能最終只是白操心一場，但面對異常狀況時，些許大意都可能成為致命的失誤。

「要是沒有鋼人七瀨這項前例，我還多少可以慢慢行動的說。但現在我們必須在長頸鹿的事情引起騷動之前，利用虛構的說明解釋這次事件和長頸鹿沒有關係，讓事件平息才行。六花小姐真的是就算什麼都不做、也會給人添麻煩的人物呢。」

九郎忍不住說出樂觀性的期望：

「最好那五人團體只是遭遇到普通的山難意外而已。例如偶然被捲入土石流之類的。」

「是呀，但願如此。」

岩永吃完冰淇淋，把空杯與冰匙放進空的購物袋中。就在這時，大概是設定成靜音模式的手機接到來電，九郎從口袋拿出手機看向螢幕。

「是陌生號碼。」

他如此呢喃，並且把沒有轉上蓋子的瓶裝茶遞給岩永，接起電話。岩永剛吃完冰淇淋正想要喝個茶沖掉殘留在舌頭上的甜膩感，於是收下寶特瓶後直接拿到自己嘴前。

九郎把手機拿在耳邊，回應著莫名其妙的內容：

「是的，沒錯。呃，警察？是，櫻川六花確實是我堂姊。」

這段聽起來令人有種不祥預感的回應，害岩永準備吞進喉嚨的茶流入氣管，當場被嗆到了。

九郎暫時把手機從耳邊拿開，目瞪口呆地告訴岩永：

「進入長頸鹿亡靈那座山上的團體中，有一個人就是六花姊。她現在聽說在當地的警局接受偵訊，而警察為了確認她身分而打電話來的。」

聽到他這麼說，岩永一時之間啞口無言。

九郎的手機號碼一直都沒有變，因此六花會記得也不奇怪。而六花目前居無定所，所以當她被捲入什麼事件或意外事故的時候，警察為了確認身分就會詢問親屬。這時候會報上九郎的名字與電話號碼也是很自然的事情。

岩永雖然冷靜地如此分析事態，但依然忍不住大叫起來：

「那個女人，這次又在打什麼鬼主意了！」

自己明明已經設想到最壞的打算並行動了，不過現實看來還是遠遠超出了自己的預想。

下午七點多，岩永與九郎來到了Z縣矢次市的矢次警察局。九郎接完電話後，兩人便開著岩永家的車子，飛快趕來。畢竟什麼都不做的時間越長，感覺只會讓狀況更加惡化。岩永甚至到了警局後才想到，真虧操作方向盤的九郎一路都沒有發生車禍。

在警局櫃檯說明來意後，兩人立刻被帶到一個房間，打開房門。在房間裡，見到的是容貌與失蹤之前完全沒變的櫻川六花，正坐在桌邊優雅地吃著豬排蓋飯。

「你來得真快呢，九郎。還有琴子小姐也是。」

六花看到岩永與九郎，便坐在椅子上舉起免洗筷，不但一點也沒有愧疚的樣子，反而像在稱讚自己叫來的傭人有多忠誠似地如此說道。

這房間看起來像小型的會議室，有三張長桌與十幾張摺疊式的鐵椅，牆邊還有一塊白板。或許這裡不只是給調查員開會用而已，把事件的關係人叫來警局問話或者警局員工小歇片刻時也會利用的樣子。

在六花右邊站著一名表情困惑的女性，雖然身穿便服，但應該是警察。左邊則是一名看起來年近四十的大塊頭男性坐在椅子上，同樣露出驚訝的表情看著岩永與九郎。

岩永不禁嘆了一口氣。雖然自己早有覺悟，認為總有一天會跟六花再會，但萬萬沒想到是在這樣的形式下。她拄著拐杖率先走進房內，並回應六花：

「我還是頭一次看到真的會叫警察給自己吃豬排蓋飯的人呢。」

儘管現在確實是晚餐時間，但正常人在這種狀況中，應該沒胃口吃下那麼油膩的東西吧。

結果六花不太服氣地動著筷子。

「但費用是我自己出的呀。我又不是嫌疑人，妳不覺得其實應該要由警方出錢嗎？」

「不，六花小姐，妳的立場超級可疑的好嗎？」

雖然還不清楚詳細狀況，但唯有這點絕對沒錯。

站在六花右邊的年輕女性這才回過神來，走到岩永與九郎面前。

「呃，我是矢次警局刑事課的野江。請問您就是櫻川九郎先生嗎？」

「是的，我是她堂弟九郎。」

站在岩永身後的九郎往前踏出一步，為了證明身分而將自己的駕照遞給自稱野江的女刑警。岩永也拿出學生證給野江刑警確認，並摘下貝雷帽報上自己的名字：

「我叫岩永琴子，是和這位九郎先生正在交往的女朋友。也由於這樣的緣分，六花小姐直到去年為止都寄住在我家。我想家父應該已經有聯絡貴局，為六花小姐擔保了身分吧？」

畢竟九郎和岩永雖然都已成年但還是學生，尤其岩永的外觀看起來又不像是成年人。因此為了避免一開始就碰壁，岩永才會請具有社會地位、而且在其他縣的權勢人物之中也有人脈的父親預先打了一通電話給警局。岩永拜託父親時說六花被捲進了一樁不知是事故或案件中，然而由於身分曖昧不明而正在傷腦筋，希望父親出面為她說個話，結果父親立刻就答應了。雖然勞煩到父親讓岩永感到過意不去，但這種狀況下也是無可奈何的選擇。

由於岩永的父親對六花的印象很好，因此毫不懷疑就說著「那可難為她了」，並動用好幾處人脈，似乎為六花爭取了較好的待遇。

坐在椅子上的中年男性皺著眉頭從旁插嘴：

「我們有接到聯絡了。我是同樣隸屬刑事課的甲本。我聽說會前來的應該是一位名門的千金小姐，但妳這樣真的已經成年了嗎？」

「不好意思，因為我是娃娃臉。」

「這已經不只是娃娃臉而已的程度吧？」

簡直多管閒事。雖然野江刑警用有點軟弱的語氣提醒甲本不應該這樣講話，對方卻感覺毫不在意。或許這兩人在警局中是前輩與後進的關係。他們大概都因為走進房間的岩永看起來實在與這個現場格格不入，才會一時之間講不出話來。就算事前已經聽說會有這號人物來訪，但岩永可能還是跟他們腦中原本想像的二十多歲大家閨秀相差太大了吧。

話說回來，既然已經牽扯到刑事課，可見警方現在應該強烈懷疑在山中發現的屍體是什麼殺人事件。

岩永在九郎為她拉過來的摺疊椅上坐下後，對一副事不關己地吃著豬排蓋飯的六花開始詢問。仔細一看，她桌上還有茶、沙拉跟味噌湯，真的是很優雅地享用著晚餐。

「好了，六花小姐，妳這一失蹤就是一年以上，請問這次又搞出了什麼麻煩？妳可能不知道，殺人是會受到法律制裁的行為喔？」

「妳還是一點都沒變呢。」

「妳沒資格講我。」

六花接著微微轉動脖子，看向站在岩永旁邊的九郎。

「九郎也是，還沒跟琴子小姐分手呀。」

「沒有那個契機啊。」

九郎這句話講得好像只要有契機就隨時會分手的樣子，讓岩永忍不住想抗議，但在那之前六花就先垂下了肩膀。

「要說契機，我應該為你提供了很多次呀。」

不過她即便如此感到沮喪，似乎還是不影響食慾，又接著把筷子伸向沙拉並為自己解釋：

「總之，我這次只是把受了重傷的人扶下山，救了那個人一命而已。」

「說到底，妳為什麼會跟別人組團進入深山呀？」

「打從一開始我就是自己一個人進山的。只是在途中偶然遇上四名男性的團體，想說這也是某種緣分，所以暫時跟他們一起聊天，共同行動了一段時間。然而到天黑前，我就跟他們分開到別的地方休息了。新聞媒體大概沒有掌握到那麼詳細，所以就把我們歸類成了五個人的團體吧。」

「那麼妳為什麼會自己一名女性擅自闖入那樣的深山中呢？」

「因為我到處住旅館也膩了，想要轉換一下心情嘛。畢竟山中空氣新鮮，星空也很漂亮。而且那座山不知道為什麼，沒有什麼可疑的氣氛，所以我從山中移動應該也比較不容易被掌握到足跡。最近女性獨自一人露營或爬山已經不是什麼稀奇的事情，因此也不太會讓人起疑吧。」

看來六花跟九郎不一樣，能夠靠氣息感受出一塊地方有沒有怪異存在的樣子。原本棲息在那座山上的妖怪們，都因為長頸鹿而暫時避難到其他地方去了，長頸鹿又只會在深夜出沒，因此從六花的立場看來確實是很適合藏身的地點。

岩永忍耐著頭痛，對甲本刑警問道：

「請問她對警方也是這麼說明的嗎？」

結果甲本不只是對六花，不知道為什麼對岩永也露出感到可疑的眼神，點頭回應：

「沒錯，如此可疑的女性可是相當罕見啊。不但沒有身分證件，又居無定所，被她丟在山上的行李中還發現了甚至可以買下好幾輛高級進口車的大筆金錢。」

那還真的是非常可疑。讓人都不禁懷疑六花是不是透過什麼違法手段獲得那一大筆錢的程度。而且就算被警方懷疑是一群人在山中為了那筆金錢發生糾紛，進而演變成殺人事件也一點都不奇怪。

岩永不禁有種想要把貝雷帽甩到六花臉上的衝動。

「妳為什麼會把那種行李丟在山上？」

「因為我要攙扶重傷者下山，背著行李很礙事吧？所以我不得已下只好把最低限度的水跟糧食帶在身上下山了。」

六花講得一副泰然。但她這樣簡直滿滿都是會讓警察想拘押的要素，光要為她辯護都很辛苦。雖說就算讓六花被關進拘留室對於岩永來說也是不痛不癢，但目前還搞不清楚她心中究竟有什麼盤算。因此與其讓她被警方拘押，不如早早將她帶出來自己監視還比較好。

儘管心中感到百般不願，岩永還是幫忙六花對甲本解釋：

「雖然那些錢感覺來路可疑，不過這個人的賭運強到嚇人，所以我想應該是她靠賭馬之類贏來的。」

「她本人也是這麼說。那是真的嗎？」

甲本語氣更加懷疑地如此詢問，然而這點是千真萬確。

「是的，我就實際看她中過好幾次高賠率的馬票。賠率低的時候也會故意賭很大，提高兌獎金額。」

雖然這些都是事實，不過這是六花吃過妖怪件的肉獲得決定未來的能力，所以能夠預先知道哪匹馬會獲勝而下注罷了，就正確意義上來講其實不叫作賭運很強。

由於那終究只是讓容易發生的未來確定發生的能力，因此並非隨隨便便都能買中高賠率的馬票，不過只要可能性較高，就一定能賭中。只要知道下注的馬一定會贏，就算賠率僅有兩倍同樣能賺得一大筆錢。大約只要一個月的時間，就能獲得足夠購買高級進口車的金額了。

「如果您不相信，要不要讓她在最近會舉辦的比賽中試試看？只要跟她買同一個號碼，刑警先生也能大賺一筆喔。六花小姐，妳可以辦到吧？」

「是可以啦，但那樣不會構成利益輸送嗎？」

或許因為岩永講得很煩，六花又用一副正常人的態度表示肯定的樣子感覺很像真的，讓兩位刑警都愣愣地沉默了好一段時間。

「那麼請問一下，櫻川小姐到處流浪的理由是？」

野江向岩永問起更加令人感到可疑的問題點。六花應該已經向他們說明過了，不過也許想要從第三者的證詞中對照有沒有矛盾之處吧。

岩永忍不住抱著極度不愉快的心情，很快回答出六花可能會向警方進行的說明：

「因為她似乎不太喜歡我跟她堂弟九郎學長交往，從我們以前住在一起的時候就經常起衝突了。所以她大概認為只要自己行蹤不明，九郎學長就會為她擔心，試圖藉此讓我和學長的關係變得不穩定吧。」

結果六花把筷子像指揮棒一樣在空中揮動。

「況且我如果為了讓你們分手而在近處出手攪局，比較容易被妳反擊吧？所以我才想說要透過遠距離的方法給妳找各種麻煩。」

「是呀，真的被妳找過各種麻煩呢。」

像鋼人七瀨啦、音無董事長的事件等等，除了找麻煩之外，感覺還有很大部分是為了其他的企圖。

六花有如扮成什麼弱小女子似地縮起細瘦的身體，對甲本控訴：

「可是琴子小姐收集情報的速度太快了，要到處逃跑不被她發現都很辛苦。所以身上帶的資金是越多越好，而且我有時候還必須躲到深山中躺石頭睡覺呢。」

甲本用懷疑的眼神看看六花，又看看岩永。

「這位小姑娘有那麼恐怖嗎？」

六花臉上露出微笑。

「只要刑警先生不是有眼無珠，應該看了就知道吧？」

甲本似乎瞬間被六花嚇到而板著臉咂了一下舌頭，接著用嚴厲的語氣對九郎說道：

「喂，整件事聽起來就是繞著你在轉，你怎麼都默不吭聲？讓一個那樣的小女生負責應對，你都不覺得丟臉嗎？」

「因為我命中就是註定如此。」

九郎雖然回答得一本正經，但似乎並沒有改善甲本的心證。

「你們難不成是來戲弄警察的？」

「不，我只是陳述事實。」

九郎彷彿巴不得狡辯自己跟岩永和六花毫無關係似的，用更加認真的眼神如此回答。但可能是認為必須讓話題朝有建設性的內容進行的義務感使然，他接著轉向野江說道：

「或許六花姊會受到懷疑是無可奈何的事情，但請問在山上究竟發生了什麼事？我們看新聞報導是說發生山難還是意外事故的樣子。」

野江用視線詢問甲本該如何回應，結果甲本又咂了一下舌頭後端正坐姿，姑且展現刑警風範地開始說明：

「反正遲早會被報導出來，但我就在不造成影響的範圍內告訴你們。今天上午九點多，從最近處的山腳下需要爬兩個小時以上的深山中，發現了三個人的遺體。雖然解剖報告還沒出來，不過根據現場狀況判斷，那三人應該是從懸崖上摔下來喪命的。」

「墜崖喪命是嗎？」

就山難意外來說算是很常見的類型，然而刑警會如此謹慎，應該就表示現場並沒有那麼單純吧。

把甲本說明的內容整理起來就是——

那座山爬到相當深處的地方，會來到一座高約二十公尺，寬約五公尺，幾乎呈現垂直的懸崖下方。那三人據研判應該就是從崖上摔下來喪命的。崖下的樹林稀疏，是一塊土石裸露，只有雜草生長，陽光不會被樹木遮掩的開闊場所。而那三個人倒在彼此相隔不到幾公尺的近處，看起來幾乎是從崖上的同一個地點掉落下來的。附近地面上還有壞掉的攜帶型照明工具或電池式提燈，應該也是從崖上掉落下來的東西。

在懸崖上土石裸露的部分，留下許多人物的凌亂足跡，因此推斷那些人應該就是從那個地點跳下去或者不慎腳滑摔落懸崖的。

從那些痕跡處進入樹林約兩百公尺的深處有四個簡易帳篷，行李與手機等東西都遺留在營地，沒有被人翻搜過的跡象，保持著四個人當時在那裡露營的狀態。

六花這時提供自己知道的情報進行補充：

「我那天是一個人在距離崖下稍遠的地方拿出睡袋準備睡覺。從我的地點如果要到崖上，除非直接攀爬崖壁，否則就必須稍微繞一點遠路，無論要上去或下來都很花時間。然後大概到了凌晨一點左右吧，我感覺好像聽到什麼重物摔在地面的聲響，所以就拿著手電筒過去看看是怎麼回事。雖然要走過去確認狀況很恐怖，但我覺得放著不理會更恐怖呀。」

岩永一點也不認為六花會為了這種程度的事情感到害怕，不過畢竟在刑警面前，她或許覺得需要表現得比較有現實感吧。

九郎一副感到理解地雙手抱胸。

「那四個人是在懸崖上的深處紮營，而六花姊則是在懸崖下方是嗎？畢竟那群人都是男性，有可能會萌生夜襲六花姊的念頭。所以會選擇離這麼遠睡覺是可以理解的。」

「才不會有那種不要命的好事之徒會想要夜襲這個人啦。如果拿昆蟲比喻，她可是像螳螂一樣的女人呀。」

岩永忍不住講出真心話，結果六花一臉無趣地嘟起嘴脣。

「妳至少也要把我比喻成蘭花螳螂呀。」

只要外觀漂亮一點妳就能接受了嗎——岩永本來想這麼吐槽，可是被忍不住插嘴的甲本打斷了。

「螳螂什麼的我是不懂。但她可是一個沒帶什麼裝備就獨自進入深山的女人。正常來想別人都會懷疑她是不是打算自殺，而不想扯上關係。所以我看根本是那些男性主動跟她保持距離的吧。」

六花聳聳肩膀，接著說出她在接受偵訊時應該已經回答過一次的內容：

「總之我跑到聲音傳來的地方一看，就發現白天時一起行動過的那四個人倒在懸崖下面。雖然其中三個人已經喪命，不過剩下那個人或許摔到的地方比較不嚴重，即使受了重傷還依然保有意識。所以我就攙扶著他一起下山了。」

「妳沒想過要打手機求救嗎？」

對於岩永這句質疑常識的詢問，六花反而一副覺得岩永才沒有常識似地回應：

「我居無定所，因此也沒有手機呀。我救的那個人雖然有手機，可是從懸崖掉下來的時候摔壞了。而且就算沒壞，那座山中似乎也收不到訊號。」

野江這時補充情報：

「在四個人紮營的帳篷外，有兩支手機掉落在地上。它們雖然沒有壞，不過的確收不到訊號。那個地區除非下到山腳邊，否則是無法通話的。懸崖下另外還有一支可能是其他人的手機掉在地上，但同樣已經損壞。」

「貿然移動重傷者是很危險的事情喔。在黑夜中從深山下山也是。應該要等到天亮後，六花小姐自己一個人下山求援比較恰當吧？」

「因為那位重傷者害怕自己一個人被留在山中呀。而且妳覺得一般人會相信一個在山中初次見面的女性真的會下山幫自己求救嗎？」

應該很難相信。況且六花的臉在月光陰影下看起來肯定很不祥吧。

野江從旁為六花說道：

「櫻川小姐的判斷雖然稱不上十分恰當，不過假設她當時獨自下山求援，也不知道救援隊要花上多少時間才能抵達現場。畢竟調派直升機需要時間，那裡的山路也沒有經過整理，櫻川小姐要正確掌握路徑想必非常困難。獲救的男性當初組團入山的時候也是在事先仔細做好準備，而且沿路在好幾個地方邊留下標記邊爬山的。」

「就結果來看那個人得以提早獲救了。所以這做法算是恰當的吧。」

六花厚臉皮地如此表示，並喝著味噌湯。那實在不像是今天早上才經歷過這場難關的女性會有的態度，讓野江忍不住用感到十分奇怪的眼神看著六花。

甲本接著抓抓頭。

「關於這部分，跟獲救男子的證詞是一致的。他也是說自己因為這樣的來龍去脈而跟著一起下山的。」

「既然能夠從獲救的男性口中獲得證詞，不就應該已經知道當晚究竟發生了什麼事情嗎？」

岩永其實能夠預測出會是怎樣的答案，但還是故意裝得有點驚訝地如此詢問。

「問題就在那位男性雖然記得他們四個人晚上聚集在帳篷外面講話之前的事情，可是從那之後直到在懸崖下被櫻川小姐救起為止究竟發生過什麼，他似乎都沒有記憶了。而在帳篷外面有符合人數的水壺與金屬杯子掉在地面上，另外也有筆記用的紙筆，確實有四個人聚在一起談過話的痕跡就是了。」

從甲本的口氣聽起來，他並沒有完全相信這些證詞。

「那個人的頭部受過強烈撞擊，因此的確有可能暫時失憶或記憶混亂。另外，當人遭遇慘痛的經歷後，也有可能在無意識中消除那段記憶。」

野江雖然不否定失憶的可能性，但語氣中也沒有信任的感覺。假設就算真的失去記憶，警方大概還是覺得不太自然吧。

岩永開朗地裝出佩服的表情，並試著講出自己所理解的內容：

「從狀況看起來，應該是那四個人深夜在帳篷外面談話的時候發生了什麼事情，結果讓他們甚至丟下手機，連行李也放著不管，只拿著照明工具和提燈就穿越樹林間，奔往懸崖的方向，然後接連跳了下去。畢竟手機也能拿來充當手電筒，所以當中應該也有人是用手機的光線照路，跑向懸崖的。」

甲本瞪著岩永點點頭。

「沒錯，現場看起來就是那樣。妳覺得這樣有可能只是單純的山難意外嗎？」

「我也不清楚。因為我對爬山沒什麼研究。」

岩永雖然如此裝傻，但內心也壓根兒不那麼認為。就算那四個人是打算集體自殺，狀況也有許多不解之處，整個過程感覺也不可能是什麼意外事故。

她大致上已經可以推測出在山上究竟發生了什麼事。自己下午時那樣誠心祈禱都白費了。那四個人就是被長頸鹿亡靈襲擊的沒錯。真巴不得閉上眼睛逃避現實。

甲本半瞇著眼說道：

「根據看過現場狀況的一名調查員說，那景象有如他們在山中遭遇到什麼東西襲擊，於是只抓起照明工具慌忙逃跑，結果就這麼被追到崖邊摔落下去了。或者可能是被逼到懸崖邊緣，結果不小心失足墜崖的。」

那位調查員的直覺可真敏銳。搞不好就是甲本自己的看法。雖然不清楚警方會願意提供情報到什麼程度，不過岩永稍微試探了一下：

「畢竟在深山中，也許是熊或山豬出沒吧？要是在黑夜中被盯上食物的那類野獸襲擊，誰都有可能陷入驚慌。請問現場有留下那種大型野獸追著那群人到懸崖邊的痕跡嗎？應該會有什麼足跡或樹皮磨傷之類的吧？」

「目前還沒有收到發現那類痕跡或行李被翻找過的報告。」

野江用一副對於甲本和岩永之間的對話感到傻眼似的態度這麼回答。她似乎同時對於甲本莫名與岩永針鋒相對的態度覺得困惑的樣子。

九郎為了稍微改變氣氛，插嘴問道：

「請問那團的四位男性之間是什麼關係？」

「他們全都二十四歲，據說是大學時代的朋友。這次上山似乎是為了追悼一名大學時代與他們感情不錯的女性。是說那位女性生前曾經想要進入那座山的樣子。」

看來甲本對於這部分還不清楚。六花接著從旁補充：

「這我也有聽說。好像是一位叫大和田柊的女性。」

也許她是在跟那群人暫時一起行動的時候聽說了這件事。而甲本站在警方的立場應該不太希望洩漏太多事件相關的情報給外人知道，但又不能叫六花一直閉嘴，於是表情不悅地繼續說道：

「獲救的那名男性雖然意識清楚，但畢竟身受重傷，因此接下來才會進行詳細問話。根據他的問答內容，也可能會讓整個案情有重大的改變。」

假如那四個人和六花都有不可告人的內幕，警方應該就會懷疑他們還有什麼事情沒講吧。

就在這時，不只是豬排蓋飯而已，連沙拉和味噌湯都在不知不覺間吃完的六花放下筷子，從容不迫地對兩位刑警確認道：

「現在我已經得到擔保，也有人來迎接了，請問我差不多可以離開了吧？」

甲本又咂一下舌頭。

「獲救男子和妳的證詞之間目前還沒有矛盾之處，但包括妳本身在內，此案的疑點太多了。因此在三名死者的驗屍報告出爐並調查出更詳細的狀況之前，希望妳不要離開這個地區。」

六花朝岩永瞥了一眼。雖然答應這項請求讓岩永有點不爽，但現在的當務之急是快點跟六花到沒有警察監視的場所好好談話才行。

「雖然地點位於市外，不過我在縣內的這間飯店訂了能夠三個人住的房間。我們最起碼到後天都會住在那裡，不會讓六花小姐單獨行動。另外這是我的手機號碼。」

岩永用一副明顯感到不得已的態度拿出手機，將自己在縣內一家設備最良好的飯店預約了高級套房的確認郵件以及自己的手機號碼顯示在螢幕上，拿給甲本與野江看。即便是再怎麼可疑的人物，如果沒有具體的嫌疑，而且還有名門的當家出面擔保，警方想必也無法繼續扣留吧。

甲本有如一把搶走似地把岩永的手機粗魯拿走，盯了一下螢幕後，交給野江記下資料。接著大概判斷是最容易溝通的人物，而對進入房間後一直站著的九郎問道：

「你們三個人究竟是什麼關係？」

「就是萬一讓六花姊又再度失蹤，會感到很傷腦筋的關係。」

九郎用『唯有這點希望你可以相信』的語氣如此回答。六花則是優雅地從椅子上起身。她或許是為了爬山而姑且穿著一套適合戶外活動的服裝，不過色調相當樸素。

「我如果還有打算到處逃跑，一開始就不會把琴子小姐叫來了呀。」

大概是為了讓甲本放心，六花也如此補充。但她明明利用岩永為自己做擔保，卻表現得絲毫沒有要感謝的意思，也太過分了。

岩永雖然有種想要當場咬她一口的衝動，不過還是強忍下來，把貝雷帽重新戴好。

「九郎，麻煩你幫我拿行李。我今天已經累了。」

六花說著，用拇指比向房間角落。那裡放著一個想必被警方查過內容物，設計得可以用手提也能背在背上的背包，以及捲起來收好的睡袋。而九郎也一副理所當然地聽從六花，把那些行李拿起來。

「九郎學長，請你在這種時候表現得不情願一點呀。」

明明身為女友而且右眼是義眼、左腳是義肢的岩永，曾經好幾次拜託過類似的事情時，他多半都會不甘不願的說。這種差別待遇是怎麼回事？結果九郎卻好像無法理解地回應：

「可是六花姊遭遇了很辛苦的事情啊。」

「我可是遭遇到很麻煩的狀況呀。」

甲本一臉不愉快地說道：

「說真的，你們之間到底是什麼關係？」

野江也深有同感似地半瞇起眼睛了。

在離開矢次警察局前往停車場的路上，岩永很不高興地對走在前面的兩人表示：

「為什麼是你們兩個走在一起而我要追在後面啦？」

結果六花和九郎都一副不知有什麼問題般轉回頭。

從剛才的房間出來後，六花就一直把雙手插在外套口袋中無憂無慮地走著，九郎也提著行李走在六花身邊。岩永則是有點跟不上那兩位腳長的人般追在後面，從明亮的警局中來到黑夜之中。

雖然始終照著自己步調往前走的六花很過分，不過依附在她旁邊一起走的九郎同樣很差勁。為什麼這男人會如此把身為女朋友的岩永丟在後面？

「我已經用不至於讓妳跟不上的速度在走路了呀。」

六花停下腳步，疑惑歪頭。

「我在講的是，為什麼要我走在後面？這樣的隊形不就像是把我排擠在外嗎？講得簡單一點就是我不喜歡這樣。」

岩永小跑步追上兩人，用拐杖搥了一下九郎的腰，但他只是露出了感到非常不耐煩的表情。

六花倒是表現得一臉愉快。

「九郎他只是走在我近處警戒，以防我對妳造成什麼危害。讓妳走在後面，應該也是因為他判斷這樣的位置最安全吧。」

「為什麼六花小姐會有加害於我的必要？」

這次換成岩永疑惑歪頭了。於是六花繼續說明：

「不管我心中抱著什麼企圖，都可能覺得妳的存在很礙事，因此索性把妳殺掉比較方便——他會這樣擔心也是很正常的吧？」

「不不不，六花小姐才沒那麼愚蠢啦。畢竟把我殺掉的那一瞬間，就等於確定妳會輸了。」

假如九郎真的在擔心那種事情，簡直是杞人憂天。

「六花小姐的能力非常危險。可是想要把妳完全封鎖起來又非常費工夫，搞不好還會遭受出乎預料的反擊，進而讓秩序更加混亂。因此除非妳做出什麼真的無法忽視的踰矩行動，或者讓我掌握到絕對不讓妳有機會反擊的狀況，否則我也沒辦法做出太激烈的行動。」

「沒錯，我不會乖乖就範的。」

六花深感同意地點點頭，而在她旁邊的九郎則是不知道為什麼露出複雜的表情。

岩永不禁懷疑這個男人是否聽不懂，並繼續說明：

「然而要是六花小姐把我殺掉，那毫無疑問就是破壞秩序的行為。畢竟是把守護秩序的存在給殺掉了，沒有任何酌情量刑的餘地。因此妳會成為絕對無法容許存在的人物。到時候妖怪們再度挑選出來的新一代智慧之神，肯定會不惜付出任何代價都要把妳完全排除掉。」

妖魔鬼怪們也會把六花反叛秩序的罪行傳播出去。而新的智慧之神得知之後，第一件任務搞不好就是處理這個問題了。

即便六花擁有不死之身又能決定未來，要把她抓起來還是可以辦得到的。然後看是要把她灌水泥封起來，埋進高樓建築的地基中，或者沉入海溝深處，她就最起碼上百年都無法做出任何行動了。而六花要是遭遇那樣的下場，想必也會覺得自己乾脆不要復活還比較輕鬆吧。

聽到岩永這麼說，不知道為什麼不只是九郎，就連六花都瞪大了眼睛。

「如果妳不在了，就會馬上有新的智慧之神被挑選出來嗎？」

「我可沒有什麼不死之身呀。當我變得無法繼續行動的時候，要是沒有新的智慧之神不就糟糕了嗎？到時候要誰來守護這個世界的秩序啦？」

岩永認為這是很理所當然的事情，但六花腦中似乎完全沒想到這點的樣子。她莫名一副恍然大悟似地把手放到自己臉頰上。

「這麼說也對。或許只是我們不曉得而已，其實過去應該也有被挖掉一隻眼睛、切斷一條腿的什麼人在守護這個世界吧。」

「六花小姐，妳總不會原本抱著萬一真的情況不對的時候，就乾脆把我殺掉的想法吧？」

就算自己能夠靠邏輯思考判斷狀況，也不表示別人可以做到同樣的事情——岩永對於這點非常清楚，但沒料到六花竟是個連這種程度的事情都想不到的女性，真有點遺憾。感覺對她的期待幻滅了。

六花似乎看出了岩永這樣的感想，而把從口袋拿出來的手晃一晃表示否定。

「才沒那回事。雖然根據的理論不一樣，但我也很清楚只要把妳殺掉，我自己也會完蛋的。」

除此之外還能有什麼理論？岩永不禁疑惑皺眉，結果六花看向旁邊的九郎。

「要是我殺了琴子小姐，九郎就不會原諒我。到時候他肯定會用盡手段讓我遭受應得的報應。」

雖然六花講得充滿確信，但九郎的態度怎麼看都在嫌麻煩的樣子。

六花接著把手插回口袋中，彷彿在述說真理似地望向天空。

「要是跟我擁有相同能力的對象不擇手段與我敵對，我可沒有自信能夠撐得下去。況且這世界上只有九郎從小與我同在，理解我的事情，是發生什麼不測時能夠依靠的存在。我怎麼可能做出會導致自己失去他的行為呢？」

六花說著，輕輕一笑。

「我只是因為這個理由所以沒辦法殺掉妳。完全沒有想過新的智慧之神會誕生什麼的。」

由於她靠獨自的理論得出了相同的結論，所以沒有考慮過其他的理論——這的確講得通，但岩永怎麼也無法釋懷。

六花把手放到九郎肩上。

「所以九郎，你沒必要那樣警戒。無論發生什麼事，我都無法傷害琴子小姐的。因為我很清楚你會做出什麼事。」

岩永傻眼地糾正道：

「不不不，六花小姐。照九郎學長的個性，我只能想像到我死後，他會一副總算擺脫麻煩似地舒暢伸展筋骨的模樣呀。」

九郎立刻表情認真地糾正：

「我好歹會顧及一下體面，多少裝出一點悲傷的樣子啦。」

「妳看，他都這樣說了。」

這男人怎麼想都絕對不是因為擔心岩永而走在六花旁邊，總覺得他單純只是比起岩永，更優先選擇了六花而已。

結果六花露出深感遺憾似的眼神看向岩永。

「妳還是老樣子，無法理解人情呢。」

「這種話應該要對妳的堂弟講才對吧？」

雖然岩永很想追問對方究竟是根據什麼邏輯得出那樣的結論，然而現在不是在這裡抬槓的時候了。

三個人抵達停車場後，趁著九郎掏出鑰匙把六花的行李放到後車箱的時候，岩永把對話拉回正題：

「六花小姐，現在重要的是，你們當時在山中實際上是發生了什麼事情？」

雙手抱胸靠在車子上的六花聳聳肩膀。

「假如我說我們被長頸鹿（kirin）攻擊了，妳會相信嗎？」

「會，如果妳講的是脖子長的那個 kirin。」

聽到岩永不假思索地如此回應，六花頓時露出感到無趣的表情。

「所以妳本來就知道那座山上會有長頸鹿的亡靈出沒是吧？」

「雖然現在這個狀況完全出乎我的預料就是了。這個發展是如妳所願的嗎？」

「大部分的事情其實都沒辦法如我所願呀。」

擁有決定未來能力的存在講出這種話，根本一點都無法讓人相信呀。

在前往飯店的車上，六花描述起在那座長頸鹿亡靈出沒的山中真正發生過什麼事情：

「凌晨一點左右，我聽見有什麼東西掉落到懸崖下——到這部分為止我對警方都是實話實說。不過從那之後的內容，我和獲救的男性——丘町冬司先生經過討論，省略了一部分事實沒有向警方說明。」

車子由九郎駕駛，六花坐在副駕駛座，而身材最嬌小的岩永一個人坐在後座。雖然岩永在上車時抗議過這樣的配置會不會太奇怪，但卻因為『萬一發生車禍的時候坐在後座比較安全』這種理由而被分配到後面去了。

「我當時拿著手電筒到懸崖下一看，發現已經有三個人倒在地上，丘町先生則是在崖上被逼到邊緣處，正要掉落下來。我事後聽他說，他們四個人是聚在帳篷外面談話時，突然被無聲無息現身的那個青白色亡靈襲擊了。而且那時候他還沒看出來那是一隻長頸鹿的樣子。」

就算不是亡靈，誰也不會想到竟然會在日本的深山中遇到長頸鹿吧。更何況在看不到全身的狀態下，根本不可能認得出來。

「丘町先生一行人當場各自抓起身邊的照明工具逃跑。但明明在樹林還算相當密集的山中，那隻長頸鹿卻完全沒有撞倒樹木或搖晃枝葉，立刻從後面追了上來。」

「畢竟是亡靈嘛，當然可以穿透大部分的物體追逐目標了。」

「而或許是看著那四個人慌張逃跑的模樣很有趣的關係，那長頸鹿據說是以好像追得上又追不上的速度跟在後面的樣子。」

「那是一隻怨恨人類的長頸鹿，因此大概覺得與其直接殺掉，那樣做會比較爽快吧。」

雖然岩永等一下可能需要透過妖怪們取證情報的正確性，不過她也不認為六花在這個階段有撒謊的必要。至少長頸鹿那樣的行動跟六花應該不曉得的長頸鹿內幕是相符合的。

判斷六花是在講實話的岩永決定繼續聽下去。

「據說當時跑在前面的三個人由於把注意力都放在後面的長頸鹿，結果就接連摔下了懸崖。丘町先生則是因為跑在最後面而注意到前方有異狀，才得以在懸崖邊緣驚險停下腳步。可是長頸鹿又現身在自己眼前，讓他忍不住恐懼後退，便一腳踩空，墜下懸崖了。」

或許這樣整理起來會覺得是很笨的墜崖方式，不過在深夜的山中懸崖上，如果被一隻長頸鹿逼到絕境，即便不是亡靈肯定也會感到恐怖吧。有勇氣往前踏的傢伙才真的有問題。

「我那時候就在懸崖下，想辦法要接住他的身體，救他一命。」

「什麼想辦法要接住，正常來想根本不可能辦到呀。要是讓乖小孩亂模仿了怎麼辦？」

當發現有人試圖跳樓自殺或不慎墜樓的時候，有些人也會嘗試做出同樣的對應。但即便只是五歲的兒童，體重少說也有二十公斤左右。那樣的物體從天上掉落下來，光靠人類的肉體是不可能平安接住的。就連重量不到五公斤的盆栽從十公尺以上的高度掉落下來的時候，不管是誰肯定都會想閃避吧。

六花輕輕點頭。

「所以正確來說，是我的身體成為緩衝墊，減輕了丘町先生墜落的衝擊力道，讓他僅只受到重傷，不至喪命。當時我全身斷了好幾根骨頭，內臟也遭殃了。」

什麼遭殃，既然擁有不死之身又沒有痛覺，想必她根本不當一回事吧。

「我的傷勢很快就復原了，但那隻長頸鹿不曉得是為了確認人類的生死還是為了補上最後一刀，還特地跑到懸崖下。不過牠並沒有誇張到直接跳下懸崖，而是繞遠路到下面來的就是了。於是我讓受重傷的丘町先生躺到地面上，並且與那隻長頸鹿對峙。全身綻放青白色光芒的長頸鹿亡靈雖然見到我有點畏怯，然而牠大概不想放過在我身後還活著的人類，於是勇敢朝我攻擊過來了。」

岩永不禁感到有點傻眼。就連九郎都說要跟長頸鹿戰鬥很可怕，六花卻似乎已經毫不畏懼地跟長頸鹿正面對決過了。這個人簡直腦袋有問題。

據六花描述，她終究沒能閃過長頸鹿的第一腳，當場被踢碎了腦袋。不過她復活後立刻逼近與長頸鹿之間的距離，躲開對方踢出的前腳，闖入腳下毆打軀體，趁長頸鹿因此畏縮的機會再賞了對方一記飛踢。被踢個正著的長頸鹿頓時站不穩身子，搖晃了幾步。

六花能夠在喪命的時候決定發生機率較高的未來。因此她決定出自己閃過攻擊的未來，並轉守為攻發動反擊想必是輕而易舉的事情。

然而長頸鹿緊接著有如揮動高爾夫球桿一樣揮甩頸部，用頭部從側面重擊六花的身體。若從六花的角度來看，應該會有種自己明明站在長頸鹿前面，對方的頭部卻忽然從側面飛來的感覺吧。她由於對這種軌跡的攻擊沒有經驗而無法及時反應，結果被撞飛了將近十公尺，摔落到地面。

長頸鹿的脖子實際上可動範圍相當廣，能夠柔軟甩動旋轉，用頭撞擊自己腳邊的東西。跟同類的雄性進行脖擊爭鬥的時候，也能靠這樣攻擊對手的足部。

不過六花很快又復活過來，衝向長頸鹿面前。這下長頸鹿也忍不住退縮躊躇，最後放棄給丘町冬司補上最後一擊，而退回樹林之中了。

岩永真心為長頸鹿的亡靈感到同情起來。

「我想那隻長頸鹿肯定感到很恐怖吧。畢竟六花小姐光是在妖怪們眼中看起來就很可怕，而且明明踹死了卻立刻復活，再給一次致命傷還是又甦醒過來。所以即便自己多少占有優勢，應該也會選擇暫時撤退了。」

假如換成一般的亡靈，應該光看到六花就會逃跑才對，或許那隻長頸鹿是真的非常怨恨人類吧。因此牠看到在保護人類的六花，一定覺得很礙眼。又或者可能是長頸鹿來自熱帶莽原，跟日本的妖魔鬼怪們價值觀不同，所以說不定並沒有覺得六花非常可怕。

六花這時轉回頭，從座位間的空隙用責備的眼神看向岩永。

「妳就不能對在深夜山中被迫與長頸鹿戰鬥的我稍微好一點嗎？」

「那是妳活該。」

說到底，那一晚在山上那塊開闊空間中不只是長頸鹿而已，還有三個人的遺體。

倒在地上的三具遺體旁，有個高眺的女性和綻放青白色光芒的長頸鹿戰鬥，然後一名重傷者在一旁觀望。在月光底下上演的這一幕景象，肯定是異樣無比。而六花就是造成那種異樣情景的原因之一，根本沒資格抱怨。

「然後妳就決定攙扶丘町先生下山了？」

「畢竟他在我和長頸鹿開打之前就已經恢復意識，而且只要有人幫忙扶著也還可以走動呀。」

那位叫丘町冬司的青年想必也是被迫做出了那樣究極的選擇不會錯。

「真虧他願意讓如此詭異的女人攙扶，在黑夜中下山呢。」

「他或許是看開了，認為沒有其他獲救的方法吧。要是繼續留在山中，說不定又會被長頸鹿攻擊呀。」

九郎對丘町表示同情：

「我想他實在不敢等到天亮再下山吧。」

六花點點頭後，把頭靠在車窗上。

「然後我們在下山的路上討論，決定隱瞞關於長頸鹿的事情，所以他要裝作自己失去了那段期間的記憶。另外我們也講好，不要探究彼此的事情，也不對人提及其他的超自然現象。」

車子抵達飯店，開進地下的停車場。停車後，岩永拄著拐杖下車對同樣伸展著高眺身子下車的六花嚴肅詢問：

「為什麼妳會想拯救丘町先生？」
六花理所當然地回答：
「我沒辦法無情到對眼前快要喪命的人見死不救呀。」
「妳內心中別無他意？」
六花拯救丘町冬司不會有任何好處才對。既然她和長頸鹿對峙的時候丘町已經恢復意識，就會被目擊到自己的不死之身，導致事後還要想辦法說明，而且會造成麻煩的關係。因此放著不管應該才是最好的選擇。
說到底，她根本沒有必要挺身接住從懸崖掉落下來的丘町。只要她沒出手，就不會產生任何問題了。
岩永抱著這些懷疑，抬頭看向六花。而六花雖然完全不為所動，但還是不太甘願地回應：
「之前鋼人七瀨的時候，不是出現了預料之外的犧牲者嗎？所以我想說要拯救其他人，彌補一下。」
「那還真是精神可嘉。」
岩永雖然嘴上如此表示，但壓根兒不信任這樣的說詞。應該要判斷六花是基於更為考慮得失的想法才出手救人的。
也許是從岩永回應的態度中聽出嘲諷的聲音，六花接著自我反省似地補充說道：
「畢竟我跟妳不一樣，很容易被感情牽著走。」

岩永想說九郎會不會有什麼意見而看過去，但他卻始終沉默地只顧著從後車箱中拿出行李而已。

岩永在距離矢次警察局不算太遠的一家設備最齊全的飯店訂了一間高級套房。這地區雖然沒有什麼出名的觀光勝地，感覺也沒有很多商務辦公的旅客，不過只要利用大眾運輸移動一個小時左右，就有新幹線的停靠車站以及出名的遊樂園，因此或許是以那些人潮為客源，在這裡建了一家雖不算高層，但也可以提供攜家帶眷或商務貴賓等旅客使用的大型飯店。

岩永進入位於飯店最上層的房間，摘下貝雷帽，放下拐杖，坐到沙發上歇一口氣後，向六花毫無保留地說明了那座山上會有長頸鹿亡靈出沒的原委。畢竟六花提供了情報，要是不把這邊知道的情報也講出來，搞不好會被她講閒話。

「原來那隻長頸鹿有過這樣的來歷，真是造化弄人。」

和岩永同樣深坐到沙發上的六花，一副總算明白長頸鹿的存在般如此感慨說道。接著又表現出理解了事態的樣子，將手指放在額頭右側面。

「可是原本只要放著別管就能讓長頸鹿冷靜下來的，那四個人和我卻給了牠負面的刺激是嗎？」

不管六花內心究竟有什麼企圖都暫且擱到一邊，現在光是明確發生的事實，就已經演變成岩永必須積極做出行動的事態了。

「是的，那隻長頸鹿很可能體會到殺人的喜悅，而且對自身的力量產生了自信。不管怎麼說，總之牠現在成為了很難處理的對象。」

「不僅無法溝通，若打算靠硬拚壓制也可能遭到激烈抵抗吧。」

九郎拿出房間提供的瓶裝礦泉水倒入玻璃杯，端過來擺到桌上的同時，如此哀嘆著前景黯淡。

假如當時長頸鹿對六花是在束手無策之下落敗也就算了，但實際上牠殺死過六花幾次。因此就算下次牠見到六花會感到畏怯，想必也不會乖乖低頭吧。

「而且在山上發生的集體墜崖事件，感覺也難以當成一般的意外事故處理掉。要是警方公開了詳情，恐怕會成為一樁奇異事件而受到大眾注目。」

這就是岩永最擔心的狀況。九郎也坐在她旁邊點點頭。

「擅自入山的團體中有三個人在彷彿被什麼東西追趕的狀態下墜崖身亡，獲救的倖存者也失去了一部分的記憶——聽起來簡直就像在網路上會成為話題的什麼靈異事件啊。」

「畢竟作案凶手就是長頸鹿的亡靈，所以真的是一樁靈異事件就是了。」

六花提出很正確的見解，但那種小事現在並不重要。

「正因為是亡靈所以不會留下痕跡，讓現場狀況變得更加撲朔迷離。倖存者喪失記憶也是實話怪談的一種典型模式。萬一今後有人被這個話題吸引，跟著擅自入山，恐怕就會造成更多的犧牲。而且也必須嚴肅考慮長頸鹿因此提升報復衝動而實際下山作亂的危險性。」

岩永為了試探這會不會就是六花的目的而看向她，但她沒有什麼特別的反應。於是岩永語氣嚴肅地繼續說道：

「我們必須在事情鬧大之前，對這起事件提出一個符合現實的解釋，讓警方與媒體都對那座山失去興趣。或者設法在那之前讓長頸鹿失去危險性。」

「意思說可能要不惜討伐亡靈嗎？」

對於六花的提問，岩永唯獨在這點上明確否定：

「現階段沒有進行討伐的理由。以這次的情況來說，問題出在於擅自闖入長頸鹿地盤的人類，因此並沒有過度擾亂秩序。要是二話不說就把那隻可憐的長頸鹿亡靈消滅掉，不合乎道理。這樣會招惹其他妖魔鬼怪們的反彈呀。」

假如長頸鹿是自己下山大開殺戒還另當別論，但至少夜晚的深山是屬於妖魔鬼怪們的領域。如果只因為出現死者，岩永就用人類的法理斷定長頸鹿的善惡，完全不合道理。岩永應該守護的是世界的秩序，而不是人類的秩序。

九郎嘆了一口氣。

「畢竟長頸鹿會變成那樣也不是自願的。要是這樣就討伐牠，反而我們會變成壞人啊。」

「既然如此，就只能提供一個符合現實的解釋，防止事情被鬧大囉。」

六花一副想看看岩永的本事般動了一下嘴角。

「是呀，這該不會也是如妳所願的發展吧？」

岩永雖然對六花的講法感到十分不爽，但如果想試探對方的反應就有必要先說些什麼，於是提出了一項解釋：

「對於這個狀況最合乎現實的解釋，應該就是藥物中毒造成的意外事故吧。這樣不但可以說明那四位男性為什麼會擅自進入那座山中，也可以成為唯一獲救的人要假裝失去記憶來隱瞞真相的理由。」

即使這樣的說明很簡潔，但六花似乎立刻理解，並探討起細部內容：

「嗑藥會導致異常行動是很典型的反應。也就是說那四個人為了找個無人的場所享受違禁藥物而進入山中，然後嗑藥興奮產生了飛在天上之類的錯覺，又或者真的出現被什麼東西追殺的幻覺而慌張逃跑，結果一同從懸崖墜落下去了。這假說剛好可以說明全部的狀況。如果說那座山上有自然生長某種會造成幻覺作用的菇類，而他們是為了採菇才會進到那樣的深山處，說明起來就會更加完整。當然，那種事情不方便讓警方知道，所以就只好假裝自己失去記憶。」

這語氣聽起來就像六花其實早已想到這個說法了。

九郎看看岩永再看看六花後，對岩永問道：

「可是從遺體不會檢驗出那樣的藥物成分吧？」

「是不會。但我們也許可以主張有些種類的藥物在人體內容易被分解，所以不會被檢驗出來。現在明明有三個人離奇死亡，但如果調查行動遲遲沒有進展，警方搞不好會遭受媒體譴責。因此就算驗屍報告中沒有任何異常，警方為了平息騷動還是可能採用這項解釋做為妥協。」

雖然這麼做有損受害者的名譽，不過站在警方的立場沒有必要捏造出一名凶手，可能遭受的反駁也會比較少，因此或許會覺得這是個很有魅力的結論。

「假如從警察的面子或責任問題來想，的確可能會想寄託於這樣的解釋啦。但我不覺得那位叫甲本的刑警會接受這種漏洞百出的說明喔。」

六花提出這樣的問題，而岩永也有同感。

「最起碼也要從關係人的家中或持有物品中找出什麼藥物，否則很難講得過去吧。假如真的別無他法，那就由我準備藥物，然後差遣妖怪們偷偷藏到相關人物的家中。又或者如果能夠和倖存的丘町先生巧妙交涉，讓他提出符合這項解釋的自白，那就另當別論了。」

「妳這種惡質的個性還是一點都沒變呢。」

「六花小姐可沒資格講我。」

岩永終究只是採取比較合理且有效果的手法罷了。

「總之問題就在於要怎麼把那位叫丘町的人拉攏到我方。只要倖存下來的他能夠說出煞有其事的自白，警方也就會接受那是真相，使整起事件落幕。反過來講，萬一丘町先生做出超乎我方預料的言行，就會導致狀況變得更複雜，局限我方能夠採取的手段。」

畢竟丘町已經被長頸鹿的亡靈襲擊過，也目擊了六花的不死之身，相信早有自覺到被捲入了與日常生活相去甚遠的麻煩事件中，知道不是透過正常法律能夠處理的狀況才對。那麼他究竟會因此感到害怕而對岩永他們言聽計從，還是會反過來利用這點提出過分的要求？在這部分也必須看個清楚才行。

另外，六花也有可能預測岩永的手法進而準備什麼策略。

「話說六花小姐，關於那四個人上山的理由，妳還有聽他們說過什麼嗎？」

「這個嘛，我只聽說以前有一位叫大和田柊的女性，而他們每個人對那位已故的女性留有惦念之情，所以為了整理心情才會進入山中。至於那位女性為什麼和那座山之間有關係，我也感到有點在意就是了。」

六花如此回答後，又接著補充：

「不過我至少能確定丘町先生上山的意圖應該不只是這樣。」

「哦？此話怎講？」

岩永開口回問，並端起裝了礦泉水的杯子到嘴邊。那四個人的組團理由想必還有什麼沒被講出來的隱情——這點已在岩永的預料之中。那麼六花手中究竟隱藏了什麼牌？

結果六花一副理所當然似地講出理由：

「因為那個人在長頸鹿現身的幾個小時之前，把我殺死過一次。」

岩永霎時被礦泉水嗆到氣管，咳了好一段時間挺不起身子。她完全沒有預料到這個可能性。

六花露出認真的表情，看著九郎的方向繼續說道：

「雖然不曉得動機是什麼，但就算長頸鹿沒有現身，他似乎也本來就打算殺掉其他所有同伴。而他大概認為我會妨礙到他的計畫，所以先把我殺掉了。如果他沒有抱著那樣無法無天的計畫，應該也不會想要把只是偶然認識的我殺掉吧。」

六花或許也還沒搞清楚丘町的真意，把手放在下巴擺出思考的動作。

「然而因為長頸鹿的現身，不知道如何打亂了他的計畫。而且根據他今後打算怎麼修正，說不定會讓狀況變得更加混亂。妳應該也會很辛苦呢。」

面對若無其事地丟下這顆震撼彈的六花，岩永只能啞口無言。坐在旁邊的九郎也瞪大了眼睛。

晚上十點多，丘町冬司獨自一人躺在幽暗病房的床上，頭部綁著繃帶，右腳被固定著，眼睛呆呆仰望天花板。或許因為麻醉劑的關係，身體並不感到疼痛。

他被櫻川六花救下山後，由救護車送進醫院，立刻接受治療與檢查，就這麼住院了。雖然途中接受過警方偵訊，不過在醫生的指示下，只進行了簡單的問話。警方想必還有很多事情想問，但還是暫時以冬司的身體狀況為優先了。

冬司聽說自己是全身挫傷，右腳完全骨折，肋骨斷了三根，頭部也受到強烈撞擊而嚴重裂傷，其他還有多處骨頭斷裂或出現裂縫。所幸腦部和內臟並沒有受到太大的影響，因此醫師判斷不會有生命上的危險。雖然需要臥床靜養，還無法預估出院時期，不過其他人都表示從那麼高的懸崖上墜落下來卻只有這種程度的傷勢，已經算是非常幸運了。畢竟其他三個人據說都是幾乎當場喪命，大家會有這樣的感想也是沒錯。

雖然這件事不能對警方說，但冬司其實都要多虧六花拯救才能僅止於這種程度的傷勢，因此自己究竟是不是真的幸運還無法評斷。

那位女性究竟是什麼人？

躺在床上無法動彈的冬司，回想自己忍耐著全身的劇痛，被六花攙扶下走在樹林圍繞的山路中下山時的事情。

當時冬司由於眼前發生了太多非現實的事情，完全失去了時間感。

即便如此，他至少還是能夠知道距離日出應該還很久。四周非常昏暗，除了微弱的月光以及攙扶著冬司一起走的六花拿在手上的手電筒之外，沒有其他任何可以照亮視野的光線。

這裡雖然說是山路，但搞不好只是沿著可以讓人通過的林間空隙往下爬而已。只要稍不注意就會撞到樹木、腳下滑動或者被裸露的石頭絆到腳。而且由於坡度很陡，腳步怎麼也踩不穩。要不是有跟在身邊的六花攙扶著，想必自己早就跌下去了。

兩個人明明朝著山下行進，但一路上不是只有下坡而已。無論是哪一座山，山中總會有許多起伏。有時候才想說總算穿出樹林看到了天空，下一刻又必須進入茂密的樹木之間往上爬。正因為如此，才會發生所謂的山難。

冬司判斷自己的右腳絕對已經骨折，因此用地上撿來的樹枝與六花帶來的毛巾進行固定。兩隻手臂也是稍動一點就會疼痛。現在是因為有六花讓他攀著肩膀並抱著他的腰，才勉強能夠站立走動的。

六花雖然身高與冬司差不多，但全身骨瘦如柴，要說她體重只有冬司的將近一半也完全不奇怪。冬司不禁冷靜思考，真虧她撐著一名男性下山卻一點都不喘。雖然跟自己剛才經歷過的事情比起來，這種異常感覺也沒什麼就是了。

「我明明殺了妳，妳為什麼還要救我？」

冬司如此詢問。從他頭部與手臂流出來的鮮血都把六花的衣服與身體弄髒了，六花卻看起來毫不在意。

很快地，六花一副不感興趣似地回答：

「我現在如你所見活得好好的，所以你並沒有殺死任何人吧？」

冬司就是對這點無法理解。

日落之前，六花在即將抵達那座懸崖下的地方與冬司一行人道別了。不過當冬司他們進入懸崖上的樹林中決定今晚的紮營地點後，冬司便說自己要去小解一下，順便看看周圍有沒有什麼東西，離開同伴們偷偷回到崖下，獨自接近正要準備晚餐的六花。冬司表示因為難得認識所以來分享一點食材，鬆懈六花的戒心，接著從她背後拿起預先撿到手中的石頭砸了下去。確認六花死亡後，將她的屍體與行李藏到草叢裡避免被人立刻發現，然後才回到自己的營地。

「我明明確認過妳死了。妳總不會跟那隻長頸鹿一樣是亡靈吧？」

「我可是用兩條腿在走路喔。」

「那隻長頸鹿也有腳啊。幽靈沒有腳是什麼時代的講法了？」

最近在電視或網路上聽說的靈異事件，感覺很多案例的幽靈都是一開始看起來和普通人無法區別。不過畢竟現在可以感受到六花的體溫，所以她應該不是亡靈吧。

六花表情有點痛快地提議：

「如果你其實想要尋死，我也可以把你丟在這裡自生自滅喔？」

「不，我還不能死。我還有事情沒有完成。就算終究要破滅，我也想要自己選擇如何破滅。我不能用這種方式死掉。」

雖然講得很自私任性，不過這就是冬司的真心話。

六花輕輕一笑。

「我不但是不死之身，體質上也不會感到痛覺，所以不會因為被殺掉一次就對你懷恨在心的。我本來想說你如果是個惡徒就把你丟下，但聽起來你並非惡徒，而是別有隱情對吧？」

「這很難說。本來我可是打算把大家——」

冬司講到這裡，下一句『把大家殺掉』卻被六花開口打斷。

「我不會過問你究竟有什麼企圖。至少你這雙手沒有殺過任何人，想要讓人生重新來過還來得及。」

話是這麼說沒錯，但光是帶著殺人的意志進行準備應該就算犯罪了，稱不上是什麼好人。然而原本計畫要殺掉大家卻在還沒付諸實行之前就身受重傷，還被自己在預定之外明明已經殺掉的女性拯救。這樣別說是什麼惡徒了，完全就是個丑角。

六花表現得一點也不畏怯或恐懼。畢竟她是個即使被長頸鹿的頭撞飛了還試圖繼續反擊的女性，就算冬司是什麼殺人魔，她肯定也不怕吧。

另外，六花身上一絲傷口都沒有。明明剛剛被長頸鹿踢死，被冬司殺掉的時候也留下深到可以看見頭蓋骨的傷。現在全都不見了。

「妳是人類嗎？」

冬司終於忍不住如此詢問。假如對方回答自己是人類，他肯定會在腦中立刻大叫『少騙人了』吧。然而就算對方否定了，冬司也沒有任何對付的手段。自己的性命現在只能被掌控在六花手中，因此這種問題根本沒有意義。但他還是難以克制自己。

結果六花沉默地走了一段路後，態度似乎不太甘願地回應：

「要是我能夠立刻回答你這個問題，該有多好呀。」

聽到這句感覺帶有人性的回答，冬司不禁後悔自己果然不應該問這種事。這問題想必刺激到了六花內心柔軟而脆弱的部分。

六花彷彿對於冬司那樣的心境毫不感到在意似的，將他的身體重新扶好，並改變話題：

「把你交給警察或醫院之後，該怎麼辦呢？如果我變得行蹤不明，感覺應該會不太妙吧。」

要說滿身瘡痍的冬司是獨自一個人脫困下山聯絡了警察或叫了救護車，實在講不通。對方肯定能夠推測出另外至少還有一個人同行才對。而且六花只有攜帶最低限度的裝備下山，其他行李都丟在山中了。從這點也能明顯看出還有另一個人。

「妳不想要跟警察扯上關係嗎？」

「因為我不管怎麼想都很可疑吧？最壞的情況下說不定會被當成殺掉你那三位同伴的嫌疑人，遭到扣留。就算我有不死之身，要是被警察逮捕，還是會跟普通人一樣感到傷腦筋呀。」

雖然冬司聽說她獨自一名女性打算翻越山嶺移動到什麼地方去的時候，對她頂多只有『怪人』的印象而已。然而加上之後的這段展開，就令人覺得極為可疑。或許光是從身分上她就不想要被警察知道吧。

而且冬司的狀況也是一樣，就算順利下了山，接下來肯定又有不同的試煉在等待自己。現在可不是喪氣的時候。

「說得也對。首先我們應該要怎麼對警察和其他人說明才好啊？」

「『遭到長頸鹿攻擊』這種真相，應該不會有人相信吧。」

六花講得莫名有些愉快，但冬司可沒辦法那麼從容。

「可是就算要隱瞞真相，又應該怎麼說明才好？」

冬司本身就幾乎無法理解究竟發生什麼事情了。假如不把長頸鹿的事情講出來，又該如何說明其他三個人的死？而且還要說明得有利於自己。

結果六花輕易就提出了解決方法：

「其實也不需要傷腦筋，只要你別說明就行了。一旦撒謊，就會為了讓謊言可以說得通，甚至需要把其他事實也用謊言加工處理。如此一來必須正確記憶自己撒了什麼謊，又改變了什麼事實，否則之後可能會講出前後矛盾的證詞或說明。」

「是啊，被警察問東問西而反覆說明的過程中，也可能會不小心講錯話。」

不但需要注意謊言與事實之間的整合性，要是沒有把撒過的謊全部記憶起來，當之後被問到同樣的事情時就有講出不同的內容而產生矛盾的風險。把事實與謊言兩者都記住，又為了避免混淆而持續在腦中管理，想必是非常沉重的負擔。如果在接受訊問的過程中又增加謊言的數量，就更不用說了。冬司可沒信心不會自爆。

「警察在這方面也是經驗豐富，必須明白要持續撒謊是很困難的事情。因此如果沒辦法說明，最好的方式就是不要說明。你只要當作自己從遭到長頸鹿攻擊之前直到被我救起來為止的這段期間都喪失了記憶就好。至少在警察展開調查，掌握正確狀況之前，都不要講出什麼虛構的謊言。」

六花這段建議很有道理。只要不做說明，就沒有必要撒各種瑣碎的謊言。反正自己墜崖時嚴重摔傷了頭部，也能當作是造成記憶混亂或失憶的根據。

冬司頓時有種被鼓舞的感覺，而點頭回應：

「我明白了。」

「我也當作自己沒有看到過什麼長頸鹿，只會說自己是聽見巨大的聲響而跑到懸崖下，結果發現有四個人倒在地上，然後救起了當中還有呼吸的你而已。如此一來就不需要提到長頸鹿了。當然，關於幾個小時之前被你殺掉的事情我也不會說出來。」

「那部分肯定也不會有人相信吧。」

冬司忍不住苦笑。被殺掉的當事人提出自己被殺死過一次這種證詞，只會讓發言的可信度降低而已。

「然後除此之外的部分，我都會照實回答。在長頸鹿現身之前，我對你們所知道的一切，我都會據實講出來。所以你也要這麼做。如此一來我們兩人的證詞就不會出現矛盾，接受警方偵訊時不需苦惱要隱瞞什麼事實，又該怎麼配合對方。」

光是在接受偵訊時苦惱思索或支吾其辭，就可能招致懷疑。六花與冬司各自的證詞在事後肯定會被進行對照，萬一兩人講了相異的內容就很不妙。既然如此，只要事先說好別把長頸鹿現身以後知道的事情講出來，兩邊都會比較方便應對。

「真是沒辦法，看來只能這麼做了。」

站在冬司的立場雖然有些遲疑該不該同意，但現在或許應該讓步才對。畢竟自己要是不讓步，搞不好會讓六花得到多餘的情報。

六花彷彿看穿了冬司這些內心盤算似的聲明：

「所以說，我不會過問你原本的企圖，或者現在又抱著什麼企圖。你只要當作我什麼都不知道，自己行動就好。今後不管你撒了什麼謊，只要內容沒有不利於我，我也不會加以否定。」

月光這時剛好照下來，讓冬司看清楚六花端整的側臉。

「只要你的企圖沒有違反秩序，或許就有機會實現吧。」

不是法律、倫理或道德，而是只要沒有違反秩序——會這樣講難道是考慮到冬司的心境嗎？對於殺掉六花時毫不感到猶豫的他，肯定早已違背一般法律、倫理或道德了。即便那沒有違背冬司個人的信念或規則。

就在冬司不知如何回應的時候，六花用爽朗的表情繼續說道：

「相對地，你今後只要別把我有不死之身的事情講出去就好。即便很少人會相信那種事，但有時候也可能讓我變得不方便行動。」

這或許是在表明有不可告人之事的不是只有冬司，六花自己也有不想被人戳到的痛處。

「我明白了。所以我們互相對等是吧？」

「我只是想找尋一條可以安安穩穩當個普通人類生活下去的路而已。這對你來說應該不是壞事吧？」

雖然這女性究竟可以信任到什麼程度還有待慎重評估，不過就現況來看只能相信她了。

「我知道要是跟妳為敵會很不妙啦。」

即便不是自己人，只要別站到敵對立場，對冬司就不是壞事。

這樣六花應該聽到了她所期望的回答才對，但她卻感到懷疑似地接著問道：

「你明明突然被捲入這麼誇張的怪異事件中，倒是很快就恢復冷靜了呢。正常來講應該會再稍微逃避現實一下吧？」

當然冬司有被長頸鹿的亡靈嚇到，六花這名女性的存在也很驚人。但其實他已經有經驗，無法劈頭否定現實中不可能有那種事情。

「不管長頸鹿也好，自己這種遭遇也好，該說我都早有預料到了嘛……因為我們都受到了詛咒。」

六花這時第一次表現出驚訝的反應，讓冬司稍微感到滿足了。

「我們就是為了解決那個詛咒，才會進入這座山中的。」

自己終於把這件事也講出來了。不過再講下去對兩個人都沒好處，於是冬司閉上了嘴巴。而睜大眼睛的六花接著第一次感到疲累似地嘆氣。

「這樣呀。那真是造化弄人呢。」

她只說出這樣一句感想，便沒再繼續追問了。

冬司結束回想，在醫院的病床上盯著天花板。從那段與六花一邊交談一邊下山到現在連二十四小時都沒過。自己完全不知道三位同伴的遺體被發現後，整件事情究竟會被警方如何處理。而在知道之前，自己都必須裝作失去了記憶才行。

冬司重新在腦中確認與六花之間的約定。她說過只要別對她造成麻煩，冬司要如何行動她都不會出手妨礙。就算自己選擇了違法的手段，她應該也會默認吧。

但是如果搞出了新的受害者，搞不好會惹她不高興。那個人不但救助了殺害過自己的冬司，還奉勸冬司重新來過，感覺很重視人命的樣子。而且站在冬司的立場也不想隨便殺害人。這種事情如果能夠避免，冬司也不想做。

現在雖然出現了幾項不利的條件，但應該還有方法可以實現自己的企圖才對。

無論如何，都要想辦法讓那三個人的死納入自己所期望的構圖之中。

目前這種狀態下，能做的事情頂多就是思考了。不過同時也有點難以集中精神。或許是因為接連邂逅了擁有不死之身的女性與長頸鹿亡靈這些怪異存在，讓冬司似乎獲得了所謂對靈異的感應能力。在病房中偶爾會有明顯不是活人的存在走過，即便在一片昏暗中也能不時瞄到有像是妖怪的東西在地板上爬。雖然就算沒有感應能力應該也能清楚看見那隻長頸鹿，不過冬司還是第一次在人類居住的地方看到這些怪異的存在。

一開始冬司還感到不知所措，然而那些存在似乎對冬司沒有興趣的樣子，也不會對他做什麼事情。但即便如此還是會令人分心。

於是冬司只好閉起睡不著的眼睛，努力讓自己集中精神了。

# 第三章　岩永琴子的逆襲與敗北（中篇）

即使什麼都不做，事態依然會持續發展。對岩永來說現在的當務之急是盡快掌握必要的情報，做出有效果的對策，防止混亂的狀況擴散。但是卻怎麼也不順利。

岩永、九郎與六花重逢後的隔天，無論報紙或上午的電視新聞都大幅報導著長頸鹿亡靈出沒的那座山上發生的事件。而且不是當成意外事故或山難，居然用『三名男性於山中離奇身亡』這樣的表現方式，強烈暗示有人為事件的可能性。雖然三名死者的名字都被公開，不過身為倖存者的丘町冬司以及六花的名字則沒有發表。

這也許是因為還沒辦法斷定這是一樁人為事件，所以警方為了避免讓媒體去打擾兩人而做的考量。況且沒有經過本人的同意，應該也不能隨便公開姓名吧。但說不定有媒體機關至少已經獲得了姓名情報。

丘町由於重傷住院，想必也有警察負責監視，所以媒體應該很難採訪。相對地六花這邊就算知道了名字，也因為居無定所而難以推測行蹤，媒體肯定也想像不到她竟然會在縣內的飯店高級套房悠哉休息吧。

到頭來，六花昨晚始終主張自己對於丘町的計畫並不知道更詳細的內容。

「接下來應該是琴子小姐的專業領域吧？祝妳調查順利。」

她只丟下這麼一句話，便跑進臥室睡覺了。

而且早上一臉舒暢地起床後，又說自己換穿衣物不夠，又說想吃甜食，結果竟帶著九郎出門了。當然岩永也只能與他們同行，然後九郎又一直跟在六花身邊而不是和岩永一起行動，讓岩永感到無比火大。雖然也有警察尾隨他們，不過岩永決定不予理會了。

至於那隻長頸鹿的亡靈，岩永有派遣幾隻妖怪到山上偵查。他們回報長頸鹿昨晚雖然有現身，但行動得並不算活躍，到日出之前就消失了蹤影。

接著到了傍晚，在矢次警局見過面的那兩位刑警表示想要再跟六花談談，而來到了飯店房間。

對於搞不清楚關係的這三個人一副很熟悉地住在高級房間裡的樣子，甲本毫不客氣地表明自己看得很不順眼，並坐到沙發上。野江安撫那樣的甲本，坐到他旁邊。而六花坐在那兩人對面，岩永和九郎則是坐在雙方的側面，就這麼開始問話了。

如果這是一場對六花的正式訊問，想必不會允許讓岩永和九郎同席。不過甲本他們並沒有那麼嚴格，而採用了只是為了在事件調查上當作參考而稍微來問點事情的形式。

「櫻川小姐，不好意思造成你們的不便。或許你們已經看過下午的新聞報導了。我們警方從其中一名死者的行李中發現了可以視為遺書或殺人自白信的手記。那三名死者分別叫下原由也、長塚彰以及荒本忠廣，而手記是從這位長塚彰的背包中找出來的。」

野江把應該就是長塚彰的照片放到桌上讓六花確認人物後，接著說道：

「在他的背包中有個用毛巾包住的玻璃小瓶子，然後有張A5大小的紙摺疊起來塞在裡面。瓶子也有被蓋上瓶蓋。」

新聞的確說過警方發現了可能與這次事件有關的手記並著手調查，不過現在講的內容更加詳細。這些想必也是很快會被公開的事實吧。

「這就是手記的影本，可以請您過目一下嗎？內容並沒有很多。」

野江從自己帶來的包包中拿出一張沒有折過的B5影印紙，遞給六花。而六花拿過去後讀了一下，接著也沒經過刑警們同意便傳給岩永。野江雖然一副想要提出注意的樣子，但由於甲本不為所動，因此她也沒強硬制止了。

紙上是用文書處理軟體打出來的文章，內容如下：

『如果有人讀到這篇文章，表示我——長塚彰應該已經殺害了下原由也、荒本中廣與丘町冬司三名同伴，並且也自殺了吧。

那三個人是由於害死我女友——大和田柊的罪名而被我殺害。至於我本身也因為沒能阻止女友的死，同樣必須以死負責。

現在仔細想想，整件事或許真的只是因為長頸鹿對我們的作祟所導致。

那麼就算無法逃避作祟的影響，我應該至少還能夠自己選擇要用什麼樣的方式破滅才對。

即便一切都是作祟所致，我依然無法原諒那三個人，同樣也無法原諒我自己。

當我們的屍體被發現的時候，也許早已化為白骨，連死因都難以清楚判斷吧。不過本人長塚彰為了柊殺害了大家仍是不變的事實。』

文章最後還有簽名，看起來應該是用原子筆之類的東西親筆簽名的。

九郎把岩永遞給他的影印紙慎重交還給野江。岩永對於這篇文章的內容不禁有種想要抱頭大叫的衝動，但還是努力忍下來，只有皺起眉頭露出難看的表情。

野江把拿回來的影印紙收進手中的資料裡。

「從這篇手記看來，這起事件應該是長塚彰將其他三個人推下懸崖之後，認為大家都已經喪命，於是自己也跟著從懸崖跳落下來了。然而丘町先生比較幸運地只有受到重傷，然後被剛好在附近的櫻川小姐救起來，才保住一命。」

六花簡直就像在主張自己完全搞不懂狀況而感到困惑似的，把一隻手放到臉頰上。

「您這樣講我是可以理解，但『長頸鹿作祟』又是什麼呢？」

「請問您在山上和他們四個人交談時，都沒有提到這個話題嗎？」

「是的，我只記得有提過長塚先生和一位叫柊的女性交往過的事情。然而他們交往的事情似乎沒有公開，是到山上才第一次講出來的，所以其他三個人都感到很驚訝。」

「另外還有什麼呢？」

「其他三個人好像也對那位柊小姐有意思的樣子，而長塚先生說過『因為我覺得對不起大家所以一直都沒講，不過在今天這種日子講出來應該也好。直覺比較敏銳的丘町搞不好早就察覺到了吧？』這樣的話。」

「長塚先生當時的樣子有什麼可疑之處嗎？」

「沒什麼特別奇怪的地方。我只聽說他們是為了追悼那位柊小姐才組團來登山的，不過多少有察覺出背後應該有什麼複雜的隱情。只是沒料到竟然會發展成殺人事件。」

六花很自然地穿插著幾段像在回想記憶的停頓處，並語氣平淡地回應。

她這段話應該沒有說謊。而且警方肯定也會向丘町問話，把證詞互相對照。要是其中出現什麼矛盾，無論六花或丘町的立場都會受到影響。即便他們在下山的路上有多少時間，應該也沒辦法跟身受重傷又可能隨時失去意識的丘町詳細討論要隱瞞什麼事情、說出什麼事情、在什麼部分要撒謊之類的串通才對。而且要把這些內容都記憶起來也絕不容易。因此岩永推測他們頂多只能隱瞞長頸鹿的事情與六花的特異性，除此之外的其他部分應該都會實話實說。

甲本板著臉質問六花：

「你們明明才初次見面，聊到的話題倒是挺私密的啊？」

「聽說是因為我和那位柊小姐長得有點相似的樣子。他們覺得為了追悼那個人而來到山上竟巧遇了外貌相似的我，或許是某種緣分，所以下原先生和荒本先生從一開始就對我表現得很親近了。我先向他們自我介紹後，他們也各自告訴了我名字。」

六花不假思索便立刻回答的樣子，似乎讓甲本感到不太爽快。

「丘町冬司提供證詞的時候，也說是因為這樣，讓氣氛變得容易提起比較私人的話題。他說妳看起來紅顏薄命的氛圍與美麗的長相，和那位大和田柊多少有一點相似。」

岩永對於這點立刻舉手抗議：

「會在警察局旁若無人地大吃豬排蓋飯的人哪裡叫紅顏薄命了？」

「丘町冬司還說櫻川小姐對他們發過不少牢騷，講她堂弟的女朋友是個非常過分的人物。」

「六花小姐，妳對一群初次見面的人到底在亂講什麼呀？」

甲本提供的情報讓岩永又揮著拐杖大聲抗議，然而六花極為冷靜地回答：

「我只是講了單純的事實。」

「的確是事實沒錯。」

不知為何連甲本都在一旁附和。岩永差點舉起拐杖揍下去但立刻被九郎制止，野江則是露出有點僵硬的表情，不過六花卻是一臉事不關己地繼續講下去：

「關於文中提到的長頸鹿作祟，請問知道了些什麼嗎？」

「現在還不能講得太詳細。我們本來是想問問看櫻川小姐有沒有聽說過什麼的。大致上的內容丘町先生都有跟我們講過，好像在那座山上有個供奉長頸鹿的祠堂，而那位叫柊的女性生前似乎打算去那裡參拜的樣子。」

岩永輕輕抽了一口氣，坐在旁邊的九郎也微微動了一下身體，六花則是稍稍睜大眼睛。甲本肯定沒有漏看這些反應，但應該還沒看穿他們為什麼會有這樣的反應才對。他看了一下三個人的臉之後，繼續說明：

「但由於她沒能如願就過世了，所以那四個人這次才會決定代替她到山中參拜。據說是為了平息長頸鹿作祟什麼的。然而在縣市的文獻紀錄中不存在那樣的祠堂，警方對此找不到確切的證據。那座山雖然是私有土地，但繼承關係複雜，無法確定地主是誰，也沒有受到像樣的管理，土地價值不高。目前只知道那位叫柊的女性有找到一些線索，大致推敲出祠堂位於山上的哪個部分，並留下了資料而已。」

野江接著配合甲本說道：

「從四個人的帳篷旁回收回來的手機中存有研判是那份資料的檔案。因此他們可能是在帳篷外拿手機看著那份資料談話的時候，發生了什麼事情。」

岩永露出微笑，假裝成一名局外人。

「在山中居然有長頸鹿的祠堂，這是在開什麼玩笑呀？」

「就是說啊。然而要說那是虛構的故事，內容也未免過於異想天開。據說是那位柊的曾祖父當年把那隻長頸鹿帶來日本的動物園。就算手記所寫的內容是真的，還是會感覺這次事件的動機似乎不單純。他們每個人好像都對長頸鹿的作祟感到很害怕的樣子。」

甲本雖然沒有因為太過荒唐就把這些要素都排除，不過看來也在擔心這次搞不好會演變成一樁不符合警察經驗的奇妙事件。

該說真的是造化弄人嗎？岩永聽完這些事實後，比起驚訝更有一種嚴肅的心情。那四個人與其說是偶然進入了長頸鹿出沒的那座山，感覺更像是被長頸鹿叫過去的。

「瓶子裡的那篇手記，內文看起來是用電腦之類印刷出來的。請問警方可以斷定那就是長塚先生本人寫的嗎？」

六花刻意質疑這點的可信度。結果甲本用鼻子哼了一聲。

「最後的簽名應該是親筆寫的，所以我們會進行筆跡鑑定。不過這種程度的東西要偽造起來也很容易。但現在這年頭的年輕人，會用手寫一大篇文章嗎？我看就連他本人肯定也沒考慮過會被懷疑造假的問題，所以用電腦打出來之後只有簽名的部分用手寫也是很自然的事情。假如整篇文章都是手寫，反而會顯得刻意而讓人起疑啊。」

他的意思彷彿在說，因為文章不是手寫就斷定是偽造的想法，在今日的時代已經不通用了。

九郎一副感同身受地表示同意。

「除非對自己寫的字很有自信，否則要給別人看的文章感覺通常都會避免用手寫吧。而且途中也有寫錯的可能性。」

「從瓶子和紙張上都有採檢出許多長塚彰的指紋。雖然這點上也有別人利用他摸過的瓶子與紙張進行偽造的可能性就是了。」

野江如此補充說明。站在警方的立場來看，現在好不容易因為這篇手記讓難解的事件可以快速獲得解決，因此或許也有某種不想要被外行人的胡亂臆測擾亂步調的心情吧。

岩永極為認真地說道：

「用留在瓶子裡的手記坦白自己的殺人罪行什麼的，難不成是想模仿古老的外國推理小說嗎？」

甲本一臉無趣地看向岩永。

「跟那部小說相比起來，死者數量倒是少了很多啊。而且最後還有生還者，變得更不像啦。雖然說這些都是結果論，所以無法否定他有沒有拿來參考就是了。」

那部小說改編的電影作品等等有些內容也沒死到一個都不留，最後還有生還者，但那些劇中就沒有出現瓶中信。至於設定雷同的日本作品中也有出現瓶中信的同時又有生還者的類型，因此假如真的有拿作品當成計畫的參考，也能推測或許是那類的作品。

這位看起來氛圍頹廢的刑警居然會注意到瓶子的關聯性，讓岩永感到有點意外，但說不定他心中其實抱著跟岩永同樣的疑惑。

或許是對警方的待遇抱著些許不滿的六花，這時一臉得意地確認：

「這下子我的嫌疑應該徹底洗清，可以自由行動了吧？」

妳的人生才沒有清白到可以對警察擺出那麼得意的態度吧——岩永巴不得抓起拐杖痛打她一頓，但想說應該會被閃掉，就作罷了。

「根據解剖報告，從被害人身上沒有檢驗出藥物等反應，攜帶的東西也沒有可疑之處，死因也確定是墜崖身亡不會錯。現場沒有發現什麼打鬥或行李被搶之類的痕跡。推定死亡時間為凌晨零點到三點左右，和櫻川小姐的證詞相吻合。因此櫻川小姐應該只是很不巧地被捲入了長塚彰的殺人計畫之中而已。」

野江如此說明後，甲本也舉手做出無可奈何的動作。

「雖然未經許可擅闖山中是個問題，但畢竟那裡是個連管理人都搞不清楚的地方，警察也無法繼續追究，頂多嚴加警告而已。妳持有的高額現金也無法證明有犯罪的可能性。雖然也許有涉及其他犯罪的可能性，但那已經不是我們管的事情了。」

六花一臉滿意地翹起大腿，不過甲本又用中氣十足的低沉聲音對她警告：

「但是麻煩妳最起碼讓我們知道妳的所在地。整起事件現在還沒有完全解決。雖然有找到承認殺人的手記，但目前還不清楚長塚彰是如何讓其他三人摔落懸崖的。」

那種事情不可能會知道的。畢竟長塚彰不是殺人犯，而且犯案的還是長頸鹿的亡靈呀。

「假如是長塚本人把其他三人推下去後自己再跳下去就沒話說，但我們完全搞不懂他是如何在深夜中，讓三名體格差不多的人都沒有從崖邊逃走，一一推下懸崖的。」

甲本目不轉睛地盯著六花如此表示。或許他直覺認為六花還隱瞞著什麼事情吧。那份直覺雖然沒錯，但他查出真相的可能性非常低。而且就算查出來了，那才真的不是警察可以管的事情。

岩永想說要隨便矇騙警方一下，於是講出臨時想到的內容：

「利用藥物昏迷對方之後搬到崖邊丟下去——這項可能性看來也說不通了呢。不過真相或許意外地單純喔。可能是那三個人看到長塚先生拿出凶器攻擊所以倉皇逃跑，結果只顧著擔心後方追殺而不小心衝出懸崖，就這麼接連摔落下去了。」

「妳當是什麼三流搞笑爛片嗎？明明連自白信都準備好要計畫殺人，怎麼可能用那種讓目標全部當場逃走的馬虎手法？」

甲本一句話就粗魯否定了岩永的假說，野江則是帶著苦笑稍微客氣地說明：

「而且其他人應該會選擇抵抗，而不是逃跑吧？就算是被他拿著凶器脅迫跳崖，想必也不可能乖乖聽話的。露營用的刀子都好端端地收在他們各自的行李中，所以凶器確實存在沒錯，但遺體上並沒有發現任何疑似刀傷的痕跡喔。」

岩永表現出對方講得很有理的態度，接受這些反駁：

「既然有刀子，應該會選擇看準時機再一一刺殺的手法比較乾脆又確實，而且不容易被其他人注意到吧。在山中想必隨時都能製造那樣的機會。反而是拿凶器脅迫，帶到懸崖邊再推下去的手法不但風險很高，花上那麼多時間想必也容易被其他人發現。」

「把三個人一起帶到懸崖邊也是一樣。既然是三對一，就算持有凶器，遭到三個人一起反擊的可能性還是很高啊。」

甲本用一副感到可疑的表情看著岩永，完全捨棄了這項假說。而野江似乎不希望繼續被事件關係人出言干預，打算結束對話：

「關於殺害手法，只要丘町先生恢復記憶就能解決問題了，因此搜查本部對於這點也比較樂觀。現在多半把人力分配在長頸鹿的祠堂以及大和田柊這位女性的驗證調查上面。」

站在警方的立場應該也不想把事件搞得太過複雜吧。

「櫻川小姐，如果妳還有回想起什麼事情，請再麻煩您與我們聯絡。」

兩位刑警最後留下這句話，便離開了套房。

刑警們離去後，九郎或許從得到的情報進行過推測並表示：

「這下算是知道了丘町冬司當初的計畫嗎？」

岩永雖然聽出這是希望她回答問題，但她因為還想稍微整理一下想法而沒有開口，結果六花在沙發上換了一個比較輕鬆的坐姿並回應：

「丘町先生不惜依靠親手殺害過的我，也想要讓自己生還。可見在當初的計畫中他也是打算讓自己活下來吧。所以他的計畫應該是讓別人以為長塚彰企圖殺害所有同伴，而且也順利殺害了兩個人，但是丘町先生勉強逃過一劫，甚至對長塚彰成功反擊之後，才自己一個人下山獲救了。而且他為了不讓這項計畫受到妨礙，還事先把我也殺掉。」

九郎面朝六花接著說道：

「或者是偽裝成長塚彰在追殺丘町冬司的時候不小心在山路滑倒，進而摔下斜坡喪命，感覺應該會比較自然。而他大概認為自己在進行這些偽裝工作時會有被六花姊發現的可能性。不管怎麼說，只要偽造的殺人計畫手記被人發現，應該就能將罪行成功嫁禍給長塚彰了。」

岩永認為這段說明聽起來合情合理，六花也似乎沒有異議的樣子。

「然而實際上他們卻是遭到長頸鹿亡靈的襲擊，讓所有人都摔下了懸崖。不過巧合的是一如丘町先生原本的計畫，其他三個人都因此喪命，而他本人則是被應該已經殺掉的我救助，順利生還。偽造的手記也被警方發現，使得調查朝著認定長塚彰是凶手的方向進行了。明明沒有任何一個環節按照計畫發展，但如果只看結果，倒是幾乎符合了原本的計畫呢。」

「接下來只要可以說明長塚彰是如何讓大家同時從懸崖上摔落下去，就能讓丘町冬司的計畫即使被長頸鹿亡靈這個巨大的意外要素擾亂，也成功實現當初的目的了。」

講起來真是複雜的狀況。長塚彰既非凶手也沒有推任何人墜崖，就連身為真凶的丘町冬司也同樣沒有推任何人墜崖。即便如此，若想讓丘町的計畫得以成功，就必須存在某種讓長塚彰可以把大家推落懸崖的方法才行。

九郎皺起眉頭，雙臂抱胸。

「這樣的說明就是這起事件最大的障礙了。假如岩永捏造出某種讓大家墜崖的方法並告訴丘町冬司，在假裝他恢復了記憶，把那項手法告訴警方，這起事件很快就能獲得解決。然而在這種狀況下，岩永搞不好就會成為丘町冬司的共犯。」

他接著抬頭望向天花板，苦思起來。

「不過這樣就罪狀來說感覺變得很奇怪。在丘町冬司計畫殺害其他三個人的時間點上，構成了預謀殺人罪。然而殺人行為本身是亡靈所為，所以沒有這項罪名。試圖將殺人責任嫁禍給長塚彰的計畫由於已經發動，不能說完全無罪。如果出手協助他，會構成事後從犯嗎？協助隱瞞真相算是妨礙調查或湮滅證據嗎？」

就倫理層面來說，要是丘町難逃殺人罪責，或許就會構成這些罪名。但是站在岩永的立場來看，只要秩序受到維護就無所謂了。不管丘町實際上抱著多少惡意或善意都一樣。

六花一臉遺憾似地詢問岩永：

「現在多虧冒出了偽造的手記，雖然讓事件變得比較容易用虛假的解釋進行收拾了，但妳好像也會因此背負罪名囉？」

岩永隔著眼皮按住右邊的義眼，回應六花：

「這還很難講。首先，如果丘町先生的計畫真如你們所說，那他為什麼要殺掉六花小姐呢？」

六花沉默了一下後疑惑歪頭，九郎則是露出感到意外的表情說道：

「不就是因為他判斷六花姊會妨礙到他殺害其他三個人嗎？」

「怎麼妨礙？六花小姐在天黑之前就跟他們道別，而且與他們分開了相當一段距離。當他們遭到長頸鹿亡靈襲擊的時候，偽造的自白書應該已經被偷偷放進長塚先生的行李中。那麼丘町先生想必是打算在當天晚上執行殺人計畫的。畢竟要是讓長塚先生在行李中發現自己沒看過的小瓶子並讀了裡面的手記，計畫就會出現破綻，因此丘町先生必須立刻進入實行殺人的階段才行。」

九郎與六花都沒有提出反駁。九郎似乎在思索有沒有什麼適切的解釋，六花則是讓眼神變得稍微銳利起來。

「時間在晚上，而且兩者分別在崖上與崖下，相隔充分的距離。這樣還會那麼重視被妨礙的危險性嗎？」

岩永再次如此強調後，九郎終於提出較有可能的假設：

「也許他為了保險起見，認為不應該忽視自己在殺人或進行偽裝工作的時候萬一被目擊到的危險性吧？」

「明明預定深夜中，而且在視野很差的樹林裡殺人，還那麼擔心嗎？假如真的那麼慎重，他又是怎麼衡量自己殺死六花小姐時被其他同伴目擊，或者殺害失手結果被六花小姐反擊而讓自己受傷的危險性呢？」

風險這種東西會受到主觀的判斷影響，因此沒有根據邏輯，而是依照當場的感覺判斷風險大小並行動也是有可能的事情。但即便如此也說不過去。

「在殺害真正目標的那三個人之前，先把偶然在山上認識的女性殺掉——這可是相當大膽的行為。預定之外的行動有可能擾亂原本的計畫，搞不好光是因為這樣就讓一切搞砸。如果真的認為六花小姐的存在那麼危險，他大可決定將計畫延期才對。然而丘町先生卻選擇了硬上實行。他做到那種地步，又為何一定要把六花小姐消除掉？」

在六花挺起身體準備講什麼話的時候，岩永搶先豎起一根指頭說道：

「另外還有一點——自白殺人的手記為什麼會裝在瓶子裡？」

六花露出一臉難以理解這有什麼問題的表情。九郎也是一樣，不過立刻試著提出一定程度的解釋：

「可能想說裝在瓶子裡，手記比較不會弄破，就算丟在現場的行李被動物亂翻過，也能完整無缺地交到警方手中吧？」

「誰這麼想的？」

「丘町冬司想說要讓人以為是長塚彰這麼想而裝到瓶子裡的？」

講起來實在很複雜，但這也沒辦法。畢竟真正發生的事情、想要讓人以為是長塚彰計畫的事情、丘町冬司原本應該計畫的事情，三者混在一起讓狀況變得複雜難解了。

九郎的解釋雖然也不是講不通，但岩永總覺得與現場狀況不合。

「對丘町先生來說，如果不想讓長塚先生沾在手記上的指紋消失，使警方容易採檢出來，裝到瓶子裡是很適切的方法。然而瓶中信通常應該是為了放到海裡或河中讓它任水漂流而準備的東西吧？就像剛才提過那部古老的外國推理小說就是這樣。」

讓封蓋的瓶子浮在水上，流到遠方，期待被什麼人撿到。假如沒有人撿到也是一種命運，如果被撿起的訊息傳到了什麼人耳中，同樣也是一種命運。因此在推理小說之類的作品中也會被用來自白罪行。

「那座山上應該也有河川或溪流。假如說是打算在殺人之後把裝在瓶裡的手記放到那河中漂流，期待在下游偶然被誰撿起，還比較能讓人接受。」

既然是自白殺人的手記，那樣比較適合。等於是凶手的一種意志表明，認為如果被誰撿到而遭受告發，那就是上天對自己的制裁。被人制裁會讓自己覺得不服氣，但若是上天的判斷就欣然接受——岩永也實際上遇過這樣的殺人犯。

九郎感到傻眼地說道：

「那樣手記會不會被人發現完全要靠運氣啊。要是沒有那篇手記，就難以讓人以為長塚彰是凶手。而且丘町冬司如果真的預定把瓶子放到河裡流，就應該不會把它放進長塚彰的行李中了。」

「對，所以肯定是什麼地方搞錯了。可能是我的推理，或者現在想像的丘町先生原本的計畫。」

岩永帶著尋求六花判斷的意思看向她，但六花卻張開雙手：

「妳似乎想要說我在引導妳做出錯誤的選擇是吧？」

「如果我錯了，不是會變得對妳更有利嗎？」

雖然本來就沒抱什麼期待，但從六花的話語中能解讀的情報太少了。對於岩永來說，六花無論遠在天邊或近在眼前，都是個棘手的對象。

「我是不在意成為共犯什麼的啦。反倒應該說，如果沒有那封瓶中的手記，我還比較能夠輕鬆說明大家是怎麼摔死的呢。」

「怎麼說明？」

六花表現出感興趣的態度，於是岩永首先講述重點：

「這同樣出自古老的推理小說。那四個人是在半夜遭到紅毛猩猩攻擊了。」

六花頓時感到頭疼似地把手指放到額頭上。

「在日本的山中沒有紅毛猩猩呀。」

「總比長頸鹿有機會吧？」

「紅毛猩猩的馬來語原文 Orang utan 意思是森林中的人，所以就算出現在山中好像也不奇怪。」

「九郎，你不要被琴子小姐帶壞了。」

九郎表示了不算反對的意見，結果被六花嚴厲訓誡。不過岩永倒是頗有自信，認為這假說並不壞。既然在巴黎街上會出現紅毛猩猩作亂，就應該也能存在於日本的深山中才對。話雖如此，還是需要進行一些調整。

「說紅毛猩猩或許有點過頭，但換成狒狒或大猴子應該就沒問題了吧。那四個人忽然遭到襲擊，倉皇逃跑的時候不小心摔下了懸崖。這樣解釋就跟事實大致相符，而且把罪名嫁禍到動物身上也不會有人受到傷害。丘町先生應該也比較容易配合作證吧。」

「日本山中也沒有狒狒呀。在古代已經被岩見重太郎討伐光了。」

「那就說是大猴子吧。要是在半夜遇上那種東西，肯定會驚慌失措，全力逃跑的。」

「但警方不是說過從那四個人的紮營地一路到懸崖邊，都沒有發現大型野獸追逐他們的痕跡嗎？」

「在地面或一般人類的高度或許沒有吧。但現在說的是大猴子喔？牠可以攀著樹木上的枝幹追逐那四個人呀。假若有隻大猴子從頭頂上逼近，一定會想要拚命逃跑。只是警察不會調查到那部分，所以才沒有發現痕跡的。」

既然地面上沒有腳印或痕跡，只要說是在別的地方就可以了。

六花露出不忍直視的眼神。

「用那種未確認生物為前提的假說，妳認為人家會相信嗎？」

「所以我要讓上山的調查員親眼目擊那樣的大猴子。例如叫狸貓怪變身成大猴子的模樣，現身在調查員面前，讓人拍到影片或照片之後就立刻逃進深山。如此一來大猴子的存在就成了不爭的事實。只要在那地方的樹木上又發現大猴子移動過的痕跡，就能增加這項假說的可信度了。」

「那個痕跡是妳接下來要去捏造嗎？」

「畢竟那座山上並沒有什麼大猴子嘛。」

六花深深嘆一口氣。

「感覺會在別的意義上讓那座山受到人們關注呢。搞不好會有人想要找出大猴子而上山，結果被長頸鹿一腳踢死成為受害者吧。」

「那就是美中不足之處。」

「根本到處都不足呀。」

因為山中出現長頸鹿太過異常，所以講成大猴子蒙混過去。這說法雖然就如六花所言感覺很硬拗缺陷又多，但還是不算壞的妥協點。

岩永拿起拐杖，在空中轉圈畫圓。

「總之只要不讓長頸鹿的傳聞擴散出去就行了。即使有人為了找大猴子上山結果離奇身亡，也會被怪罪到大猴子身上，不會出現關於長頸鹿的傳聞。那封瓶中的手記有提到長頸鹿作祟的字眼，因此萬一那段文章被流傳出來，就會導致事件給人更深的怪異印象，而受到不正常的注目。照這樣下去，搞不好會有人在網路發表『是長頸鹿的亡靈襲擊了那四個人』這樣正中核心的想法。」

昨天下午提過的擔心事現在變得更加接近現實，本來不太可能湊齊的條件正逐漸湊齊。岩永不能夠對這樣的狀況坐視不管。

「要是讓那個傳聞擴大，使得在山中實際存在的長頸鹿亡靈獲得力量，將會像以前鋼人七瀨的時候一樣有招致混亂的危險性。雖然鋼人七瀨是從謊言中誕生出來的，但長頸鹿的亡靈從一開始就真的存在，現在已經成為一種威脅了。若這時候再受到來自外部的影響，搞不好會比鋼人七瀨更快獲得更強大的力量。」

岩永把拐杖前端指向六花。

「尤其如果妳又使用未來決定能力推波助瀾，想必能夠讓那隻長頸鹿的亡靈下山到市區作亂吧？」

「為什麼我會希望引發那樣的混亂？」

六花表現得一副想要抗議自己遭受了不當的嫌疑，但之前鋼人七瀨的時候，她明明就做過了類似的行為。

岩永淺淺一笑。

「因為那樣我就會傷腦筋呀。上次我妨礙了妳製造出想像力的怪物，之後又一直沒有改變對立的態度。這樣的我對妳來說只會礙事，但是妳不能殺掉我又要持續贏過我並不是一件容易的事情。我雖然也覺得妳難以對付，但不得不單獨行動的妳想必會比我更快走到死胡同。那麼妳為了得到今後行動上的自由，應該會試圖進行一場逼我讓步的交涉吧？」

即使還不到確信的程度，不過岩永根據六花一連串的行動與反應如此分析。

「妳想說要藉此讓我容許妳一定程度的策劃行動，或者使我會主動想要協助妳，對不對？」

六花默默坐在沙發上翹著大腿。九郎則是莫名掛慮地看著六花。對自己可愛的女朋友正在追究的敵人表現出那種擔憂的態度也太奇怪了吧？岩永雖然想要嘟嘴表示不滿，但對於六花依然沒有減緩攻勢。

「關於這次的事件，我不認為從一開始就是妳蓄意引發的。妳應該頂多只是認為在那座山上似乎可以決定出會發生什麼事件的未來，所以跑去看看而已。結果就真的順利發生了事件。而妳判斷這下跟我當面交涉，逼我讓步的機會終於到來，所以現身在我面前了。」

對於一直以來不得不躲躲藏藏、單獨行動的六花來說，這想必是現況之下最佳的手段。

岩永放下拐杖，挺起胸膛。

「要是讓妳擅自行動我也會傷腦筋，所以交涉行為本身我並不排斥。然而同時具備件與人魚的能力，足以干涉秩序的存在本身就有違反秩序的部分了。在對於那樣的妳有利的舞臺上使我方只能被迫讓步的交涉，我就不能答應了。我不可能答應。」

岩永也沒有說六花是絕對邪惡的意思。

岩永理解六花並非自願獲得這種有如作弊的能力，而是被一些藐視秩序的人物傷害的受害者。

九郎也是一樣。因此岩永會進行顧慮，也會給予一定範圍的容許。但也有不該逾越的事物。

岩永清楚宣告六花的企圖最後只有失敗收場的份。

「在山上究竟真正發生了什麼事，背後有什麼樣的計畫，而丘町先生此刻也在策劃什麼——要是沒有正確看透這些事情，我提出的虛構解釋搞不好會招致更加難以收拾的事態。六花小姐這樣的企圖，我不會輕易上當的。」

六花有如在細查還有沒有什麼可趁之處似地，用冰冷的視線與態度盯著岩永，最後露出甚至令人發毛的從容笑臉回應：

「若要實現我的心願，確實需要得到妳的讓步。而我也正在如此策劃。然而關於這次的事件，我並沒有說謊。假如這是一樁我有明顯介入其中的刑事案件而且真相曝光，就連警察都會成為我的敵人了。因此我即使有對警方隱瞞長頸鹿的事情，但也沒有撒謊。」

她究竟帶著幾分真心在動脣講話，岩永也無法明確判斷。不過她能夠採取的手段應該也不多才對。

結果六花接著又把對話拋向九郎。

「還有九郎，你要是跟這種無情又狡獪的女孩繼續交往下去，遲早會陷入不幸喔。」

「我現在已經覺得很不幸了。」

九郎一臉看開似地如此回應。

「九郎學長，你好歹這時候要站在我這邊吧？」

怎麼會有這種男朋友？明明才剛揭露了六花的惡毒策略，他竟擺出岩永更加惡質似的態度。

九郎一把抓住岩永朝他腦袋揮落的拐杖，彷彿在責怪岩永胡鬧也該適可而止似地用嚴肅的態度言歸正傳：

「現在重要的是，岩永，接下來要怎麼做？如果搞不清楚大和田柊這位女性和長頸鹿之間的關係，就沒辦法正確掌握事件對吧？那妳要如何調查？」

「關於這點嘛，我有這個。」

岩永從口袋中拿出一個長度比手掌稍大的細長型板狀物，亮給九郎看。

「今天早上，我派當地妖怪預先把這個錄音筆藏在丘町先生的病房中。畢竟醫院本來就是個幽靈鬼怪很多的場所，不怕找不到人幫忙。而警方今天好像也有去那裡問過話，所以應該有錄到他們的對話內容。」

假如丘町一個人在病房的時候，自言自語提到事件背後的真意就能省事許多，但這種事情不能抱太大的期望。

岩永趁昨晚就派遣周邊的妖怪們找出丘町住院的醫院並裝設錄音筆，然後在兩位刑警到訪前一刻回收到了岩永手上。錄音時間很長，岩永也還沒聽過。

六花指著手拿錄音筆的岩永，真摯地向九郎主張：

「看吧，這下你連稍微花心一下都不行了。」

「花心本來就是不該做的事情呀。」

岩永雖然有種想把六花丟出房間的衝動，但要是她自己一個人又消失蹤影私下行動，也會讓人傷腦筋。到頭來只能抱著吳越同舟的心情聽錄音筆播放的內容了。

『……沒想到長塚竟然事先準備了那樣的文章，我很驚訝。不，說驚訝好像不太對。畢竟當時在一起的下原、荒本還有我其實或多或少都抱著同樣的罪惡感，試圖尋找方式贖罪。因此該說我對長塚也有同感嗎？覺得原來他也是一樣的。但即便如此我還是要對他說，我無法接受被他單方面判罪。

當然，關於長頸鹿的祠堂以及大和田柊的事情，我都可以說明。像是我們為什麼要進入那座山中，長塚又為什麼要殺掉大家，我想光從那篇文章應該很難明白吧。

我可以說明，不過警方能否理解接受又是一回事了。我只能說我們就是相信如此——我們被逼到不得不如此相信。

首先從柊的事情開始說起吧。她是比我們小一屆的大學學妹，在一年級的時候加入了我們的戶外活動社團。

說是戶外活動，但並不是像那種開車到露營區烤個肉、釣個魚之類休閒性質的東西，而是到什麼設施都沒有的山中或島上，在大自然中以最低限度的裝備生活為目標，專業度相當高的社團。也就是比較偏向野外露宿求生的戶外活動。

社團成員大約二十人上下，雖然每年不同，不過男女人數都大致一樣。畢竟社團也會從事像是在一間廁所都沒有的深山中住兩晚之類的活動，感覺女生們應該會不太敢參加才對。然而最近幾年對真正的野外露營產生興趣的女性似乎不少，再加上一開始成立這個社團的人就是女性，所以每年都會有幾個女生加入。有時候會男女分別活動，有時候也會大家一起活動。

而柊就是那樣的女性成員之一。我會用名字稱呼她並不是因為我跟她特別親近，是她本人在最初的自我介紹時說過——

「大和田這個姓氏給人的印象是滿臉鬍鬚的彪形大漢，所以請大家用名字叫我柊就可以了。」

——這樣。而且從那之後用大和田叫她都不會回應，因此社團的人都是用名字稱呼她。或許因為那名字感覺也像姓氏，所以大家都叫得很自然了。

柊是個很漂亮的女生。身材又高又瘦，給人一種難以捉摸究竟在想什麼事情的感覺，氛圍上跟那位櫻川小姐可以說有一點相似。

她在社團裡不會表現得很搶眼，也不是那種會吸引異性的類型。然而對我來說，她的存在就是會讓我忍不住把目光看過去，每當社團聚會時總會想要先找出她在哪裡的女性。這次身亡的其他三個人想必也是一樣吧。

她二年級的時候，有一次在社團的酒會上，我、長塚、下原和荒本問到她加入這個社團的理由，於是她一點一點地告訴了我們。

她說她的家族遭到長頸鹿作祟，從曾祖父的年代就一直被危險與死亡糾纏著。

「明治時期，我家曾祖父在一間動物園工作，從國外進口了一隻長頸鹿。但是因為預算超出過多，遭到革職，從那之後好像就過得很辛苦的樣子。然後那隻長頸鹿雖然在動物園相當受到歡迎，可是待不到一年就死掉了。聽說後來被博物館接收，做成了剝製標本。」

我們一開始還很困惑她到底在講什麼，不過她或許是仗著酒勢想要找人訴說，因此也不在意我們的反應，繼續講了下去。

「緊接在那之後，動物園就又是動物離奇死亡，又是飼育員接連病倒，連園長都因為原因不明的疾病而住院，最終過世。收藏剝製標本的博物館也發生同樣的事情，甚至發生館長死於非命的事態。於是動物園和博物館的人都猜想會不會是長頸鹿在作祟而中止標本展示，並且把長頸鹿的遺骨供奉到建在深山中的祠堂，試圖鎮定長頸鹿的亡靈。」

我們雖然都有簡短附和回應，但依然聽得莫名其妙。忽然被人講說有什麼長頸鹿作祟，應該都很難相信吧？

據說多虧建了那座祠堂，讓作祟現象終於平息下來。不過那間動物園和博物館都在戰爭中歇業消失，也再沒有人知道長頸鹿的祠堂後來如何了。然後柊的家族似乎從曾祖父的時期就變得總是被危險或死亡纏身。

她的曾祖父不管做什麼工作都不順利，還經常受傷，到五十多歲就病死了。臨死前在病床上直到最後都呻吟著，說這些都是長頸鹿在作祟。而她的祖父和父親也都接連遭逢不幸，還不到六十歲就分別意外死亡和病死。祖父生前經常提起這個長頸鹿的作祟，而父親原本都沒有信以為真。可是他臨死之際卻把家人叫到床邊，呢喃著「我們家可能真的是被長頸鹿懷恨在心」之類的話。

「我自己是生來健壯，但從小就容易受傷或發生意外。不好的預感常會成真，也有過以為自己要死的經驗，次數多到搞不好真的有什麼東西在作祟的程度。雖然我對作祟是否存在還心存懷疑，可是一想到往後每次遭逢不幸的時候腦中會浮現長頸鹿的影子，我就覺得很受不了。光是在電視上看到長頸鹿的畫面就會忍不住動搖。而且我總覺得意外事故或受傷的程度越來越嚴重的樣子。」

柊似乎因此開始思考。據說當年在山中建了長頸鹿的祠堂後，作祟現象就平息了一段時間。可是後來動物園和博物館都歇業，柊的家族身為把長頸鹿帶來日本的頭號元凶又接連遭逢不幸；那麼會不會是那個長頸鹿的祠堂沒有好好管理，沒有人好好去祭拜？是不是因為那樣的狀況長久持續，才讓作祟的現象越來越嚴重了？反過來說，只要重新好好祭祀，或者柊親自去祠堂參拜，是不是就能再度平息作祟了——她這想法講得也頗有道理。

「可是動物園和博物館都沒有留下什麼紀錄。因此我到處去找當年的相關人士打聽，才總算知道了長頸鹿的祠堂可能建在哪座山上。然而那座山很少有人進入，通往祠堂的山路好像也不見了。我雖然繼續在調查祠堂更詳細的位置，但就算查出來了，一個外行人隨便進去應該會遇到山難。尤其我又遭到作祟，肯定會變成那樣。就在這時候我得知了這個社團，便想說在這裡應該可以學習到進山尋找祠堂必要的技術。」

我們社團從以前就抱著好玩的心情，學習野外求生技術或是預防遭遇山難的準備工作和對應方法，所以跟柊的目的是相符的。

「我希望能在畢業前湊齊必要的技術與情報，然後找出長頸鹿的祠堂好好參拜。不這麼做的話，我的人生就無法正式開始。所以我一直『引頸』期盼著那一刻的到來——畢竟對象是隻長頸鹿嘛。」

我們起初都不知道該如何反應，但唯一可以確定的是柊真的相信長頸鹿在作祟。因此我們也提議說要不要讓我們來幫忙，大家合作總會比一個人去找的成功率來得高，要不乾脆就把尋找祠堂當作是社團的活動。然而她卻笑著拒絕說：

「不，還是不要吧。那樣搞不好連學長們都會被捲入長頸鹿的作祟喔。我會講這些事，是想說告訴大家跟我保持距離會比較安全。」

我想她當時應該是看出我們在伺機向她告白，可是她在長頸鹿的事情還沒解決之前無法考慮戀愛的事情，所以才這麼說的。

然而我們都被她吸引了。說到底，我們當時根本不相信有什麼作祟。但作祟的想法確實存在於她心中，假如沒到祠堂參拜，相信會永遠存在下去。

於是我們開始積極幫忙她了。畢竟我們還是學生，能夠行動的範圍有限，不過我們還是會翻閱古老的資料，或者找到有學生來自那座山的所在地區，就一起到當地探聽情報。

我們其實有一半是抱著樂在其中的心情。因為那感覺就像戶外活動中增加了尋寶的要素，而且那麼做可以讓喜歡的女生感到開心。

多虧如此，我們找到的情報逐漸增加，但相對地也慢慢明白柊要一個人進入山中馬上找到祠堂是多困難的事情。再說，那座山似乎是一塊私人土地，可是沒有好好繼承，所以連找誰獲得入山許可都不知道。而對於作祟抱有恐懼的柊一直都慎重行事。

不知不覺間，我們周遭不幸的事情開始增加了。像是莫名其妙發高燒，一個禮拜都躺在床上，或是圖書館的書本掉落下來弄到受傷，在宿舍樓梯滑倒撞到頭等等。只要有生病或受傷的可能性，大致上都會真的生病或受傷。

我知道，那或許都是巧合。畢竟每次發生的原因都很清楚，也只會在有可能發生的時候真的發生。然而像這樣小小的不幸接連發生在我、長塚、下原與荒本所有人身上，讓我們也開始在意起長頸鹿的作祟了。

話雖如此，把這種事情告訴柊感覺也很遜。結果我們逐漸地對柊產生了不吉祥的感覺，懷疑自己是不是被她害得受到作祟牽連。只要從現在起跟她保持距離，是不是就會被排除在作祟對象之外了？

聽起來很蠢對不對？但實際上各種小小的意外或受傷不斷累積，讓人有種彷彿逐漸難以呼吸的感覺。

你們也許會覺得那乾脆離開柊的身邊不就好了嗎？假如能夠確定作祟真的存在，我想我應該就會馬上遠離她了。可是我沒有確切的證據。而且我也害怕萬一事後發現那是錯覺，結果就只能遠遠看著其他人和柊的感情越來越好了。他們三個人當時似乎也是同樣的心境。

然後到了柊升上三年級的春天，她在一場車禍中身亡了。我們四個人當時都在現場，也有目擊到肇事逃逸的車輛。由於我們的目擊證詞，很快就抓到了犯人。

那時候雖然已經是傍晚但天色依然明亮，也能清楚看見車牌號碼。當天社團要舉辦新生歡迎會，我們四個人離開大學正要前往當成舉辦會場的餐廳。而柊也剛好走在馬路對面的人行道注意到我們，於是小心左右來車並穿越斑馬線要過來我們這邊。可是就在這時候，忽然有一輛車闖紅燈衝過來，把她撞到半空中。

現場四周沒有其他人，也沒有其他車輛行經。我們立刻趕到柊的身邊。摔落在柏油路上的她雖然還有微弱的呼吸，但似乎已經沒有意識，還流出大量的鮮血。柊也說過自己很容易遭遇意外事故，而當時發生得實在太過突然，她甚至連慘叫都來不及發出。

就在那時候，我們不自覺地互看彼此。

只要柊死在這裡，我們與長頸鹿之間的關係是不是能就此結束？也不必再為了柊互相牽制，大家一起獲得解放？

當然，我們並沒有積極期望柊死去的意思，更不可能直接親手把她殺死。畢竟我們都很喜歡她。所以無法狠下心離開她身邊，而是想著假如有誰給我們一個離開她的理由，我們就能離開了。

對，我們都呆呆站在瀕死的柊身邊，可是腦袋卻想著這樣的念頭。至少我是那樣，而且事後大家也都承認了。

是的，我們都在猶豫著要不要叫救護車。覺得只要救護車晚一點來，柊可能很快就會斷氣了。

我不確定究竟過了多久。可能只有幾秒，也搞不好有五分鐘以上。但即便只是一段短暫的時間，我們仍確實地拖延了救護車趕來的時間。

柊最後沒有得救。醫生並沒有說「如果能早點送到醫院」之類的話。我反而記得好像聽到有人說她被撞之後還能有短暫的呼吸已經很厲害了。

然而等我們恢復理智後，不禁有種對柊見死不救的罪惡感。

同時，我們也更加感受到長頸鹿的作祟是真的存在。要說為什麼嗎？因為把柊撞死的那輛車子，在後車窗的地方擺著一個長頸鹿的布偶。我們都有目擊到這點。

或許只是巧合吧。長頸鹿的布偶根本不是什麼稀奇的東西。但這件事對我們來說還是非常恐怖。在淌血的柊面前，我的腦袋首先就被長頸鹿作祟的想法占滿了。真正的長頸鹿自然不用說，就連只是看到影片都會讓我全身發毛。

至於我們後來的事情，我想警方應該已經調查過了吧。雖然我們都從大學畢業了，但卻如同走入了死胡同。

下原在任職的公司受到重傷，因此遭公司開除。後來即使傷治好了，也一直找不到一份安定的工作。

荒本進入了一間食品公司，但在工廠遇上意外事故。傷勢痊癒之後，他對進入工廠產生了類似恐懼症的狀態，過得非常辛苦。

長塚雖然進入一家知名企業，可是才剛進公司不久便罹患重病，住院了好幾個月。出院後變得在公司很難待，不得不辭職。想找新工作又一直不順利。

我也是在畢業的同時，父母相繼過世，原本和其他親戚就沒什麼聯絡，變得舉目無親。即使現在像這樣住院，也不會有人來探望吧。在職場則是被上司排斥，搞壞了胃腸。

是的，應該都是巧合吧。作祟這種事情肯定不會有人相信的。

然而對我們來說，這感覺就是長頸鹿的作祟依然糾纏著我們。所以不約而同地提議，決定聚起來一起代替柊去找出長頸鹿的祠堂參拜。如此一來我們的人生應該就能重新來過，也擅自認為這樣可以償還當時對柊見死不救的罪過。

由於我們手上也有以前柊收集到的情報，可以當成找出祠堂的線索。感覺只要抱著在山中到處走上幾天的覺悟，應該就能找到了。

但長塚心中最大的目的原來跟我們完全不同啊。不，或許他才是正確的。我內心也一直都抱著罪惡感。只是到祠堂參拜一下就能讓我們得到什麼原諒嗎？我不斷壓抑著這樣的疑問。

然後就跟長塚一樣，我對其他三個人同樣也抱著責怪的心情。

當柊被車撞的時候，如果有誰馬上拿出手機叫救護車來，就不會留下什麼遺憾了。可是你們這些傢伙卻都在發什麼呆？會想要這樣怨恨其他三個人應該也很正常吧？

是的，這種怨恨根本毫無道理。因為其實只要我自己打電話就可以了。

假如人生過得順利，或許還能忘掉這些事。然而在接踵而來的不幸之中，難免會有即便胡來也想清算一切的念頭吧。把大家殺光之後自我了斷，感覺也很乾脆啊。

與其被作祟一步步逼到絕境，最終唐突被人殺掉，不如自己決定自己要怎麼死。不想失去這份最起碼的自尊——這種心情我能理解，但我還是無法接受被長塚單方面殺掉。畢竟那傢伙也是同罪啊。

另外，長塚說他跟柊交往過應該也是騙人的。柊在找到長頸鹿的祠堂參拜之前都沒有談戀愛的打算，想必也沒把我們放在眼裡。所以她才會顯得那樣美麗。他以前確實有對我說過隱約暗示他們在交往的發言，不過我沒想到他竟然還寫進了遺書中。他在山上也有光明正大地告訴大家自己以前和柊交往過，但那應該只是想說自己反正要死了，就在最後稍微虛榮一下吧。

當時因為櫻川小姐也在場，而且就算指責長塚撒謊，他只要不承認也就無話可說了。要是把氣氛搞差，接下來要一起行動也很尷尬，所以我不得不任由他胡說了。

關於長頸鹿的作祟，當時社團的成員中也有不少人知道。因為柊有時候喝醉酒會開朗地提起這件事情。雖然她平常都會笑笑地表現出不在意的樣子，但或許還是覺得偶爾要跟人講講否則會撐不下去吧。畢竟要把祕密一直藏在心中是很痛苦的事情。

你們聽了我這些話肯定感到很不知所措吧。嗯，什麼長頸鹿的作祟根本不可能存在對不對？但是我們內心都被罪惡感折磨，被逼到了絕境，不得不相信那樣的東西了。

而且要是沒有長頸鹿作祟，柊又為何會死得那麼慘呢？假如什麼作祟根本不存在，不就表示柊的人生其實打從一開始就沒有好轉的希望，命中註定不幸了嗎？難道我們是因為恐懼根本不存在的作祟，而對她見死不救的嗎？

那種真相，有辦法相信嗎？

對，我們就是變得無法否定作祟的存在了。如果不把一切都推卸給作祟，就無藥可救啊。

刑警們要不要相信，我都無所謂。

我只是在說明我們進入那座山的理由，以及長塚的那篇手記而已。

另外我也想要問問兩位，我能夠像這樣倖存下來，是證明了長頸鹿的作祟存在嗎？還是證明了不存在？

還是說，我終於擺脫了長頸鹿的作祟呢？』

飯店套房內的時鐘指著晚上十一點多的位置。

岩永坐在沙發上，為了不弄髒手而用筷子把打開在桌上的海苔鹽味洋芋片夾到自己嘴巴，並喝著罐裝啤酒，整理自己的思緒。

六花到剛才為止也用同樣的速度喝著啤酒，不過現在已經在對面的沙發上躺下來睡著了。桌子上排列著十罐以上的空啤酒罐，其中一半是岩永喝掉的，但她完全沒有想睡的感覺。岩永的體質上似乎很能喝酒，稍微喝一點也不會讓臉色有什麼變化。

以岩永的身高容貌要是一臉醉醺醺地走出餐廳，搞不好會遭到警察關照，因此就這點來說算是不錯。但這或許也表示自己無法充分享受喝酒的樂趣。另外由於岩永對啤酒的苦味很中意，所以配著鹽分較高的食物一起吃也很符合她的喜好。

九郎從臥室拿出毯子蓋到六花身上，並且對拿著啤酒罐的岩永用無奈的聲音說道：

「妳好歹也是個名門千金，喝酒的時候應該也要注意一點品味吧？」

「所以我不是很有氣質地拿筷子在吃嗎？」

「那樣反而感覺更像老百姓啊。雖然妳如果晃著高級紅酒，也會讓人看得很不順眼就是了。」

這男人大概不管岩永做什麼都有話可以抱怨。

嘴上如此講東講西的九郎自己卻是很軟弱地拿著一罐無酒精啤酒，坐到岩永旁邊。

「關於丘町冬司的那段口供，妳怎麼判斷？」

他用眼神示意了一下已經睡著的六花，這麼詢問。於是岩永道出自己率直的印象：

「畢竟關於長頸鹿作祟的傳聞還有柊小姐的事情，都可以向其他社團成員確認，那四個人是否真的對作祟感到恐懼，應該也能從他們周遭的人獲得證實，所以這些部分想必幾乎無法撒謊吧。他雖然講述著令人難以置信的事情，不過內容始終保有一貫性。而且他對於那篇手記也提出否定的意見，反倒更增加了發言的說服力。」

「說得也是。只要對手記內容的一部分表示否定，就能避免讓人覺得那是自己偽造的東西，反而可以獲得提升可信度的效果。假如他本來就擬定了殺掉其他人只讓自己活下來的計畫，自然就應該預先想好要如何對警方說明了。即便是與預定計畫相異的現況，相信還是有很多部分可以直接沿用。如果他準備得夠充分，應該也能摻入謊言卻不讓人感到刻意吧。」

九郎如此提出擔憂。由於丘町在前一晚被真正的長頸鹿亡靈襲擊過，對於怪異存在的恐懼心應該也會增加，使得他在說明作祟現象的時候更為逼真。

聽完錄音筆的記錄後已經過了幾個小時。這次究竟發生什麼事，執行著什麼企圖，背後又存在什麼目的，都逐漸浮現在岩永腦中了。

「話說那位叫大和田柊的女性也真是命運坎坷啊。居然被明治時期捏造出來的長頸鹿作祟傳聞玩弄了一輩子。」

九郎感到痛心地如此表示。或許他覺得那位女性是整件事最大的受害者吧。岩永對於這點也有可以同意的部分。

「那隻長頸鹿的亡靈是到最近才變得能夠發揮力量的，因此在那之前的作祟終究只是人們的胡思亂想。這也許可以說是一種作祟現象的自我實現呢。」

「自我實現？」

「明明沒有什麼作祟卻認為真的存在，於是把長頸鹿的靈魂封印在山中，結果百多年後長頸鹿獲得了足以危害人類的力量。然後恐懼作祟的四個人真的遭到襲擊，釀成了人命事件。」

簡直就是因果顛倒。恐懼作祟的人卻反而使作祟成真了。

「這難道也會跟鋼人七瀨一樣，從謊言中誕生，靠著人們相信的力量化為現實的怪異存在嗎？」

九郎如此詢問。兩人以前千辛萬苦對付過的那個都市傳說怪人，大致上就是那樣的存在，然而岩永卻搖搖頭。

「有一點不同。長頸鹿的靈魂從一開始就存在，具有意志。問題只在於牠能夠發揮的力量會因此增強或削弱而已。假如一切打從最初都是謊言，我們只要趁現在把它消滅掉就能了事了。」

長頸鹿的作祟傳聞居然會在事件背景中占了這麼多成分，讓岩永對於人類的妄想與罪孽深重忍不住想要深深嘆氣。

「不過在虛假的作祟傳聞中犧牲的柊小姐，其實也無法斷定完全沒有任何惡意喔。」

岩永說著並啜飲啤酒，結果九郎露出懷疑的表情。

「她只是想要到祠堂參拜讓作祟平息而已吧？」

人常說男人容易被女人騙，看來九郎也完全沒有從經驗中學到教訓的樣子。他會特地為擅自睡在沙發上的六花蓋上毯子的行為本身，就彷彿遺忘了至今被這女人幹過了什麼事，讓岩永忍不住想要對他說教一番。

不過岩永暫且把這問題放到一邊，繼續討論關於大和田柊的事情。

「柊小姐真的認為持續百年以上的作祟只要靠參拜一下就能平息了嗎？自古以來，如果要平息神靈的憤怒，就必須獻上相對應的供品呀。」

然後像這種時候，要獻上的祭品內容總是固定的。

「她會不會是故意把那四名男性拉攏為尋找祠堂的同伴，讓他們來幫自己的忙呢？既然察覺到四個人對自己抱有好感，就沒有不加以利用的道理。當然，入山尋找祠堂的時候，要讓四個人與自己同行肯定也很容易。」

「照那段口供的感覺，就算她開口拒絕，那四個人應該還是會主動同行吧。」

九郎對於這點也沒表示否定。岩永接著拿筷子夾起洋芋片。

「她會不會其實打算把那四個男人當成獻給長頸鹿的活祭品呢？我把這四個人的性命都獻祭給您，所以請您息怒，放過我一條命吧——這樣。」

活祭品的習俗自古以來在世界各地都有所聞，不是什麼稀奇的行為。如果要平息持續百年以上的作祟現象，或許從民俗學的觀點上，也會認為必須做到這種程度吧。

九郎露出一臉目瞪口呆的表情。岩永則是把夾在筷子上的洋芋片晃一晃：

「畢竟她可是真心害怕作祟的女性喔，內心或許真的有這種程度的企圖。只要在祠堂前把下了毒的糖果之類的東西發給男人們，想必就能輕鬆殺害他們了。畢竟只要是她給的東西，那四個人肯定會毫不起疑地吃下去。」

「為什麼妳總是會有那麼邪惡的想法啊？」

九郎竟然不是罵柊，而是責怪岩永個性惡劣。於是岩永伸手指向舒舒服服睡在沙發上的六花。

「不不不，據說大和田柊的氛圍跟這個六花小姐很相似喔？光這樣就能知道她絕不是什麼正派的女人吧？」

認為如此堅若磐石的根據絕對會讓九郎無從反駁的岩永，把洋芋片吃進嘴裡，然後用筷子擺出十字，沒想到卻被九郎投以更加責備的眼神。

九郎喝了一口無酒精啤酒，深深嘆氣。

「姑且不論這件事的真偽啦，如今現實中也發展成了類似的結果啊。」

「說得對。畢竟大和田柊誘使了那四個人進入山中，結果讓他們遭到了長頸鹿的亡靈襲擊。就獻上活祭品的儀式來說算是順利。雖然正確來講，長頸鹿因為那四個人而受到刺激，反而變得更加生氣，所以變成意義完全相反的祭品就是了。」

明明沒有作祟現象卻以為存在而行動，導致擁有力量的亡靈誕生，而且為了平息作祟的祭品又火上加油了。

九郎或許想到人類的胡思亂想竟擾亂了這麼多人的人生，不禁蹙眉顰額。

「還真是不忍心讓畏懼作祟而亂了人生的相關人物們知道的真相啊。」

「雖然那隻長頸鹿應該會覺得是人們自作自受而大肆作亂啦。」

真正平白無故被搞砸生涯的應該是那隻長頸鹿，因此岩永姑且強調這點。

九郎似乎對於這樣的想法還無法習慣地仰望天花板，接著露出像是察覺了什麼事情的表情。

「話說這個活祭品的假說，搞不好就是丘町冬司計畫殺害同伴們的真正動機喔。他為了獨自一人擺脫作祟糾纏，企圖殺掉其他三個人做為獻給長頸鹿的祭品。然後為了向警方隱瞞殺人行為，而偽造出那篇手記偷偷放進長塚彰的行李中。而六花姊會不會也是被他順便當成祭品而殺掉的？」

「對同伴的殺人動機或許是這樣，但只是當作順便就第一個先殺掉六花小姐，這風險還是太高了吧？丘町先生應該是基於很重要的必然性才會殺掉六花小姐的。」

即使原本被擱到一旁的丘町殺人動機獲得解釋，依然無法構成殺害六花的理由。照現況來看，對事件的解決並沒有什麼明顯的進展。

「岩永，妳對於解決這一連串的問題有什麼頭緒了嗎？在山上發生的事件如果沒能想出一個讓受害者一口氣接連墜崖的方法應該就難以了結，還有長頸鹿的問題本身也要想個辦法讓牠能夠好好溝通才行。」

六花一副無憂無慮地在兩人眼前熟睡著。也許只是在裝睡而已，不過她真的毫無戒心，彷彿自己策劃的伎倆都已完成，只要悠哉等待期望的結果就行了。真是令人看得一肚子火。

「現在不管要做什麼，六花小姐的目的都是個問題呢。」

她肯定是在尋找與岩永交涉或交易時能夠對自己有利的機會。然而她究竟認為怎麼做可以使岩永必須讓步，而在這一連串的事件中設置了陷阱？

其實根本沒有任何陷阱，她只是想要害岩永抱頭苦思來取樂的可能性也不是完全沒有，但再怎麼說都太過樂觀了。六花內心絕對抱有什麼企圖。

「現在想想，我們因為有鋼人七瀨的前例，而在這次的事情中趕緊行動，實在稱不上有做好萬全的準備。假如沒有在事前調查過長頸鹿的事情，在對應上一定會比現在更加著急吧。總覺得鋼人七瀨的事件是一場布局，讓我現在不知不覺中做著對六花小姐有利的行動。」

雖然這可能是想太多，但依然有注意的必要。

「況且在長頸鹿襲擊那四個人之前，六花小姐就在山中被殺掉並復活過一次。那麼她當時應該有在可選擇的範圍內決定了對自己有利的未來。然而那內容卻是救助殺害過自己的男性，甚至不惜與我接觸，乍看之下感受不到合理性。那麼這樣對她究竟有什麼好處？」

九郎也思考一下後說道：

「會不會真的是不計較利弊得失，單純把救人放在優先考量而已？」

「拜託你稍微再正視一下自己堂姊的真面目吧。」

雖然她本人是這麼解釋，但絕對不能傻傻當真。

岩永又拿起另一罐啤酒，眺望六花。

「這次的事件中，六花小姐恐怕是想要讓我犯下致命的錯誤。事前準備不充分，情報又少，就連妖怪們都沒能目擊到事件現場。跟以往的狀況大不相同。讓我犯錯的條件太多了。」

而且六花本人也甚至會在身邊講些誤導人的發言。

「她肯定是企圖製造出因為那項錯誤導，致妖怪們可能對我這個智慧之神失去信賴的狀況。然後要是只有六花小姐能夠修正那項錯誤，我就會嘗到絕對性的挫敗感，並且面臨對六花小姐提出的要求不得不無條件接受的局面。」

雖然岩永不覺得自己會輸，但也不至於認為完全沒有機會讓自己犯下致命性的錯誤。即便只是一時性也好，被六花掌握到生殺大權的可能性充分存在。

「就某種意義來講，六花小姐要逼我讓步也只有這個方法了。」

九郎大概也認知到岩永所言的重大程度，表情變得嚴肅起來。不過相對地，假如六花的目的真是如此，也會產生對岩永並非不利的部分。

「只不過要是如此，六花小姐在事件相關的事情上即便有所隱瞞，也應該不會說謊。因為她明明全講真話的狀況下我還犯錯，就能帶給我更強烈的挫敗感。讓我自責為什麼沒有注意到錯誤，因而更加失去自信，使得她也更容易掌握到主導權。若想把我犯錯的效果發揮到最大，六花小姐就不會說謊。」

九郎彷彿在思考什麼難題似的表情這時忽然放鬆，態度溫和地說道：

「久違地聊過之後，我發現六花姊對我的理解出乎預料，但也出乎預料地對我不理解啊。」

他明明喝的是無酒精啤酒，講出的發言卻像醉了一樣。也許是察覺出岩永的不滿，九郎帶著苦笑繼續表示：

「妳只要照妳平常那樣做就可以了。妳的判斷總是很正確。雖然我不敢說妳絕對不會失誤，但無論過程如何，妳最終都能做出正確的判斷。」

「是這樣沒錯啦。」

「假如六花姊的企圖有違秩序，不管是什麼內容都會被妳阻止。既然她沒辦法殺掉妳，她就無論如何都會輸的。」

雖然陷阱或計謀不一定都這麼單純，不過錯誤無論加上什麼都是錯誤，無論乘上什麼也會成為錯誤。即便能夠一時吞沒秩序擾亂世界，總有一天也會自滅。

然而岩永的責任就是連那一時性的混亂都不可容許。她把啤酒罐拿到嘴邊，對九郎投以猜疑的眼神。

「意思說九郎學長一定會站在我這邊囉？」

「我不是一直都這樣嗎？」

「那你為什麼要特地為六花小姐蓋毯子？」

「要是感冒就不好了吧？」

「不死之身的人怎麼可能感冒。九郎學長也是從來都沒有生過病吧。」

至少可以確定岩永從來沒享受過為臥病在床的九郎削蘋果吃的情境。

九郎就像忽然感到眼睛疲勞似地用指頭按住雙眼之間。

「妳每次到處午睡的時候，我不是都會好好照顧妳嗎？」

「你就是打算這樣騙取我的信任，最後再從背後捅我一刀對吧？雖然我很歡迎你在床上從背後捅我啦。」

兩人以前也有過在豪華的飯店套房過夜的機會，但當時根本沒有閒暇享受。這次九郎也說因為有六花在，甚至不願跟岩永一起進浴室。像昨天晚上岩永就試著暗示過，但九郎卻跟六花一起做出彷彿在懷疑岩永腦袋正不正常的反應。就是因為這樣，岩永才感到無法信任，這男人到底懂不懂呀？

九郎喝了一口無酒精啤酒後——

「這部分肯定就是妳被六花姊討厭的原因吧。」

他又講出這種欺負岩永的發言，讓岩永忍不住抓起一旁的空罐子用力捏扁了。

雖然還有必須擔心的要素，但站在岩永的立場也不能永遠保持靜觀。

「好啦，一直處於被動狀態也很沒意思。我們也主動出手吧。畢竟人家說攻擊就是最大的防禦呀。」

岩永早已想到要如何出手了。

九郎用毫不掩飾擔憂的態度詢問：

「妳打算怎麼做？」

「就是比六花小姐的企圖更快速、更靈活的做法。」

岩永避開了明確說明，只有如此微笑回應。畢竟六花雖然看起來在睡覺，但搞不好其實正在偷聽兩人的對話。因此岩永只有在心中補充了一句：

這次就讓丘町先生順著我方的意思行動吧。

在一片漆黑的病房中，丘町冬司躺在床上注視著天花板。時間大概是凌晨四點左右吧。獲得的情報增加，精神上也已經穩定下來，但他卻睜著眼睛無法熟睡，最後還是只能專心思考該如何解決自己面臨的課題了。另外，病房中依舊會有幽靈通過眼前，也不時會對冬司瞄一眼後穿透窗戶到外面去。

警方已經開始正式對他訊問調查，受傷的身體也必須接受詳細檢查，因此會睡不著絕非因為白天睡太多的緣故。病房裡的幽靈雖然令人在意，不過遭到長頸鹿亡靈打亂的計畫接下來會如何發展，更是讓冬司感到心情沉重。

總覺得在某種意義上這或許也是來自長頸鹿的作祟，但談放棄還言之過早。最起碼要努力想辦法讓狀況變得對自己有利才行。就算要毀滅，也應該有權利選擇如何毀滅。否則死了也難以瞑目。

目前最大的問題，就是有什麼方法可以讓大家奔到懸崖邊並且墜落下去。只要有不讓長頸鹿的亡靈登場也可行的方法，就能編造出一個符合冬司期望的『真相』告訴警方。

可是冬司對於那樣的方法完全沒有頭緒。雖然當時一行人在紮營地的行動以及從警方口中聽來的情報，已經可以明白大致上的狀況，然而就是想不出有什麼現實手段能夠導致那樣奇妙的殺人現場。

假如這像普通的事件或推理小說一樣，是要解決一樁出自人手的事件謎團，自己搞不好還比較有幹勁。畢竟背後肯定有個答案，因此能夠讓人相信只要有一個靈感或許就能推敲出真相。

然而這次冬司自己知道實際上發生了什麼事。但由於那個內容令人難以置信，所以必須創造出一個不但有說服力又能符合自己期望的虛假解釋。立場上簡直莫名其妙。

連是否有答案都不知道的問題，最難維持面對與解決的意志。

就在這時，枕邊忽然發出淡淡的光芒，並傳來聲音。

「小哥，你看起來睡不著啊。畢竟連自己究竟遭遇了什麼事情都不知道，肯定會感到很不安吧。」

冬司感到驚訝的同時，反射性地把頭轉過去。在那裡是一名身穿和服的嬌小老翁。雖不到那隻長頸鹿的程度，但他身體也微微發光，因此在黑夜中幾乎沒有什麼光源的病房也能看到他的身影。雙方四目相交。

「哦，你似乎可以看得見我，那麼事情就好辦了。我是死在這間醫院但無法升天歸西的人啦。」

雖然冬司早有一點預感，不過看來這老人是個幽靈。自從住院之後就不時會有靈異存在進入冬司的視野，這下終於還主動來搭話了。原本冬司都會忍耐不讓自己做出反應，但剛才實在忍不住動了。這樣如果還保持沉默，感覺反而會比較麻煩。

「也就是說幽靈嗎？」

冬司疲憊得連驚訝都懶，而馬虎隨便地如此確認。

「沒錯，你看，我沒有腳。」

老人唐突地飄浮到病床上空給冬司看。他的雙腳就像從前的幽靈圖畫一樣，從膝蓋以下的部分都消失了。

「我最近才剛見過有腳的幽靈啊。」

「我也可以變成有腳的模樣啦，但現在這樣比較有幽靈的樣子吧？」

看來幽靈有沒有腳果然只是一種流行罷了。老人的幽靈坐到冬司的病床邊緣，態度爽朗地和他聊起來。

「我有聽到前來醫院的警察還有護理師們的交談，據說你遺忘了自己是怎麼變成現在這模樣的是吧？雖然因為真凶留下的手記讓小哥不至於被當成凶手，但事件卻充滿謎團。而且那篇手記還是裝在一個像感冒藥的瓶子一樣，這麼大的金屬蓋玻璃瓶中，簡直就像什麼推理小說的情節。可是因為你無法恢復記憶，讓事件感覺難以解決的樣子。」

幽靈老人用手指表示一下玻璃瓶的大小並如此說道，不過這本來就不是警察能夠解決的事件。然而即便對方是個幽靈，冬司也無法輕易把這種事講出來。

老人自顧自地繼續說道：

「聽說靠正常的方法是不可能把小哥們全部一起推下懸崖的。這感覺不就像是真的被什麼幽靈追殺，結果倉皇逃跑而不小心墜崖的嗎？不不不，那種事情發生的機率也太小了。」

「是啊。」

老人精準地猜出了事件的真相，不過冬司只是簡短附和一聲。這老人搞不好是只有冬司自己看到的幻覺。就算是深夜中的自言自語，冬司也不想把真相隨便講出口。

「所以我想到了一種應該可行的方法，你要聽聽看嗎？如果被我說中了，或許會讓小哥因此恢復記憶，那麼我們也就可以對答案了吧？」

冬司忍不住睜大眼睛。就算對方是幻覺，在目前的窘境中，如果聽了對方的想法可以讓自己獲得什麼靈感，也是一件好事。

雖然心中還有些猶豫，不過冬司依然詢問老人：

「你想到了什麼方法？」

岩永睜開眼睛，發現那位名叫野江的女刑警坐在自己旁邊。對方看起來好像很難為情的樣子，而且注意到岩永醒來後又更加尷尬地開口問好：

「妳好，睡醒了嗎？」

「哦？刑警小姐也來購物嗎？」

岩永打著大呵欠撐起身子，在長凳上重新坐好。剛才睡著的時候九郎應該還在旁邊，讓岩永靠在自己身上才對。但現在醒來時，岩永的上半身卻是呈現躺在長凳上的狀態。

今天從中午之後，岩永就和九郎與六花來到了縣內一間大型購物中心。不過由於岩永睡眠不足，而且又在購物中心內一塊可供舉辦活動並開放飲食的休息區坐到一張長凳上，結果就不小心睡著了。

岩永調整著貝雷帽的位置，同時對野江說道：

「我因為昨晚喝了太多酒，而且又忙著處理各種事情到了早上，所以睡眠不足呀。」

「喝、喝了太多酒嗎？」

野江一副懷疑自己聽錯模樣似地睜大眼睛，但這件事並沒有任何問題。

「別看我這樣，我已經成年了。話說九郎學長和六花小姐怎麼了？」

環顧四周都看不到那兩人的影子。野江頓時縮著身體回答：

「這個嘛，他們說想去把要買的東西買一買，就拜託我稍微照看一下正在睡覺的妳。」

「哦哦，也就是說他們很沒常識地、居然主動跟偷偷尾隨我們的刑警小姐搭話了是吧？」

岩永本想說其實用不著拜託正在執行任務的野江，只要他們兩個其中一人留下來不就行了？不過九郎大概不放心讓六花有獨自行動的機會，但換成九郎自己一個人去買東西也是同樣的道理。因此他們就對應該保持著距離不想被發現的野江搭話了，而且肯定是六花開口的。不，九郎會同意丟下岩永離開的行為本身也是同罪。

當時野江的心情一定很複雜，可是又不可能轉身逃跑，所以只好放棄而答應了請求吧。

「請問你們是什麼時候發現我在跟蹤的？」

野江把自己的失敗另當別論，用莫名責備似的態度如此詢問。

「從第一天開始就注意到了。我本來以為今天應該不會再跟來，但看來我們依然受到懷疑呢。」

岩永撿起倒在長凳下的拐杖，重新放到自己旁邊。野江或許認為自己找藉口也沒有用，於是垂頭喪氣地放棄了辯解。

「這是因為甲本先生還是感到很在意，所以叫我至少要有一個人繼續監視。雖然搜查本部已經判斷你們跟事件沒有關係就是了。話說你們為什麼到現在還沒回家呢？」

野江雖然對於上司的命令有些不服，但她自己對於這點似乎也不太能理解的樣子。

「我們只是因為遲遲無法決定要如何處置六花小姐，所以才暫時繼續住在飯店罷了。畢竟她是個失蹤了一年以上的人，要處理起來也很麻煩呀。」

就在岩永說出一部分真話的時候，九郎與六花悠悠哉哉地一起走回到長凳的地方。六花右手甚至還拿著不知從哪裡買來的烤魷魚，而且是把整隻魷魚串在竹叉上烤的那種烤魷魚。

「怎麼？妳已經醒啦？」

提著商店紙袋的九郎一臉不服地站到岩永面前。岩永則是對站在他旁邊一副事不關己地吃著烤魷魚的六花提醒說：

「在購物途中自己睡大頭覺的人才失禮吧？」

「六花小姐，妳這樣麻煩正在執行勤務的刑警小姐也太失禮了。」

六花反倒主張著岩永沒有資格講這種話，但這論點太奇怪了。

「這只是跟監卻被發現的我技術太差而已，沒有誰不對啦。」

野江大概不想在這種無意義的爭執上成為問題中心而如此插嘴表示，並從長凳起身鞠躬低頭。

結果換成六花坐到長凳上翹起大腿，對野江說道：

「事件方面如何了呢？丘町先生有恢復記憶嗎？」

野江雖然看起來猶豫了一下，但似乎決定把警方預定不久後就會公開的內容講出來了。

「他還沒有。關於證詞和手記的部分都在驗證調查，然而關於長頸鹿祠堂的線索實在太少了。不過關於長頸鹿作祟的事情，受害者們從上山前就對他們周遭的人提過。也有幾名受害者向家人表示過，為了消除作祟現象，即便工作要請假也必須到那座山上一趟。」

九郎一臉同情地點點頭。

「關於長頸鹿的事情只要警方發表出去，或許就能獲得知情人士提供情報。但這樣一來也會讓事件突然變得帶有靈異色彩，感覺會引起不必要的騷動啊。」

「是呀，畢竟殺人動機就是基於那個作祟傳聞。那篇手記的內容已經流入媒體手中，想必很快就會被報導出來了。而且這又是一樁死者很多的事件，真不曉得會被報導得多聳動呢。因此搜查本部也正力圖及早破案。」

要是媒體大炒的事件沒能破案，想必會關係到警察的面子。雖然解決事件所需的材料應該幾乎已經到手，但就現況來看還無法以嫌疑人死亡的形式送檢，而且長塚彰的遺屬也可能會提出抗議。

「如果最起碼查出長塚彰讓同伴們墜崖的手法，多少能夠保住警方的面子。但究竟有什麼殺害手法能夠讓所有人看起來像是被什麼東西追殺，最後還一起從懸崖上墜落下去？我們實在毫無頭緒呀。」

野江有如在抱怨似地這麼說道，於是岩永決定利用這個機會。

「那麼做為給妳添了麻煩的補償，要不要讓我來告訴妳哪個殺害手法呢？」

「啥？」

野江頓時愣住。九郎與六花也都露出驚訝的表情看向岩永。昨天晚上岩永獲得了相當多的情報，因此她不可能沒有做好這種程度的準備。

「究竟要怎麼做才會導致這樣令人不解的殺害現場？以下雖然只是我的假說而已——」

要是讓野江恢復冷靜而拒絕也不好做事，於是岩永很快地繼續講下去：

「簡單來說，問題的關鍵就在於長塚彰是如何在不被其他三個人懷疑之下，把他們帶到懸崖邊緣的。講得極端一點，其實只要能夠讓那三個人在懸崖邊緣站成一排，要同時把他們推下去應該不困難吧？」

野江或許是受到岩永充滿自信的語氣影響，即使還感到困惑也開口回應：

「嗯，可是從紮營地與事發現場的痕跡來看，應該可以確定他們是被什麼東西追趕而跑到崖邊的。在這前提下還要讓他們在邊緣站成一排，到底是什麼狀況？」

當然，那樣的狀況並沒有發生，長塚彰也沒有如此計畫。真相就是長頸鹿的亡靈把那四個人追趕到懸崖邊讓他們掉下去的。

「讓我問個問題。既然說那些人是為了平息長頸鹿作祟而進山，應該表示他們非常相信有作祟的存在，而且對此相當恐懼吧？」

假如有聽過丘町的口供就能在這點上講得很有自信，然而岩永他們在表面上必須裝作沒有聽過那段口供，因此現在特地確認。

野江雖然看起來有些猶豫，但似乎判斷這種程度的情報不會構成問題，於是點頭回應：

「是的，從丘町先生的供述以及受害人周遭的關係人口中都能證實這點。」

「那麼長塚先生就有辦法讓大家跑向懸崖並且站到崖邊啦。」

岩永如此煞有其事地開始說明虛假的解釋：

「事件當晚，他們四個人似乎聚集在帳篷外面談話。就在這時，長塚先生若無其事地轉頭看向後面，瞬間發出驚叫聲，腳軟似地伸手指向樹林間漆黑的深處，然後大叫『長、長頸鹿來了！』的話，請問會發生什麼事呢？」

「呃，我不太明白妳的意思。」

野江彷彿認為懷疑岩永的腦袋有問題會很失禮，但又忍不住想這麼說似地微微舉起右手。九郎和六花也都好像在疑惑岩永到底打算講什麼的樣子。畢竟岩永正做著相當貼近於事實的說明。

「長塚先生其實是在演戲，假裝長頸鹿就在那裡，準備要襲擊他們。他接著就像要逃離那隻虛構的長頸鹿一樣，抓起照明工具驚慌失措地朝懸崖的方向奔去。好啦，妳覺得接下來會如何？」

聽到岩永說是在演戲，野江、九郎與六花的表情都出現了變化。

岩永噙著微笑繼續說明：

「當時那些人是因為恐懼長頸鹿作祟，想要平息作祟現象而進山的。那四個人都很害怕長頸鹿，因此對於作祟來源的長頸鹿襲擊過來的情景，應該能夠想像得非常有真實感吧。」

野江仔細推敲似地沉默一下後，表現出某種程度的理解。

「正常人應該會覺得那是在開什麼玩笑吧。不過對於那四個人來說，就算看到了那樣的幻覺或許也不會感到奇怪。然而就算長塚彰假裝受到長頸鹿襲擊而逃出去，其他三個人也不會因此產生那樣的錯覺而跟著逃跑吧？」

「對，他們應該會認為是長塚先生過度恐懼長頸鹿作祟而精神錯亂才逃跑的，同時他們也會認為長塚先生會變成那樣並不奇怪，因此一時之間不會懷疑那是在做戲。正由於那四個人都共有對長頸鹿作祟的恐懼心態，所以也能理解那份畏懼與恐怖，甚至可能產生自己說不定也會變成那樣的一種危機意識。」

岩永舉起拐杖，示意長塚彰逃跑方向似地指向一旁。

「那麼他們三個人是不是會趕緊想要追上去呢？畢竟長塚先生光是逃跑時的感覺就很不尋常，加上如果知道那方向有懸崖，就會覺得要是不趕快追上去制止，他搞不好會摔下懸崖喪命。因此大家是不是就會抓起手邊的提燈或手電筒，拚命追在後面呢？為了讓長塚先生恢復理智，一路上還呼喚著他的名字。」

野江頓時睜大眼睛。

「意思說那三個人並不是被什麼東西追趕，而是在追趕長塚先生嗎！」

由於雙方都跑得很拚命，只看片段也難以區別之間的差異。

舉個例子，假如追逐者與被追逐者不是跑在一條直線上，而是像田徑比賽的跑道一樣呈現環狀連接的路徑會如何呢？這樣不只是追逐者會看到被追逐者的背後，在某些位置也會呈現被追逐者看到追逐者背影的狀態。

那麼無論追或被追，都是完全相同的現象了。

「長塚先生雖然被其他三個人追，但正確來說其實是讓那三個人追的。由於他起步較早，而且只要事先確認過通往懸崖的路徑，就能在一片幽暗之中跑得比其他人快，不會被追上。就這樣抵達懸崖邊後，他抓準其他三個人的聲音逐漸接近的時機，發出有如真的從懸崖掉下去似的慘叫聲，並且抱起附近較大的石頭或倒木之類的重物，連同照明工具一起丟下懸崖。緊接著立刻退到後面，躲進樹林中。」

「為了讓那三個人誤以為他墜崖了嗎？」

「是的，追在長塚先生後面的其他三個人，想必會聽到那聲慘叫以及某種重物落到崖下的聲響吧。穿出樹林來到懸崖上的那三個人如果在那裡沒看到人影，是不是就會以為長塚先生已經掉下去，而靠近到懸崖邊緣探頭望向下方確認呢？」

人經常會難以接受自己沒有親眼確認過的事物。即便是無論怎麼想都應該已經掉下去的狀況，還是會想要透過視覺證據確認那項認知的正確性。

野江緊閉雙唇，懷疑自己是不是在哪個環節被岩永矇騙似地沉默思索了一段時間，然而最後看來也無法完全否定的樣子。

「就人類的心理來講，應該會忍不住想要確認他是不是真的掉下去了。嗯，假如換成是我，肯定會立刻走到懸崖邊拚命探出身體，望向下方吧。就算是在黑夜中，也會覺得只要用手電筒或提燈照明，或許就能看見懸崖下面。」

「對那三個人來說，應該會難以置信同伴竟然會這樣喪命，感覺就像長頸鹿的作祟忽然在眼前成真了一樣。那樣的恐懼感想必會讓他們更加想要確認，而沒有餘力去考慮到其他的事情。雖然可能會害怕連自己都掉下去，所以動作戰戰兢兢，不過就如刑警小姐所說，那三個人應該會目瞪口呆地站到崖邊，做出探頭往下看的動作。」

對於岩永這段說明，九郎從旁補充：

「所以從退到樹林中躲起來的長塚彰來看，那三個人就呈現背對著他，在懸崖邊緣站成一排的狀態了吧。」

「對，簡直就像在等著別人把自己推下去一樣。」

野江的眼睛越張越大。那感覺也可以形容是被追的人繞到追逐者的後面，反過來變成了追逐者的狀態。

「那三個人應該各自手上都拿著照明工具，所以即便在黑夜中也能清楚掌握位置。而他們只顧著確認可能已經掉下去的長塚先生，使得背後完全沒有防備。長塚先生只要從後面猛撞那三個人，就能把他們推下去了。雖然是一對三，但畢竟是在連護欄都沒有的懸崖邊緣，只要重心偏出外側，就會連站穩腳步的地方都沒有，直接掉落下去。而且那三個人都探頭望著崖下，本來重心就會偏向外側了。即便是放低身子望著崖下，如果被長塚先生從後面用全身撞過來，想必還是會撐不住吧。」

假如真的要實際執行，會不會成功恐怕要看運氣。不過現在必要的重點在於這手法實際上是否可行。

野江雖然表現得錯愕，但依然指出這項問題點：

「可是這種殺人手法稱不上確實，而且很危險。搞不好長塚彰自己會跟著一起掉下去呀。」

「就算一起掉下去也沒有問題的。長塚彰打從一開始不就計畫殺掉其他人之後要自殺了嗎？」

「啊。」

野江發現自己遺漏了這項重點而把手放到額頭上。

「不如說，他抱著同歸於盡的打算用力撞上去，還能提升把三個人都一起撞下崖的機率呢。」

要是沒有自殺的覺悟就無法使用這種手法，這正是因為有那篇手記才能通用的假說。

這時六花一邊吃著烤魷魚，一邊像個嘮叨小姑般開口刁難：

「妳說長塚彰為了讓其他人誤以為他墜崖而把重物丟下懸崖，但真的那麼剛好可以在附近找到那樣的石頭或倒木嗎？就算他想事先準備，那四個人從上山之後都是一起行動，即便有單獨行動的時間，也不一定馬上就能找到那樣大小適中的東西吧？」

「其實他也不需要到犯案當天才準備呀。為了尋找長頸鹿的祠堂而收集那座山的情報時，可能他在事前就已經知道那座懸崖的存在，因此在很早的階段就已經開始思考殺人手法了。而且大家應該是在好幾天前就決定一起上山的，所以他只要提前獨自上山，預先把需要的東西放置在懸崖上就行了。從懸崖下看不到那東西，也就不會讓人起疑吧。」

由於這問題早在岩永的預想範圍之內，因此立刻回答了。而六花大概也預料到會這樣，接著又把烤魷魚的前端指向岩永，提出另一項問題點：

「那麼長塚彰為何要選擇這種又費事又不確實，感覺就是憑著氣勢蠻幹的殺人手法？他大可以對其他人下毒，還比較簡單又確實吧？」

「六花姊說得沒錯。用這種方法能不能把所有人都推下去太靠運氣了。要是那三個人沒有在懸崖邊站得很近，就無法從背後一口氣把他們全部撞下去。運氣差一點搞不好還只有他自己掉下去。順利把所有人都推下去的條件不一定都能湊齊吧？」

就連九郎也跟著一起揪出問題點。這個男人真的是說背叛就背叛，明明岩永也覺得這部分很不好解釋地說。

「要下毒其實並不容易喔。假如是女生給的巧克力或糖果，男生或許會開開心心吃進肚子。但長塚先生拿那種東西給其他人，應該會引人戒備吧。大家登山時想必都會各自準備自己的食物和飲用水，要分別下毒的難度是很高的。而且要是沒有讓三個人同時中毒，就會被察覺下毒而有殺害失敗的風險。」

就算不對食物下毒，只要用塗了毒藥的針輪流刺那三人就可以殺害得迅速又確實，因此岩永刻意對這點避而不談。不過現在這樣的說明也不至於講不通。

她接著也一派輕鬆地反駁九郎提出的問題：

「三個人是否會在崖邊集中在一起的確很難講，但畢竟他們都很恐懼長頸鹿的作祟。當時是在深夜中，為了確認同伴的生死而探頭望下懸崖，因此不安和畏怯的心情應該會讓他們在無意識間與其他人靠得很近吧？」

雖然難以否認其不確定性，但岩永暫時如此帶過後，又若有深意地繼續說道：

「而且長塚先生深信長頸鹿的作祟會導致毀滅，所以或許堅信用這個方法可以順利殺死所有人吧？」

「意思說他認為有作祟輔助，所以只要能夠讓其他人靠近死亡陷阱，大家就一定都會死了？」

六花一臉懷疑地如此詢問，而岩永對這點表示肯定：

「是的，又或者他可能是想要藉此確認長頸鹿作祟是否真的存在，認為作祟如果真的存在，那麼在死亡機率很高的狀況下，命運肯定會讓所有人都喪命。正常人應該都會盡可能不想殺人才對。因此他會不會是在尋求一個可以殺人的充分理由，尋求將自己的行為正當化的依據呢？長塚先生可能直到最後的最後，都想說服自己是因為作祟才導致殺人的。」

光這樣講很難有說服力，於是岩永決定讓野江幫個忙了。

「刑警小姐，在警方已知的事實中，有沒有什麼可能導致長塚先生產生這種想法的理由呢？」

野江沒想到自己會突然被尋求解答，忍不住啞口沉默了一段時間後，小聲說道：

「當有受傷的可能性時，大致上都會成真。」

「什麼意思？」

那是在丘町的口供中用來形容作祟的一句話。意思說只要遇上可能發生不幸的狀況，命運就會朝著不幸的方向流去。不過岩永還是裝作不知情了。

野江被岩永如此詢問，於是思考一下後，說出自己的見解：

「雖然我不能講得很詳細，但據說長頸鹿的作祟有那樣的傾向。而且那四個人感覺上甚至已經被逼到如果作祟不存在反而比較難受的狀態了。因此妳說長塚彰刻意選擇了假如沒有作祟輔助就難以成功的殺人手法，直到死前都想要堅信那樣的事情存在——我也無法完全否定。」

岩永其實從丘町的口供中也想到了同樣的說明，只是既然要裝作不曉得丘町的口供內容，就沒辦法自己講出口。還好現在野江順利察覺到這點。

「既然是沒有作祟反而難受的狀態，那麼的確很有可能產生像那篇手記所寫的一樣，思考扭曲而想要挺身為已故的女友犧牲奉獻的不健全念頭呢。」

反正死無對證，要怎麼說都可以。

「雖然這本來就只是我的假說，沒有什麼證據。不過在那座懸崖下說不定會找到長塚先生為了讓人誤會自己墜崖而丟下去的東西喔。只是他丟的東西如果是石頭或倒木，在山中本來就很常見了，因此想必也很難證實他真的利用過吧。對於這個假說要如何處置，就請警方自由判斷了。」

岩永再一次對野江露出微笑。雖然野江不知為何看起來臉色鐵青，但岩永決定不去在意了。

回到飯店套房後，六花立刻開口詢問：

「妳那段虛假的說明是什麼意思？」

還沒睡飽的岩永本來把貝雷帽丟到桌上，全身靠在沙發椅背打算閉上眼睛的，可是六花的聲音卻非常銳利。

「妳不是反對丘町冬司要把長塚彰塑造成凶手的計畫嗎？可是妳那段說明會成為完成計畫的最後一塊拼圖吧？」

「是呀。」

岩永感到麻煩而直接承認。六花緊閉雙脣好一段時間，似乎明白岩永決定果斷行動了。

「那麼捏造證據的工作，妳應該也已經完成了吧？」

講捏造也太難聽了，岩永並沒有要藉此陷害誰的意思。

「我只是命令住在山中的妖怪們把倒木的一部分放到懸崖下，看起來像是被人從懸崖上丟下來的而已。當然，我也有叫他們在木頭上留下看似從高處丟下來的痕跡。但要是周圍狀況跟警方現場勘驗的時候不一樣也有問題，所以我有要求偽裝得像是從崖上掉下來後滾到了比較不顯眼的位置。」

這只是動一點手腳讓假說不會遭到否定而已，還不到足以證明計畫真的被執行過的程度。

「順道一提，我今天清晨時也有把那個假說告訴過丘町先生。」

九郎頓時表現得驚訝，大概是沒想到岩永已經做到這個地步了吧。他雖然應該知道岩永今早直到天亮前都在召喚附近一帶的妖怪與幽靈們做出指示，但岩永並沒有清楚告訴過他具體做了些什麼事。

岩永抬頭看著站在她眼前的六花。

「那間醫院裡有個似乎很愛管麻煩事的老人幽靈，所以我讓他去跟丘町先生搭話，問對方：要不要聽聽看這個老人家對事件的推理？然後藉此把我剛才對刑警小姐說過的假說轉告給丘町先生。」

「這也太蠻幹了。」

「不會呀，『幽靈偵探』這種題材在推理小說中很常見喔？」

像幽靈刑警或幽靈紳士等等，也有擔任偵探角色的人物其實是個幽靈的類型。不過岩永使用的手法或許比較亂來吧。

九郎用有點不能接受的口氣問道：

「那麼只要丘町冬司表示自己恢復了記憶，然後根據那個假說向警方描述事發過程，這起事件就能解決了嗎？」

「雖然證據稱不上充分，不過既然有生還者的證詞以及那篇手記，警方應該也會讓事件就此落幕吧。畢竟嫌疑人已經死無對證，相關人物們也難以反駁呀。」

六花一副難以看透岩永真意如何似地坐到沙發上。

「妳對於他殺掉我的理由以及手記裝在瓶子裡的事情原本都抱持疑問，現在為什麼丟著那些疑問不解決，就選擇了這種手段？」

「從這兩點可以推測出丘町先生本來擬定了目前已知範圍以上的計畫，或者可能到現在依然在策劃。然而在情報不足的狀態下，我方難以看穿其計畫的全貌。因此我只是判斷將事件的收尾工作交給丘町先生負責而已。」

岩永面帶微笑地做出用兩手拋擲東西的動作。

「假設丘町先生原本計畫在山上把同伴們都殺死，只讓自己倖存下來，那麼現況最困難的部分就在於說明那三個人是怎麼死的。要是無法對那個不自然且令人不解的狀況做說明，今後無論他要如何修正計畫，想必都會構成障礙。反過來說，只要能排除這部分的問題，就能讓自由度一口氣提升了。」

不需要由岩永解決所有的問題。交給可能辦到的人物負責也是一種手段。

「因此我決定告訴他排除障礙的方法，順便在假說中加入了『捏造出來的虛構長頸鹿』這項要素。只要讓人認知到攻擊人的長頸鹿，其實只是殺人伎倆中捏造出來的幻象，人們就比較不容易去想像長頸鹿的亡靈了。」

只要在『殺人』這樣現實的行為中，描述長頸鹿是虛構出來的道具，那亡靈也會被認知為卑微的存在，而無法獲得力量。

「我不清楚丘町先生這下會如何行動。不過站在我的立場，其實只要能製造出人們不會去探討長頸鹿亡靈的狀況就可以了，所以我想期待看看丘町先生真正的計畫呀。」

「就算他計畫今後做出什麼犯罪行為也無所謂嗎？」

六花的態度彷彿在警告岩永，但事到如今還議論那種倫理道德的事情也太奇怪了。

「要是他打算造成嚴重的傷害，我當然就不能放著不管。但如果只是將這起事件假造得對自己有利而已，我也沒有刻意阻止的必要吧？我並不是法律的守護者，區區陰謀詭計的程度並不構成讓我譴責他的理由。」

岩永的任務是維護秩序，要求完全的清廉潔白是不合理的。

「反而是他實施詭計比較不會執著於真相，能夠期待他積極表現。畢竟犯罪者總會不擇手段，絞盡腦汁做出對自己有利的行為。丘町先生和我的利害關係是一致的。」

「就算我能夠妨礙或干擾妳，對丘町先生也沒辦法出手。所以妳企圖從背後操控他，讓事件如願收場是吧？」

六花的推測大致正確。但是講『企圖』也太難聽了，明明六花也操控丘町讓事件發展以折磨岩永不是嗎？

「為了保險起見，我有派人去監視丘町先生。不過照他的現況，要移動或與外部聯絡都不容易，因此能做的事情很有限。而六花小姐要去策動他想必也很困難。雖然妳事前可能有唆使過他什麼，但他如果有意讓事件落幕，妳也無法阻止吧？」

雖然不清楚丘町的目的是什麼，既然他是循著什麼計畫在行動，肯定就有對他本人來說最期望的結局。即便那結局是源自惡意，只要得到結局就能讓事件落幕。

就算六花試圖讓混亂擴大，把岩永逼到超出對應能力，誘使她犯錯，如今也可說是大勢已定了。

「這事件已經脫離我手中，我不會再有犯錯的風險。就是因為我必須做些什麼，才會讓六花小姐有機可乘。因此我把收尾的工作交給了我以外的人。而且妳就算想要決定出能夠擴大混亂的未來，那個機率也已經很低。在這種狀態下即便讓妳對未來的分歧介入，應該也得不到什麼太大的成果。就算妳介入製造變化，頂多也只是具備相同能力的九郎學長可以將發展恢復原狀的程度而已。」

「九郎到時候真的會聽從妳的指示嗎？」

六花又在講這種諷刺人的話。岩永雖然感到一絲不安，但還是對九郎確認：

「這個嘛，應該會吧？」

九郎則是對著六花回答：

「就算我不聽從，岩永也肯定有準備好各種手段能夠封鎖六花姊的。」

「為什麼你不老實說你會聽從啦？」

真是感受不到愛的回答方式。即便如此，六花依然感到不開心地又緊閉起雙脣，因此還是算勝利吧。

岩永雖然還有些不滿，但輕輕拍了一下手。

「這下事件的部分就大致解決了。接著只要讓長頸鹿別再繼續胡鬧就行。六花小姐也會幫忙吧？」

「為什麼我要幫忙身為敵人的妳？」

六花表現得極為不願，然而在此拒絕並不是聰明的做法。

「如果妳希望跟我交易，盡可能爭取到對自己有利的條件，就應該要多讓我對妳留下好印象吧？」

岩永盡量態度客氣地如此表示，但對方似乎沒有領會這份心意。

六花眼神冰冷地厭惡回應：

「妳這個人真的是一點可乘之機都沒有呢。」

期待對方失誤而有機可乘才是奇怪的想法。

岩永當作這句話是對自己的稱讚，並決定小睡一下了。

# 第四章　岩永琴子的逆襲與敗北（後篇）

深夜，岩永在山中獨自點著一盞電池式的提燈，坐在自備的野外用摺疊椅上喝著罐裝咖啡。這裡跟丘町冬司一行人墜崖之前紮營的地方是同一座樹林，但畢竟警方還有再次現場勘驗的可能性，因此為了不要留下奇怪的痕跡，岩永把椅子放在距離至紮營地稍遠的地點。

拐杖放在旁邊，隨時伸手都能抓到。頭上雖然戴著一如往常的貝雷帽，不過她身上的衣服則是換成了一套白天時在購物中心買來的戶外活動用服裝，具備良好的保溫性且便於活動。

岩永是拜託會飛的妖怪將她從飯店送到這座深山中，所以在移動上並沒有費什麼力氣。由於警方可能有派人監視，因此她是從飯店的逃生門出來，偷偷飛到天上離開。從下榻飯店到現在三天，岩永對外都沒有讓人發現有什麼可疑的移動行為。

時間已過丑時三刻，正當岩永想說目標對象應該差不多發現有人類的氣息而準備現身的時候，周圍的亮度忽然增加。是青白色的光芒。雖然沒有聽見聲響，但可以感受到有什麼東西接近了。

岩永朝氣息傳來的方向抬起頭。

「沒有立刻襲擊過來，代表你知道我不是普通的人類是吧？」

長頸鹿的亡靈站立在幾公尺前方。在這片幽暗的樹林中無法看到牠的全貌，一時之間還難以認出牠是一隻長頸鹿。如果那樣的龐然大物忽然出現在眼前，會以為是怪物現身而驚慌失措也無可厚非。不過只要冷靜下來抬頭往上看，就能看見樹枝之間有一條長長的頸部，也可以勉強看到像長頸鹿的頭部。

岩永放下咖啡罐，抓著拐杖站起身子。

「你想必也有你的主張，會心懷怨恨也是正常的。然而你不應該給棲息在這座山上的其他存在們添麻煩才是。」

她用手壓住由於把頭抬得太高而快要滑落的貝雷帽，並詢問長頸鹿的亡靈：

「我不會害你的。你有意服從於我嗎？」

長頸鹿雖然看起來猶豫了一下，但隨後高高抬起右邊的前腳。岩永閃過粗暴踩下來的那隻腳，結果摺疊椅當場破碎。岩永接著朝懸崖的方向奔去，而長頸鹿亡靈也立刻追在後面。

據說長頸鹿平時就能以時速四十公里左右的速度奔跑。即使影片中看起來只是在熱帶莽原中緩緩跑步，但由於牠們身體很龐大，有時候其實速度相當快。

而現在這隻長頸鹿又獲得亡靈的特性，即便在密集林立的樹叢中也能不受阻礙地追趕，因此人類不可能逃得過牠。長頸鹿想必也有餘力享受追逐對象的樂趣。況且牠幾天前才藉此讓四個人墜崖，就更不用說了。

只不過岩永預先調查過通往懸崖的路徑，所以在黑暗之中也不會撞到樹木或被石頭絆倒，能夠快步奔跑。對於沒有發揮全力衝刺的長頸鹿來說，岩永甚至不時會從視野中消失。

長頸鹿由於身高很高，視野很遼闊，所以在熱帶莽原能夠比其他動物搶先發現肉食動物接近。然而山中有高達長頸鹿頭部的樹林，讓牠的視野無論如何都會被枝葉遮蔽。正因為牠身高太高，反而看不清楚周圍狀況，容易跟丟正在追逐的對象。

長頸鹿這時加快腳步。或許牠不想讓獵物逃掉的念頭很強烈吧。牠才剛化為亡靈不久，再加上有殺害過人類的經驗，可能讓牠現在抱著一種全能感。雖然之前遭到六花反擊，但牠並沒有輸，而且前後殺死過六花兩次，因此似乎沒有到喪失自信的程度。牠加快速度，朝岩永追來。

全力衝刺的岩永一口氣穿出了樹林。但樹林外面很快就沒有地面，讓岩永的身體飛到了空中。當初丘町一行人逃跑的方向出了樹林之後到懸崖邊還有一塊空間，然而岩永選擇的方向幾乎沒有那樣的緩衝空間，只要一穿出樹林半步就會摔下懸崖了。

長頸鹿大概以為這次的狀況會和上次一樣，所以肯定覺得只要等即將穿出樹林的時候再減緩速度，就能停在懸崖前了。而且牠只顧著不要追丟腳邊的岩永，恐怕也沒注意前方吧。又或者牠其實什麼都沒想，認為只要把岩永嚇到墜崖就行了。

和岩永同樣穿出樹林的長頸鹿霎時失去踏腳的地面，衝到了半空中。由於牠是亡靈，應該能夠飄浮，而且就算摔下去也不會受到什麼衝擊才對。然而牠成為亡靈之後還沒過多久，應該尚未充分掌握身體的活動方式或本身具備的能力。

身為幽靈能夠穿透物體的特性只要到處走走就能知道，而且稍微嘗試一下便能獲得確信。可是牠身前還是隻普通的長頸鹿時不可能有什麼飛到空中的經驗，要是真的飛到空中也死了。這種本能上會感受到死亡的行為，在化為亡靈之後也不可能有勇氣立刻嘗試。就算試過稍微飄浮身體，也肯定沒想過要忽然從高處飛翔吧。

那麼當牠衝出懸崖，發現腳下不是地面而是空中，就算是長頸鹿的亡靈一定也會霎時感到害怕，在思考對策之前首先就會因為恐懼而全身僵住。

岩永在衝出樹林跳出懸崖的時候，預先在那裡待命的飛天妖怪就抓住了她的背部，讓她停留在半空中。為了不讓貝雷帽掉下去，岩永還用手壓著頭頂。然後在空中低頭望向墜落途中的長頸鹿，與對方四目相交。

岩永擺出一張皮笑肉不笑的臉。

「你有意服從於我嗎？」

長頸鹿的眼睛與臉上明顯流露出碰上超越自己理解的存在，而感到畏懼與戰慄的神情。

剎那，岩永讓飛天妖怪把自己的身體往下一推，劃破大氣逼近長頸鹿，用拐杖朝牠頭部重重一擊。岩永頭上的貝雷帽順勢飛走。因恐懼而全身僵硬的長頸鹿做不出閃避動作，當場被敲到腦袋。

長頸鹿由於在脖擊的時候會用頭部撞擊對手，因此頭蓋骨其實很堅硬。更何況已經化為亡靈，根本不會被物理性的力量敲碎。然而岩永擁有觸碰幽靈的力量，還是可以給予對方一定程度的衝擊。

被敲了腦袋的長頸鹿悽慘地連同貝雷帽一起掉落至黑夜中。岩永則是再度被飛天妖怪抓住身體，目送長頸鹿往下墜落。

墜崖的長頸鹿想當然是毫髮無傷，彎起四隻腳坐在懸崖前，對岩永垂著頭。在岩永的背後，九郎與六花宛如隨從般一左一右地站著。本來岩永希望兩人跪下來更加表現出服侍岩永的模樣，但不只六花，竟然連九郎都拒絕了。雖然岩永臭罵過他這樣算什麼男朋友，不過九郎表示他會盡量表現得像隨從的樣子，讓岩永只好不甘不願地妥協了。

原本棲息在這座山上的妖魔鬼怪們都聚集在周圍，觀望著長頸鹿與岩永一行人的狀況。由於岩永告訴他們，今晚會把長頸鹿相關的麻煩事解決掉，所以他們應該就是來見證的吧。

「好，我們會把你的遺骨埋到適當的地方，不會再被人發現。受土石流沖毀的祠堂也會處理到不留痕跡，甚至連曾經有過那樣的東西都感受不出來。如果這樣做能夠安撫你的情緒，周圍的妖怪們也會樂意幫忙的。」

岩永如此答應了長頸鹿的請求。

在空中被敲了一棍，墜落到地面的長頸鹿再度被岩永搭話後，便徹底表現出願意服從聽話的態度了。岩永接著向牠表示我方沒有要討伐或驅趕牠的意思，只要牠遵守居住在這塊土地最起碼的規矩，就可以自由行動，也會盡量接受牠的請求。

「我不會叫你忘掉對人類的仇恨，只是你想洩憤也要適可而止。無論是什麼樣的地方，只要傳出有人死於非命，附近一帶就會變得騷動不寧，讓妖怪們難以居住。因此你做事別太引人注目，至少不要在這座山上亂來。」

長頸鹿上下動著頭，非常有草食動物的態度。

「今後你就好好保重吧。假如碰到什麼問題，只要你透過同伴們傳話給我知道，我身為智慧之神也會來幫你的。」

隨後，岩永便立刻對周圍的妖怪們做出指示：

「那麼各位，麻煩你們去回收長頸鹿的遺骨，重新埋到不會有人來的場所。祠堂也要完全拆除，不留下任何痕跡。」

妖怪們各個愉悅地爽快答應，與長頸鹿一起回到深山裡。雖然岩永還必須去把遺留在山中被踩壞的摺疊椅與咖啡罐撿回來才行，不過應該等一下再去就可以了。

「我本來還以為要被迫跟長頸鹿交戰，但到頭來也沒幹到什麼活嘛。」

六花遠遠望著妖怪們因為解決了麻煩事而開開心心離去的背影，似乎有點不服氣地如此表示。

「原來妳那麼想要跟長頸鹿戰鬥嗎？真是低級的嗜好。」

「妳原本是打算讓九郎上場戰鬥吧？」

最初妖怪們來找岩永商量時，她確實有過這樣的想法。但因為想到了其他有效的手法，才換成岩永親自上場的。

「就算我利用妳或九郎學長狠狠教訓牠，也不一定能夠讓牠服從於我。畢竟長頸鹿似乎是透過脖擊勝負決定彼此的上下關係，所以我判斷由我親手揍牠會比較快搞定呀。」

另一方面也是因為希望在盡可能不傷害到長頸鹿的情況下讓牠投降。九郎與六花雖然擁有不死之身，但攻擊力只跟一般人差不多。這樣要打倒長頸鹿讓牠舉起白旗太花時間了，而且也會讓長頸鹿受到沒必要的傷害。

「我認為如果將那四個人追到落崖，讓長頸鹿獲得了一種成就感，牠肯定會使用相同的手法襲擊我。因此利用這點，應該就能反過來讓牠自己墜崖了。要是自己做過的事情反被用在自己身上，而且還被狠狠敲了一下腦袋，長頸鹿也就甭提什麼自信或氣勢啦。」

同時也能讓牠明白彼此等級的差異。

「然而即使做了萬全的準備也會有失敗的可能性。所以我才會請九郎學長跟六花小姐用你們的能力，幫我決定出一個讓長頸鹿感到膽顫心驚的未來。」

九郎用他不知何時撿回來的那頂跟著長頸鹿一起掉下懸崖的貝雷帽，拍了一下岩永的頭頂。

「在擔心失敗之前先給我擔心這方法的危險性，害我也膽顫心驚啦。」

「為了這種程度的事情就膽顫心驚，你的膽子是有多小呀？」

這方法明明沒什麼危險性，但九郎明明是不死之身卻會在意這種小事。對岩永來說，她反而比較擔心拐杖被長頸鹿驚險閃過或是揍得不好導致計畫失敗。

「總之長頸鹿不但被徹底擊敗，幾天前遇到那個恐怖的不死人居然還增加為兩位，而且表現得對我恭敬服從的樣子。這樣牠當然會變得稍微識相一點了。」

將物質上的暴力行使減到最低，接下來就看如何在心理上站到優勢的地位。另一方面要是過於隨便利用九郎的能力，最後搞不好會讓妖怪們產生比起岩永、其實九郎感覺比較可靠的想法，因此這次岩永只讓那兩人在後方支援了。

岩永從九郎手中接過貝雷帽，重新戴到頭上。

「這下長頸鹿亡靈的失控行為順利被壓制，剩下就是集體墜崖事件的部分。雖然說這部分也只能靜待丘町先生自己圓滿收場而已啦。」

在那三位青年墜落身亡的懸崖下，岩永抬頭望向星空。就算這時有流星閃過也沒必要特地許願希望事件盡早解決。不過岩永倒是想要許願讓自己與六花之間的暗鬥差不多該結束了。

六花又有點不服氣地詢問：

「妳真的在等待事件自己獲得解決？」

「人家不是說福氣睡時自然來嗎？六花小姐也別老是在背地裡偷偷摸摸行動，無所作為地靜靜等待也是一種方法喔？」

畢竟也有句話說「守得雲開見月明」嘛。

結果九郎卻深深嘆一口氣。

「妳可是在睡覺的時候被妖怪抓走，失去了右眼跟左腳，一點也沒說服力啊。」

岩永當場用拐杖戳了一下這樣舊事重提的九郎。這拐杖雖然鎮壓了長頸鹿，對九郎卻完全沒用，岩永手裡的拐杖反被九郎用臉擋住甩開。

岩永一行人在山中平息長頸鹿的問題，將遺骨與祠堂都處理完畢再偷偷回到飯店時，已經是快要天亮之前了。如果緊接著就收拾行李趕在中午前退房也太過匆忙，因此從一開始就預定再多住一晚了。

畢竟都還沒討論要如何處理六花的今後，而且也不確定六花是否真的會就此安分下來。由於這次她的企圖完全沒有實現就結束了，因此依然有再度消失蹤影的危險性。

假如山上的事件尚未解決，她若失蹤可能就會遭到警方搜尋，不過現在經由岩永之手已經讓事件步入結尾了。在這種階段即便六花消失，警方應該也不會特別注意。這下可說是岩永為六花開了一條退路，但這次岩永有指示周遭的妖怪們監視著六花。就算她逃走應該也能馬上追回來。

基於這些理由，岩永在飯店一路熟睡到了下午兩點多，而且起床後還過得優雅愜意。雖然這時九郎已經在客廳打開電腦，講些什麼研究所的論文怎樣或是岩永的學分取得又有問題之類很現實的事情，不過反正像現在就已經在缺席了，如今再去緊張那些事情也沒有意義，因此岩永聽得也不以為意。

六花從臥房一臉鬱悶地走出來時已經到了下午五點多，岩永也就沒有劈頭逼問她接下來的打算了。

接著沒過多久，下午六點多，甲本刑警獨自到訪岩永他們的飯店套房。

「小姑娘，你們居然真的還沒離開，到底在打什麼鬼主意？」

進入房間後，甲本一坐到沙發上便正對著岩永如此說道。

「為什麼每個人都要那樣對我抱持懷疑呢？」

岩永對於這樣幾乎可說是不當的待遇提出抗議，但坐在旁邊的九郎卻一臉認真地回答：

「因為妳真的在打鬼主意吧？」

「六花小姐就算了，為什麼是學長講這種話？」

「因為我太了解妳了。」

本來就感覺對岩永印象不佳的甲本刑警，這下眼神變得更加充滿猜疑心了。

六花則是坐在稍遠處的另一組桌椅邊，享用著透過客房服務點的三明治與柳橙汁，並開口把對話拉回正題：

「然後呢？刑警先生今天獨自前來是有何貴幹？」

她那文雅的模樣一點都不像是一個鐘頭前才剛起床沖過澡，正在吃著半天來第一頓餐的人，不過即使刑警來訪也沒停止用餐的態度，真不愧是我行我素的六花。

這麼說來，當初重逢的時候她就當著兩位刑警面前吃著炸豬排蓋飯了。三明治或許還算是吃起來比較文雅的東西，雖然她點的是炸豬排三明治，差異不大就是了。

甲本對於那樣的六花似乎也想唸個幾句，不過還是重新轉回頭對岩永說道：

「山上那件案子，大致上解決了。明天早上的新聞應該就會播報。今天上午丘町冬司忽然表示自己恢復了記憶，於是把調查員叫去，坦白了一切。」

「那就好。」

岩永是昨天凌晨透過幽靈把墜崖手法告訴丘町的。想必後來丘町便思考出對自己來說最佳或次佳的內容，講給了警方聽。這速度比岩永預測得要快了一些。岩永本來猜想丘町應該會慎重推敲之後再講出來，但也許他很有自信，或者認為花時間想太多反而可能讓內容變得不自然，所以選擇了立刻行動吧。

不管怎麼說，既然他的講法讓搜查本部可以接受就好。

甲本露出對岩永的回應不太高興的表情。

「小姑娘對野江講過的那個假說也不是完全沒派上用場，所以我想基於道義，才早一步來告訴你們這件事的。」

「原來我偶然想到的那個假說有多少猜對呀？」

岩永裝出感到意外的態度，不過既然丘町沿用了幽靈告訴他的假說，內容會多少相符也是當然的。

「是啊，妳的假說大致上都符合丘町講的內容。我們在懸崖下也發現了疑似用來犯案的東西。」

雖然感覺六花跟九郎好像都用責備的視線看向岩永，但關於這個伎倆應該在之前就跟他們講過了。

甲本接著豎起一根手指。

「不過小姑娘，妳唯獨犯了一項很大的錯誤。」

「哦？什麼錯誤？」

岩永試著露出微笑。甲本低沉的嗓音聽起來有如把拳頭抵在太陽穴。

「那個將所有人推下懸崖的手法，真正執行的人不是長塚彰，而是丘町冬司。那個男人才是真凶。」

飯店套房中寂靜半晌，最後是九郎發出困惑的聲音：

「這是怎麼回事？犯人難道不是長塚彰嗎？畢竟也有發現他坦承殺人的手記啊。」

或許因為聽到甲本說出的結論跟岩永的假說大不相同的緣故，讓九郎腦袋一時無法理解吧。就連六花也停下了正在吃三明治的手。

岩永則選擇保持沉默，繼續聽甲本詳細說明。

「那篇手記是偽造的。丘町為了讓長塚彰背負起所有責任，而預先偷偷放進了他的行李中。我們之前不是也討論過，如果只是簽名其實很容易偽造嗎？」

甲本雖然之前對偽造的說法抱持否定，但現在或許也不得不承認了吧。即便如此，九郎還是表現得很困惑。

「請等一下，這樣不是很奇怪嗎？丘町先生當時是身負重傷倒在崖下，被六花姊拯救的。假如那個人是凶手，應該不會做出那種跟其他人一起墜崖的行為吧？」

「聽好，丘町的計畫幾乎就跟那篇手記的內容是一樣的，動機也是。也就是為了制裁害死大和田柊的罪過而殺死其他人，而同罪的自己也要以死贖罪。只不過另外又追加了把行為責任推給長塚彰的部分而已。」

聽到甲本的說明，九郎頓時說不出話來。六花也依然沉默。

雖然講起來有點複雜，不過九郎和六花其實也都打從一開始就認為真凶是丘町了。只是他們以為丘町原本的計畫是殺掉所有同伴，把罪名推卸給長塚彰，只讓自己一個人得救。然而這項計畫卻在付諸實行之前被長頸鹿的亡靈打亂，因此丘町想要盡量把狀況修正到符合他當初的目的——九郎與六花直到剛才應該都是這麼想的。

所以他們或許認為如果是丘町使用了一起墜崖同歸於盡的手法，就會變得說不通了。

甲本盯著始終沒有什麼反應的岩永，繼續說道：

「既然如此，就算把小姑娘那段假說中的凶手從長塚彰換成丘町冬司，也不會有任何問題。他為了避免自己死後要背負殺害了三個人的汙名，才預先準備了那篇把長塚誣陷為凶手的手記。」

六花從椅子上起身，走向甲本。

「這樣的確也講得通沒錯。可是他當時在山上坦率接受了我的幫助。假如他是為了贖罪跟大家一起墜崖，應該就會拒絕我救他才對。畢竟在身負重傷的狀態下讓女性攙扶著，沿黑夜中的山路下山本來就是很亂來的行為。他有很多可以拒絕我幫助又不會讓我起疑的藉口，然而他當時卻表現出強烈的求生意志。」

對於六花這段犀利有理的質問，九郎也從旁附和。

「沒錯，他大可表示自己雖然被同伴陷害，但這也是自作自受，請六花姊別管他之類的。這樣的藉口也能把罪名推給長塚彰啊。」

甲本對兩人的反駁感到不耐煩地否定：

「櫻川小姐不是跟那位大和田柊長得很像嗎？丘町冬司從那麼高的地方掉下來卻沒有當場喪命，而且又被長得跟心上人相似的女性拯救。那麼他應該會覺得這是來自上天的啟示，代表他已經得到作祟的長頸鹿以及大和田柊的原諒了吧？」

岩永對這段解釋露出微笑。

「是呀，那可謂令人難以相信是巧合的一連串奇蹟。會覺得這是某種啟示也不奇怪。」

甲本雖然霎時皺了一下眉頭，但或許對於表達同意的內容無法否定，於是順著這個講法繼續說明：

「而且他這種殺死大家的手法也稱不上成功機率很高，若不是深信命運或有作祟協助，不可能會考慮這樣的殺人手法。而且實際上，丘町冬司本人也是這麼自白的。他說如果是受到作祟影響的人，絕對會當場喪命才對。」

「他自白了？」

九郎表現得難以置信，不過假如這些只是甲本自己的推理，他也不可能講得如此篤定吧。

「沒錯，丘町冬司其實是裝作喪失記憶，想要暫時觀望一下狀況而已。由於他當初沒有考慮到自己會存活下來的發展，所以想要避免準備不足導致說錯口供。」

因為丘町這段自白中包含了多項事實，警方要看穿他在撒謊肯定非常困難吧。而且自白的內容又對警方有好處就更不用說了。

「丘町似乎堅信所有人都會悽慘地墜崖而死。畢竟那群人據說在作祟的影響下只要是發生機率較高的災難就一定會發生，而且這樣不幸的命運一直持續著。所以他相信只要設下死亡陷阱，就肯定能夠殺死所有人。」

至少在當時長頸鹿的作祟並不存在，因此那些命運其實終究只是偶然而已。雖然也不能否定丘町一行人可能以前在不自覺間觸犯過其他招致詛咒的行為就是了。

九郎似乎還難以明白似地問道：

「可是丘町先生卻得救，讓他感覺自己被原諒了是嗎？」

「對，雖然這邏輯相當自私。」

九郎接著看了一下岩永的反應後，繼續向甲本提出疑問：

「那麼丘町先生又為什麼要自白？只要他假裝恢復記憶並且像岩永的假說一樣告訴警方是長塚彰利用那個手法把大家推下懸崖，警方應該也會相信才對啊。」

「事實上，當野江把小姑娘那段假說講給一部分的調查員聽時，認為這種事情不可能的意見只是少數派。而且也立刻分派人員去驗證調查了。」

從這講法聽起來，甲本應該就是那個少數派吧。

「就在這種時候，得到了丘町這段自白。我也感到很驚訝地問過他，為什麼會選擇自白。據他說，他最初的計畫是打算讓自己成為受害者，使得他在死後能得到周圍人的同情，並且讓職場上惡劣對待過他的人們多少產生罪惡感。也就是一種報復行為。假如自己成為殺人犯，周圍的人肯定會把自己講得更壞。所以他不希望連死後都要遭受其他人毀謗中傷的樣子。」

丘町在口供中說過他在職場上很不順利，而這也是讓他感受到作祟的原因之一。因此他不希望連自己死後都要被職場那些人隨口批評的心理也是可以理解的。

甲本帶著苦笑說道：

「然而倖存下來後，他似乎才察覺到這麼做會把自己為了大和田柊制裁大家的功勞都拱手讓給了長塚彰。認為自己是不是因為太在意死後被人罵作殺人犯，而愚蠢地捨棄了為大和田柊由衷悔恨，為她挺身報復的榮譽？也的確，假如按照他當初的計畫，丘町只會成為被深愛著柊女士的男人悽慘殺死的被害人之一。冷靜想想這實在很難看。」

六花用莫名冰冷的聲音接著這段說明繼續講下去：

「所以丘町先生為了奪回這份榮譽，而選擇坦白殺人罪行是嗎？正因為自己才是最愛大和田柊的人，所以能夠辦到這種事情——他將自己墜崖沒死的事情，解讀為上天給了自己一個主張這點的機會。」

或許在六花腦中浮現了當初救丘町下山的路上有過什麼對話，可以符合這項心理吧。

甲本彷彿想要稱讚六花的敏銳，雖然其中感覺也含有揶揄的成分就是了。

「沒錯，他說這就是大和田柊對他真正的引導。另外他也反覆強調，長塚彰與柊女士曾經交往的事情只是長塚彰一廂情願的想法，因此自己也必須糾正這點才行。丘町以前有聽長塚暗示過兩人在交往的事情，所以他認為剛好可以利用在手記中，把長塚彰塑造成凶手。然而他說現在回頭想想，為了柊女士的名譽，他應該要否定這點才行。這也是讓我們警方被矇騙的部分。畢竟誰也不會想到凶手會自己否定自己偽造的手記內容。要是丘町沒有自己招供，我們肯定會把長塚當成凶手結案吧。」

甲本接著一副不耐煩地抓抓自己的頭，然後筆直看向岩永。

「就這樣，這起事件事實上已經解決了。小姑娘提出的假說雖然有錯，但也很接近真相了。真是可惜啦。」

「錯了就是錯了。畢竟終究只是外行人的推測呀。」

岩永選擇謙虛退讓。站在警方的立場，如果外行人的推理完全說中，反而會因為面子問題而忍不住懷疑。然而這次由於出現決定性的錯誤部分，也讓丘町的自白變得比較容易被警方接受吧。

六花用嚴肅的語氣詢問甲本：

「有沒有丘町先生的自白是謊言的可能性？」

「他知道除非是凶手否則不可能知道的事實。就是用來裝那篇手記用的瓶子形狀。警方雖然有拿手記的影本給他看，但並沒有告訴他那是裝在什麼樣的瓶子裡。新聞媒體也沒有報導過這部分。而他卻正確說出那是附有金屬瓶蓋，高度約六、七公分，像是用來裝市售感冒藥的玻璃瓶。」

甲本或許也姑且懷疑過說謊的可能性，然而光是這點就能保證自白的真實性了。這下不但有多項狀況證據，又有凶手自白，而且也沒有可能提出抗議的關係人，那麼警方即便有感到什麼疑問，也想必會決定就此讓事件落幕了。畢竟這是一樁容易受到社會注目的事件，因此想要盡早破案的心理，應該也會促使警方如此決定。

六花對岩永瞥了一眼後，詢問甲本：

「那麼丘町先生現在怎樣了？」

甲本依然直視著岩永，回答問題：

「由於他自白得實在太過坦率，讓負責監視他的人員一時鬆懈了。他趁著一瞬間的機會跳出窗戶，從七樓摔落到一樓的地面。」

如果是七樓的高度，大概就跟那座懸崖差不多高了。

六花語氣焦躁地追問：

「他不是身受重傷，腿部骨折嗎？」

「這也是造成大意的原因之一。其實只要不在乎疼痛，他還是能夠短暫行動。仔細想想，在完成自白之後，他的目的就已經達成。所以他會按照當初的計畫選擇自殺也是有可能的。」

這對警察來說應該會構成責任問題，不過這下主張丘町不是凶手的意見就更不可能被採用了。畢竟要是因為警方疏忽，讓根本不是凶手的人物從七樓墜樓，將會嚴重損害警方的名聲。

「目前丘町呈現意識昏迷的狀態。醫生判斷他這次恐怕很難再得救了。」

六花與九郎都不禁目瞪口呆，但岩永卻直率地感到佩服：

「意思說他得償夙願了呢。」

從墜落開始的事件最後用墜落結尾，呈現出一種結構上的美感。而且掉落的高度也幾乎相同，更顯得美麗了。

甲本雖然咂了一下舌頭，不過沒有指責岩永的發言，繼續說道：

「搜查本部沒有懷疑自白內容的打算。除非再找到什麼極不合理的物證，否則丘町冬司就確定是凶手了。」

「我想也是。」

「但是，小姑娘，我就是莫名感到難以接受。總有一種討厭的感覺，彷彿這是被誰誘導出來的結論。丘町簡直就像受到什麼人操控了。」

他果然是個直覺敏銳的優秀刑警，想必從整體事件的各種細節感受到不對勁吧。然而那些不對勁的感覺多半都起因於長頸鹿亡靈的犯行，即便是經驗豐富的刑警肯定也無法從中看穿真相吧。

岩永表現出些許愉快的樣子。

「難道你覺得是我在背地裡做了些什麼？」

「你們在這段期間都只有以這間飯店為中心悠閒度日而已，完全沒有任何可疑的舉動。也不可能和丘町接觸，更是沒有警方相關人士以外的人來拜訪過你們。」

雖然有很多人類以外的存在來拜訪過，並到處行動過，但畢竟是大部分人類都看不見的存在，或者刻意躲藏視線，所以警方無法掌握岩永的策略與行動。

「就算我做過什麼，這起事件也已經解決了。犯案動機與手法都得到說明，凶手自己也招供了。那麼除此之外還需要什麼呢？」

假如還需要什麼證據，岩永也可以捏造，但還是別做比較好。畢竟俗話說過猶不及。

甲本眼中頓時浮現出看似憤怒的神色。

「在那當中有正義存在嗎？」

「你說誰的正義？為了什麼的正義？」

正義這種東西會根據立場而各有不同。丘町冬司也有屬於他的正義，而他想必是循著那份正義行動的。如果因為這裡沒有甲本所相信的正義就要大吵大鬧，也只能規勸他已經不是小孩子了，不要這樣耍任性吧。

甲本對於岩永這項追究本質的提問沒有回答，而是看向六花。

「妳之前說得對。可能我真的是有眼無珠。」

六花或許為了表示安慰而搖頭；也可能意指甲本能夠察覺到事件背後有內幕存在，所以不需要那樣自卑。

甲本環視六花、九郎與岩永後，彷彿在唸咒般說道：

「事件已經結束。我應該也不會再來找你們問話了。所以你們快點給我離開這裡。」

「好的，我們明天就會回去了。畢竟九郎學長一直在跟我囉嗦別讓大學的學分被當掉呀。」

岩永老實真誠地如此回應，但甲本卻態度一轉，露出有如看到什麼令人不舒服的東西而拚命忍耐似的表情後，快步走出了房間。

甲本回去後，情緒動搖的九郎詢問岩永：

「這是怎麼回事？難道妳犯了什麼致命性的錯誤？」

當初對野江刑警發表的假說是將長塚彰設定為凶手。然而現在這點被推翻，丘町冬司又試圖自殺，所以也難免會看起來像犯了錯吧。

岩永認為這話講起來應該會很久，於是從沙發起身，從房內配置的冰箱中拿出一瓶寶特瓶裝的礦泉水。

「畢竟當初的情報量極為不足，即便是我也無法看穿事件的全貌呀。因此我才會交給身為當事人的丘町先生收拾這起事件。就算結果與我的假說不同，也不能算是犯錯。」

這狀況一點也稱不上什麼致命。關於長頸鹿的作祟由於被寫在手記中，應該會流傳到社會上，然而整起事件已經被詳細說明，沒有留下什麼謎團，所以那座山上有長頸鹿亡靈的事實也不會受到世人關注。長頸鹿的遺骨與祠堂也已經被妖怪們收拾掉了，不會再有作祟的根據。這起事件想必很快就會被人遺忘，不再想起了吧。

就在岩永把礦泉水倒入杯子的時候，六花瞇起眼睛問道：

「妳說自己沒有看穿事件的全貌，但妳剛才聽到甲本刑警的報告倒是沒有感到驚訝吧？」

「即使無法看穿也多少能夠設想呀。我可沒有輕率到什麼狀況都沒設想，就把虛假的推理丟給別人。」

只要設想為最有可能性的假說與真相相符，岩永就沒有理由驚訝。

「那天在山上到底發生了什麼事？丘町冬司的計畫究竟是什麼？」

九郎彷彿難以估量岩永的真意似地如此呢喃。

「從我指出的兩項疑點可以推導出答案。為何丘町先生需要殺掉六花小姐？那篇手記又為何要裝在瓶子中？六花小姐，看來丘町先生是真的都沒有告訴過妳什麼事情吧？」

六花坐到椅子上，雙手抱胸。

「要是我知道真相，就會產生試圖隱瞞真相的反應。光是那樣，搞不好就會給妳什麼線索了。因此我認為自己什麼都別知道，只把事實講出來才是最好的做法。」

「對，那就是最好的做法。不過妳或許不應該把自己被殺的情報都講出來喔。那雖然是會讓人嚴重感到混亂的事實，但最終也成為了一項重要線索。」

六花的表情些微扭曲，岩永則是端著杯子重新坐回沙發上。

「事實的真相其實並沒有多複雜。只是因為我們把所有事情都解讀為丘町先生的計畫，才會變得難以理解的。那封裝在瓶中的手記既然是從長塚彰的行李中發現，瓶子與紙上又有他的指紋，而且最後還有親筆簽名，那麼只要直接認為是長塚彰自己準備的東西就好了。」

像當初刑警們也認為手記是偽造的可能性很低。

「手記明明裝在瓶子裡，發現的過程與事件結果卻與瓶中信會登場的著名國外推理小說的情節不一樣。但如果長塚彰一如手記內容所寫，是抱著殺死大家的打算上山，在行凶後把瓶子放到山中的小溪任水流下，最後再自我了斷的話，就能符合推理小說的情節，一個人也不留了。因此應該推想那篇裝在瓶中的手記，是長塚章本人預先準備的東西。」

假如把瓶中手記認定為丘町偽造的東西就會與小說不符。而岩永正是由此推導出長塚彰有計畫要殺人的事實。

「長塚彰所想的殺人手法並非讓大家從懸崖上掉下去，而是趁半夜大家睡著的時候拿刀殺害同伴們，或是找機會迅速動手殺人之類的方法吧。只要一個晚上內搞定，應該就能在其他同伴發現或逃跑之前達成目的。要不是長頸鹿的亡靈來攪局，這計畫成功的可能性是很高的。」

到這邊為止，九郎似乎也能理解，但他還是看不出接下來的內容。

「那麼丘町先生在這次的事件中究竟扮演什麼角色？」

岩永啜飲一口礦泉水。

「丘町先生是察覺了長塚彰的計畫，並企圖把它據為己有呀。」

「據為己有？」

岩永認為自己應該已經簡短總結了真相的全貌，但九郎看起來還無法會意的樣子。六花也保持著沉默，於是岩永只好開始仔細說明：

「剛才刑警先生告訴我們丘町先生的自白內容中不是也提過嗎？他覺得把對大和田柊的犧牲奉獻與表達悔意的榮譽，拱手讓給長塚彰是愚蠢的行為。在之前的口供中他也表明過自己對於長塚彰單方面的定罪行為感到厭惡。丘町冬司認為自己才是最愛大和田柊的人，因此為了獲得做出正確行動的榮譽，而企圖在長塚彰實行計畫之前搶先殺掉所有人，從長塚彰手中奪走那份榮譽。」

正因為丘町的供述是立基於真實之上，所以警察比較容易相信。即便當中摻雜了謊言，只要基礎部分是真的，就容易講得通，同時也能讓話語帶有真實性。

「然後丘町先生應該也是打算在殺掉大家之後自我了斷吧。我想他應該也有準備到時候留下什麼書信說明自己這麼做的理由。畢竟要是沒那份書信，就無法讓世人承認他的犧牲奉獻。而他之所以不同於長塚彰，沒有事先準備，或許是因為在山上時仍在猶豫要不要行動。也可能是覺得殺掉大家之後比較能夠寫出傳達真意的文章。另外也可推測他是進了那座山之後才初次察覺長塚彰的計畫。」

「妳說他是如何察覺到長塚彰的計畫？」

六花緊接著如此詢問。

「丘町先生可能從以前就同樣認為把大家殺掉之後自我了斷，才是對柊小姐最佳的贖罪方式，因此能夠從長塚彰細微的言行之中感受到跟自己相同的想法吧。既然有同樣的計畫，自然會產生相同的思維與發言行動，很容易察覺。尤其長塚彰預定要在那座山上殺掉大家，因此也可能不經意說出會讓人預感到他即將犯案的發言。就算光靠這樣無法確信，只要丘町先生認為有那樣的可能性，就會萌生搞不好會被長塚彰搶先行動的焦急感。」

能夠察覺的契機想必多到數不清。若要舉個非常巧合的例子，要說丘町剛好偷聽到長塚彰呢喃著殺人計畫也行。

結果六花一副焦躁模樣地把拳頭放到嘴邊。

「『就算終究要破滅，我也想要自己選擇如何破滅』。丘町先生在下山途中，跟我講過這種話。而手記內容中也有一句『我應該至少還能夠自己選擇要用什麼樣的方式破滅才對』。」

「原來如此，那就是出自相同思維的發言。只要有著相同的想法，就能聽出那是基於殺人計畫而講出的話。丘町先生說不定在山上實際聽過長塚先生說出那種話，而懷疑對方跟自己一樣抱著殺掉所有人的企圖。」

在這點上雖然六花比較接近真相，但她難道都沒想到嗎？不，也許剛好相反。

「就是因為六花小姐發現在手記中提到跟丘町先生的發言同樣的內容，所以認為那篇手記是丘町先生偽造的了。然而那也成為了完全不同的線索呢。」

岩永並沒有要諷刺的意思，不過要是聽起來有那種感覺，只能說是不可抗力。

「由於長塚彰計畫在那座山上殺人，所以丘町冬司也不得不想辦法在山上殺掉大家了嗎？」

九郎如此確認，而岩永點頭肯定。

「對，然而就在那天晚上，四個人遭到長頸鹿亡靈這樣異常的存在襲擊，讓三個人死亡，丘町先生則身負重傷。本來丘町先生應該也會在那時候喪命的，可是卻被六花小姐這個同樣異常的存在給救了一命。」

實際發生的事情與原本準備發生的事情在這時候互相混雜，讓真相變得難以看清了。而且原本準備發生的事情還分成兩種，也成為導致事件撲朔迷離的原因之一。

「假如長塚彰沒有準備那篇瓶中手記，整件事或許只會被當成一樁墜崖意外。可是就因為出現了那篇手記，使得本來應該暗中消失的兩項殺人計畫不得不浮上檯面了。」

長塚彰的計畫與丘町冬司的計畫。由於雙方都是源自相同思維，搞得狀況更加難以理解了。

「如果六花小姐當時沒有拯救丘町先生，就算不清楚手法應該也會被解讀是長塚彰殺掉了所有人，讓事件幾乎落幕。然而正因為丘町先生得救，導致事件加速扭曲。這讓我們知道了他曾殺掉六花小姐的事實，使我們察覺了他也有計畫要殺死大家。」

要不是六花擁有不死之身就不會產生這個謎團，不會導致這種狀況了。

「獲救的丘町先生為了得到對大和田柊犧牲奉獻的榮譽，可能從一開始就打算騙警方說其他人是自己殺掉的。即便墜崖的狀況令人不解，只要他說是自己巧妙把大家引誘到崖邊再推下去，也不會完全講不通。他可能認為除非內容與狀況之間有重大矛盾，否則警方想必會自然接受他的自白。就算在這個階段由於還不清楚詳細狀況，他或許會有無法輕率自白的緊張感，但應該不至於感到非常焦急才對。」

岩永搖動著杯子中的水。

「可是就在這時候，警方發現了長塚彰的手記，導致丘町先生的立場一口氣變得不利了。畢竟把長塚彰當成凶手也可以講得通，而且又有手記，讓榮譽比較容易落到長塚彰那一方。雖然丘町先生只要說那手記是自己偽造的東西就能否定其內容，可是明明打算嫁禍給長塚彰卻又改口認罪也顯得太不自然了。即便解決了這個問題，丘町先生也講不出一個能夠殺掉大家的現實手法，因此無法得到超越那篇手記的說服力。這種狀況下，他想必沒辦法自首。」

站在丘町的角度來看，他在醫院肯定會睡不好覺。岩永派到醫院監視的幽靈與妖怪們也是這麼向她報告。

「然後在這裡，我拋出了能夠把所有人推下懸崖的現實手法。這肯定讓丘町先生感到求之不得吧。而只要有了手法，其他部分總會有辦法說明。殺害動機只要講真話就能通，至於偽造手記的理由以及坦率接受六花小姐救助的理由，他一定也拚命想出了合理的內容。」

岩永讓派遣到病房的幽靈做出幾項可以成為提示的發言，丘町便一如期待地構築出了虛構的自白。

「只要警方願意相信他的說法，接下來只要按照當初的計畫自殺，就能讓一切了結了。」

要是繼續活著，可能會被警方再三確認自白的內容，進而讓說謊的部分穿幫。也搞不好會出現不利的證據，讓他變得難以說明。丘町冬司想必是為了避免這些風險，而決定盡早了結的。

九郎大概看到岩永杯中的水喝光了，拿出新的瓶裝水放到桌上。

「那麼丘町冬司為什麼在殺害同伴之前先殺掉了六花姊？」

不知為何表情僵硬的他如此詢問。

「那理由正是讓我推想出丘町先生行動原理的重大線索。」

岩永因為變得有點想誇耀一下，故意試著拐彎抹角地回答。

「要是丘町先生沒有察覺長塚彰想要為大和田柊犧牲奉獻而殺害大家的計畫，應該也就不會殺掉六花小姐，而且甚至有可能在山上放棄殺害大家的想法。」

「什麼意思？」

「丘町先生原本打算把同伴們殺掉後自我了斷，這個自殺的環節是不能省略的。畢竟單方面制裁了大家的罪，卻只有自己活下來的話，也未免太過自私自利。在為了大和田柊犧牲奉獻的行為上會顯得缺乏畫龍點睛之效。然而他如果沒有殺掉六花小姐就自殺，會發生什麼事？」

「……六花姊可能會發現那些人的遺體。」

九郎的預測大致正確。

「對，然後六花小姐要是報警，就會成為第一發現者而接受警方問話。就算六花小姐沒有發現遺體，過了好幾個月之後那四個人的遺體才被找到，得知這件事的六花小姐也可能自己出面向警方作證。既然她是和那些人最後見過面的人物，警方自然會重視她的證詞。雖然也有六花小姐不想惹麻煩上身而沒出面的可能性，但風險非常高。而六花小姐向警方作證時，說不定會提到長塚彰與大和田柊是一對情侶的事情，然後也會講到當時其他人沒有特別否定這點。」

這下九郎似乎終於察覺到了。六花的睫毛也顫動起來。

「如此一來，即便丘町先生在自殺前留下自己有多愛大和田柊，多努力為她犧牲奉獻的文章，終究只會成為一個愛上有男友的女性，並且因為什麼作祟之類的妄想而殺害了同伴的男人。」

這樣別說是畫龍點睛了，根本會糟蹋掉一切的計畫。

「丘町先生肯定無法接受這樣的評價吧。畢竟他的動機本來就像是妄想惡化的產物，要是再加上柊小姐其實有男朋友的情報，就會讓他自私自利的印象大幅提升。因此為了排除這項憂慮，他不惜冒險也必須殺掉六花小姐滅口才行。自古以來凶手會在預定計畫之外殺人的典型理由，就是為了不要讓對方說出多餘的證詞呀。」

推理小說中也有凶手本來只計畫殺害一個人，卻因為在犯案途中被人得知或目擊到對自己不利的事實，結果不得不像滾雪球般接連殺害其他人的例子。

「像丘町先生在生還之後就一再否定長塚彰與柊小姐是情侶的說法。直到自殺之前如此向警方主張，說是為了柊小姐的名譽而否定這點。另外，這也是丘町先生不惜依靠自己一度殺害過的六花小姐也試圖生還的理由。」

「為了否定我的證詞內容，他無論如何都不能死，是嗎？」

六花看起來有點火大地如此詢問。

「丘町先生看到自己應該已經殺害的六花小姐竟然還活著，想必在許多意義上讓他感到很著急吧。假如六花小姐死了，他或許也會在懸崖下乖乖瞑目。就算沒留下主張自己犧牲奉獻的文章，他還多少能夠死心放棄。然而那個可能出面向警方說出不利於他的證詞，使柊小姐蒙受汙名，也讓他自己無法忍受被世人誤解的人物竟然是個不死之身。這肯定讓他心中發誓無論如何都要自己親口否定這個人提出的證詞吧。」

長塚彰與大和田柊究竟是不是一對情侶還不清楚。可能是真的，也可能一如丘町的主張，只是長塚彰胡言亂語。

「下山的時候，丘町先生其實也可以選擇拜託六花小姐保密，但他或許不想要讓自己的把柄落到一個可疑的不死女性手上吧。那樣以後不知會如何被利用，所以他無法採取這個手段。」

另外也可能是判斷在接受警方問話時，盡量減少撒謊或隱瞞比較不會招致懷疑。

九郎臉上還是帶著苦惱的表情。

「要是長塚彰沒有任何計畫，丘町先生就會放棄在山上殺掉其他同伴嗎？」

「畢竟當時出現了六花小姐這個意外要素，因此他可能會認為另找機會下手比較好，而中斷行動。六花小姐的證詞會顯得重要，是因為她在案發之前與大家見過面，所以如果在不同時間、不同場所，即便是同樣一群人喪命，六花小姐的證詞也不會有必要性了。況且找到祠堂參拜之後說不定就能平息作祟，因此也有可能覺得等結果出來之後再動手也不遲，而心生猶豫。」

當然或許不會真的如此發展。一切終究只是推測。

「然而他由於擔心會被長塚彰搶先行動，而不得不在山上執行計畫，也就不得不盡早將六花小姐殺人滅口了。六花小姐在天黑前與他們一行人分開行動，要是時間拖得太久，就不知道她會移動到哪裡去了。如果等殺死同伴們之後才去找她，最後找不到人的可能性會很高。因此丘町先生才會在殺害主要目標之前，不得已之下先執行預定計畫以外的殺人行動了。」

話雖如此，不過即便丘町打算延後殺人計畫而沒有殺掉六花，到頭來還是會被長頸鹿的亡靈襲擊，所以就結果來看或許沒什麼太大的差異。

「就這樣，從丘町先生殺害六花小姐的必要性可以推測出是為了殺人滅口，再想想他為何有必要滅口，就能推論出他的行動原理了。」

九郎聽到這邊還無法接受，有如在期望岩永的考察中有什麼不足似地，繼續對細節提出問題：

「但不是說六花姊跟丘町先生思慕的柊小姐很像嗎？如此執著於為柊小姐犧牲奉獻的他，忍心為了這種理由就殺掉與心上人相似的女性嗎？」

「丘町先生是說六花小姐與柊小姐多少有一點相似而已。雖然後來自白的時候為了配合內容又改口說是長得很像，但那恐怕是撒謊的。既然他那麼愛慕柊小姐，就不可能被一個僅是氛圍有一點相似的女性給迷惑。假如只是那種可以被其他女性替代的情感就決意殺害那麼多人，誰會受得了呀？」

那情感甚至應該要強烈到對於一點點的相似，反而感到礙眼而憎恨的程度才對。

六花一副不太甘願模樣地從旁補充：

「也對，丘町先生和長塚先生並沒有說過我跟她非常像。」

既然如此，岩永之前因為大和田柊與六花氛圍相似就斷定她不是正派的女人，現在可能要道歉才行了。柊小姐，真是對不起。

似乎還有疑問的九郎又繼續說道：

「在遭到長頸鹿亡靈襲擊的時候，長塚彰與丘町冬司都逃向了懸崖。如果那兩人接受長頸鹿的作祟，有打算自我了斷，其實大可不用慌慌張張的，選擇直接被長頸鹿殺掉不就好了嗎？」

就算心裡接受了作祟，還是會害怕忽然被一隻長頸鹿踢死吧？反射性地選擇逃跑應該很正常，但感覺這樣講又會被嫌說是什麼搞笑爛片，於是岩永試著從現實面解說：

「在周圍都是高大樹木的狀況下，就算長頸鹿現身也看不到全身，最大特徵的脖子幾乎都被枝葉遮掩了。除非跑到一塊開闊的場所，否則很難知道來襲的東西竟然是隻長頸鹿。深夜中如果被一個真面目不明的東西襲擊，即便是打算自殺的人也會忍不住逃跑的。尤其心中如果希望能由自己選擇破滅的方式，就更不用說了。」

據六花說，丘町似乎表示過他一開始還不知道自己是被長頸鹿襲擊。而岩永自己也在深夜的山中從近處看過長頸鹿，確實需要一定的時間後才有辦法看出那是一隻長頸鹿。即便她從一開始就已經知道長頸鹿會現身。

岩永再度喝光一整杯礦泉水，做出總結：

「這應該就是一切的真相了。所有部分都能講得通，而所有部分也都能獲得解釋。」

就算有一點點不合的地方，只要問題最終被解決，對岩永來說就沒什麼不滿了。

六花試圖站到岩永正面。

「妳應該有派幽靈或妖怪在病房監視丘町先生，既然妳把整個事件的構圖都看得那麼清楚了，為什麼沒有指示那些幽靈或妖怪們阻止自殺？」

「我為什麼需要做出那種指示？這是丘町先生所期望的結果，是他的夙願。出手妨礙反而才比較不識相吧？」

「那麼他為何會知道長塚彰用來裝手記的瓶子是什麼形狀？」

「我讓幽靈去跟他說明集體墜崖手法的時候，也摻入了關於瓶子形狀的說明。告訴他這也許可以成為讓自白提高可信度的材料。畢竟我派人調查，也知道了關於瓶子的詳細資料。而丘町先生看來也信任幽靈，巧妙利用了這個情報。」

這是六花也說過的蠻幹手法。一如往常，岩永透過幽靈與妖怪們，也對警方的調查資料有過某種程度的收集。就跟利用錄音筆把丘町的口供全部錄起來一樣，對岩永來說是輕而易舉的事情。

「老實講，這次事件相當驚險。畢竟是警方會認真動員的大量殺人事件，為了收拾狀況而讓警方相信虛假的推理也不是一件容易的事情。要是有沒看穿的真相，在布局不足的狀態下提出假說，恐怕也不會得到包含那個甲本在內的刑警們認同吧。」

最壞的狀況下，說不定會被逼到不得不讓紅毛猩猩出來作亂的地步。雖然那樣恐怕也會被妖怪們擔心會不會有問題就是了。

「就這個意義來說，六花小姐算是準備了一樁非常巧妙的事件。當中有不少可能讓我犯下致命錯誤的陷阱呢。」

六花板著一張臉，冷淡點頭。

「雖然我被殺害導致事件變得更加複雜，但我沒料到竟也因此加速讓事件被解決了。」

「我不會讓妳輕易得逞的，而且我也不會藐視真相隨便撒謊。」

要是沒有真相做為根據，只是告訴丘町殺人手法後就把接下來的事情丟給他，丘町的自白可能會變得漏洞百出。那樣一來不但無法讓警方接受，也會錯過一個讓事件收場千載難逢的機會。

自白只要一度受到懷疑，之後不管講什麼，可信度都會顯得低落。另外，岩永如果沒有丘町可能自白的心理準備，在聽到這件事的時候或許會驚慌，搞不好就讓六花得到機會擊敗自己了。

岩永在對六花攤出底牌的同時，其實背地裡也有其他動作。

就在這時，房間中響起手機鈴聲。是九郎的手機。或許忘記轉成靜音模式了吧。

他從口袋掏出手機，拿到耳邊。

「是，我是櫻川九郎……是，這樣啊。明白了，我會負責轉達。」

簡短交談後，九郎便掛斷通話。接著看向六花與岩永，哀悼表示：

「剛才的刑警先生打來的，說丘町冬司已經過世了。」

雖然剛才就聽說應該沒救，但沒想到連今晚都沒撐過。

六花閉起眼睛，用力抓頭。岩永也為丘町稍微默哀了一段時間，然後伸展一下筋骨。

「這下就完全結束了。無論事件也好，長頸鹿也好，想必都不會再被人追究。」

會提起長頸鹿亡靈的人越少越好，這可說是相當良好的落幕。

岩永切換心情，開始思考今天的晚餐要吃些什麼。人家說這個縣的名產是蕎麥麵，如果附近有專門店，真想去吃吃看。

六花搖晃著腳步，擋在岩永面前俯視著她。

「琴子小姐，妳無論對長頸鹿的處置或事件的推理，都沒有任何失誤。即便是正常人可能失足的部分，妳也無情地、萬全地擺平了。」

這究竟是在誇獎，還是不肯認輸？六花絲毫沒有驕傲的感覺，用尖銳的聲音說道：

「但妳唯一犯了一項重大的錯誤。」

「什麼錯誤？」

明明一切都收拾得如此理想，卻說有什麼重大錯誤。這是在玩猜謎嗎？

岩永希望六花不是腦袋錯亂，還稍微擔心了一下。但六花態度不變地繼續說道：

「妳殺掉了我救助的人。」

「講得也太難聽了。我只是實現了他本人的心願呀。像個神明一樣。」

雖然妖魔鬼怪的智慧之神基本上不會管到人類的心願，但如果要這樣非議岩永幫助自殺，岩永也只能感到傻眼了。

「可是妳為了守護秩序，對丘町冬司見死不救。為他清出一條通往死亡的路，引導他走向自殺了。」

「妳要這樣解讀我也不否定，要怎麼想都隨便妳。我不會在意的。」

丘町自己選擇了要如何讓自己破滅。就算指控岩永刻意引導，她也沒有把一個根本不打算死的人引誘到自殺。真要那麼做也太過狠毒了。假如要用人類的倫理道德批評岩永排除了丘町通往死亡路上的障礙，也不能說完全沒道理。但說到底，岩永是妖魔鬼怪的智慧之神，把人類的倫理道德硬塞到她身上也很讓人傷腦筋。

六花嘴角露出宛如苦笑的表情。

「妳或許不會在意吧。但九郎也會那麼想嗎？」

「為什麼要扯到九郎學長？」

岩永對於這種彷彿岔開邏輯的發言，稍微愣了一下。她只是一如往常地，盡到自己該做的事情而已。對於這種一如往常的正確程序與結果，九郎事到如今怎麼可能還有怨言？

岩永看向九郎，發現他臉上帶著不知應該制止岩永還是六花的奇妙表情。

六花坐到岩永正面，筆直盯向她。

「在事件上或許算我輸了。不過我也得到了足夠迫使妳讓步的材料。」

岩永重新繃起了神經。六花心中還抱著某種企圖。雖然她應該已經沒有任何有效手段了，但隨便輕蔑她只是難看地在做最後掙扎也有失禮數。

六花接著散發出宛如拔刀出鞘的魄力說道：

「讓我們來商量今後的事情吧，琴子小姐？」

就在岩永想要對九郎開口時，六花先伸出了手。

「九郎，你可以稍微離開房間一下嗎？我要跟琴子小姐兩個人單獨講話。放心，我不會動她一根寒毛的。」

六花看起來不像是虛張聲勢，但岩永也不認為她還有勝算。

對岩永來說，確實兩個人單獨講話比較方便，而且要是九郎幫六花講話又會讓狀況變得複雜，因此非常贊成六花這項意見。

「我也不介意。要是學長在場，六花小姐想必也不好意思對我下跪賠罪之類的吧。」

「我死了也不會對妳做那種事。」

「本來就不會死的人講這什麼話？」

岩永如此提出辯論上的矛盾後，九郎雖然感到猶豫，但還是搖搖頭朝房門走去。

「我明白了。六花姊，妳的意圖恐怕是——」

「對，所以你應該也知道誰會贏吧？」

「這我就不曉得了。」

這兩人也搞不懂到底是互相理解還是不理解，總之經過這麼一段對岩永來說感覺很火大的對話後，九郎走出了房間。

岩永把喝光的杯子又裝滿礦泉水，並詢問六花：

「好啦，六花小姐，妳打算怎麼要求我讓步？」

六花應該沒有任何可以拿來交易或交涉的材料。岩永禮貌性地，同時也抱著一半的好奇心如此對待，然而六花則是有如忽然放鬆力氣似的，擺出從容的態度露出笑容。

「我說，妳都走到這個地步了，還不會感到害怕嗎？」

「害怕什麼？」

「自己將來絕對會把九郎殺掉的事情。」

岩永不禁思考一下——這個人到底在講什麼？

「學長即使被殺掉也不會死吧？當然，我有時候是真的很想殺掉他啦。像以前完全忽略了我生日的時候。」

但只要九郎願意改正他的態度，岩永也不會有想殺掉他的念頭，所以實在沒道理讓岩永遭受指責。

六花冷靜地接著說道：

「不是那個意思。說到底，我和九郎都是違背秩序的存在。這是妳自己說過的。那麼妳身為秩序的守護者，在根本上是無法容許我們存在的。」

岩永的確對六花說過，能夠干涉秩序的存在本身就有違反秩序的部分。那麼主張具備相同能力的九郎也違背秩序的邏輯是正確的。

「鋼人七瀨的時候，妳二話不說地阻止了我的企圖，消滅了那個存在。明明光是鋼人七瀨的存在還不一定真的會破壞秩序，但妳認為她遲早會導致破壞，所以消滅了她。對不對？」

「對，沒錯。」

「這次的事件也是，妳為了提前預防秩序遭到破壞而早早就介入其中，不擇手段地讓事件落幕了。」

「對，這是當然的。」

岩永認為這一切都是自明之理而立刻表示肯定，對於六花事到如今還提出這些問題感到很奇怪。

而六花有如在教育腦袋笨拙的學生般說道：

「有破壞秩序的可能性——只是因為這樣的理由，妳就會動手排除對象。妳認為這是身為秩序的守護者理所當然的行為。那麼妳敢說妳不會遲早哪一天把這個邏輯也套用到我和九郎身上嗎？不，妳絕對會套用。只要有一天妳認為無法再放過我們，或者讓妳找到不會被我們反擊的機會。妳可以說是虎視眈眈地等待著能夠排除掉我們的那一刻。」

岩永停下拿起杯子的手。怎麼也無法明瞭。六花究竟想表達什麼？她究竟要用什麼材料包圍岩永，試圖占到優勢？

「即使我和九郎都不會死，妳也可以設法讓我們將近百年無法活動。只要反覆那麼做，實際上就等於把我們殺死了。又或者妳說不定會想出什麼能夠完全斷絕我們生命的方法。因為那麼做就是守護秩序。」

關於封鎖行動的方法，岩永也有想到幾個可行方案。同時也覺得那麼做很麻煩，又很花錢，而感到厭煩。

「妳必定會殺掉我們。難道妳不會害怕嗎？」

岩永目瞪口呆了半晌，最後傻眼地揮揮手。看來這之中存在很重大的誤會。六花究竟想把岩永塑造成多麼過分的存在呀？

「不不不，九郎學長是我的男友，六花小姐又是他的堂姊，所以我不是說過我不會突然做出那樣激烈的事情嗎？我這個人也是有感情的。」

「妳沒有。在守護秩序的時候，妳會冷酷無情。像這次的事件，從妳的處置中感受不出絲毫的人情。」

是這樣嗎？岩永試圖反駁。

「不，可是……」

「那麼關於音無董事長的那件事又是如何？據我聽說董事長的現況，實在不認為妳做出了有人情的處置。如果還在秩序受到保護的範圍，妳或許會表現出像是人情的東西。然而只要牽扯到秩序，妳就不會妥協。妳沒有辦法妥協。」

六花臉上帶著笑容，在岩永的周圍豎起一把又一把的理論刀鋒。

「妳遲早有一天會殺掉九郎。只要有機會動手，妳就不會夾帶絲毫苦惱、猶豫、後悔跟眼淚。妳是為了守護秩序而被妖怪們選出來的一項機制，不需要那些感情。在殺掉之後，妳又會若無其事地回到不變的日常生活中。」

受不了，六花到底是如何評價岩永的人性？就連最近的人工智慧也不會冷酷無情到那種地步吧。

然而就邏輯來看，聽起來似乎沒有破綻。岩永不禁感到有點傷腦筋了。

「妳認為九郎會沒有察覺這點嗎？對於把我救回的人輕易送上死路的妳，九郎是不是也差不多要感到恐懼了？」

關於這點，岩永就能明確反駁：

「妳說九郎學長會對我感到恐懼？他可是會擋開我的拐杖甩臉人喔？一點都沒有想討我開心的念頭，反而是我對那樣的他會感到恐懼呢。」

六花從容不迫的態度有點退縮了。看似人畜無害的堂弟其實才是比較蠻橫的一方，這或許讓她不得不感到語塞吧。當理論與事實出現衝突，就是理論有錯誤。或許也要看解讀方式的不同，但現在要算岩永比較正確。

六花霎時露出不太爽的表情後，改變攻勢。

「那麼妳覺得九郎會待在妳身邊到什麼時候？」

「妳究竟想說什麼？」

「妳最終必然會失去九郎。會殺掉九郎。妳要對這項事實視而不見到什麼時候？」

六花在這次的長頸鹿事件中，早有預料到岩永會讓相關人物自殺的未來嗎？還是有偷偷決定出這樣的未來。然而就算她沒有決定，岩永也必定會這麼做。難道六花認為只要讓岩永循著一如往常的正確做法行動就可以，所以僅是把岩永拖進事件中而已嗎？

岩永的直覺忽然有個預感——這是陷阱。岩永是智慧之神，而這是只要她還坐在公主大人的位子上，就絕對無法避開的陷阱。至今與六花扯上關係的事件都被岩永完全收拾了，卻沒想到這竟然發揮了有如毒藥的效果。

岩永這時重新思考。怎麼想都很奇怪。

這能稱之為陷阱嗎？對岩永來說究竟有什麼障礙？既然秩序能夠適當地受到維持，不就什麼問題都沒有了嗎？即便因此要殺掉九郎。

岩永霎時陷入不安，但很快又笑了。

「我才要問六花小姐，妳在害怕什麼？」

「妳難道都不害怕自己會殺掉九郎嗎？妳不可能無法理解這個道理。要是妳無法理解，妳更應該對這點感到恐懼。」

「妳要我害怕什麼？只要是守護秩序的行為，無論是什麼事，我都不可能會感到害怕呀。」

岩永有一半是反射性地，毫不感到動搖地，如此高聲回應。六花則是落落大方地點頭。

「說得對。那麼妳真的不害怕嗎？害怕即使把男友殺掉也感覺絲毫不會介意的自己。害怕那個一點都不害怕的自己。」

不會害怕。岩永知道自己會做出正確的選擇，引導出正確的結果。沒有理由感到害怕。因此也不會顫抖。

不對，這是不是太奇怪了？

岩永感受到自己滲出冷汗。

「假如妳還有一點人性，就真摯地聽我說。」

六花諄諄曉諭似地說著。

「妳不需要殺掉九郎的方法有兩個。一個是協助我找出讓我們恢復成普通人類的方法。只要我們失去能力，就無法再干涉秩序了。」

「讓怪異不再是怪異的方法，本身就有可能違背秩序。那搞不好會是驅逐掉所有妖魔鬼怪的方法呀。」

完全免談。即便真的有那種方法存在，岩永也必須站在封印那方法的立場才行。

「那麼另一種方法，就是讓我自由。若要阻止像我這樣的存在失控作亂，擁有相同能力的九郎便能派上用場。對於妳守護秩序的職責來說，九郎是必要的存在。因此妳不需要殺掉他——就跟至今一樣。」

「意思說要我放任妳這個危險人物到外面去？那才真的與守護秩序互相矛盾呀。」

「沒錯，但如果只有九郎一個人擁有足以破壞秩序的力量，妳早就已經無法容許他的存在，將他排除掉了。然而現在因為有我，妳的邏輯思考才會判斷九郎還有利用價值，所以暫時沒有殺掉他。」

這種講法簡直就像在說岩永是基於利弊得失的衡量才跟九郎交往的，可是岩永卻無法出聲否定。就邏輯上來講，完全是六花比較正確。

「這也可以說是因為我沒有成為妳的同伴，所以我們還能存在。」

岩永在不知不覺間屏住了呼吸。感覺到難受後才趕緊重新呼吸，大口灌下礦泉水。太奇怪了，自己竟然沒有辦法反駁六花？

「妳到底想要求我什麼？」

「讓我和九郎身為正常人平穩生活。」

「妳的手段已經稱不上平穩了。」

「畢竟我至今為止死過無數次，或許導致我的人性出現了問題吧？」

「妳承認啦？」

岩永如此瞪了一眼，但六花不為所動地笑著。

「妳願意為我讓步嗎？假如照現在這樣下去，我就不會改變與妳對立的態度。那麼妳最後只能把我封印起來，到時候也就不得不把九郎也封印了。往後，妳將做為一個孤獨的智慧之神，自己活下去。」

她優雅地，帶著憐憫繼續說道：

「但沒關係。妳不會害怕那樣。自己一個人也不成問題。畢竟妳打倒那隻長頸鹿的時候也毫不畏懼，也沒有多依賴我們的力量，就完成了妳應該做的事情。」

為什麼自己要受到六花憐憫？自己一個人也不成問題——那是當然的。和九郎相遇之前，岩永就做為智慧之神四處奔波。有了九郎的協助只是多少輕鬆一些而已。沒問題的，對已經把半個身體都踏出秩序之外的六花讓步才真的是問題吧？

假如妳還有一點人性。

岩永好不容易擠出聲音：

「好，我就找找看有沒有只讓妳和九郎學長恢復為人類的方法，這樣如何？如此一來就不會破壞秩序，也能解決你們兩個人的問題。不，從修正秩序的意義來講，這才是適切的行為。」

「真的有那樣的方法嗎？不是妳拿手的虛構？」

「所以才要想法子去尋找呀。既然有兩個擁有決定未來能力的人，相互協力就能發揮兩倍的效果。利用這個效果，說不定就能引導出什麼方法了。」

「換言之，妳願意成為我的同伴？」

六花感到有趣地如此詢問，但岩永立刻否定：

「我並不是要成為妳的同伴。只是為了維持秩序、恢復秩序，我判斷這麼做比較有效率而已。」

「如果是那樣，難保妳哪一天會不會忽然改變心意把我殺掉。妳這段說明也可能是為了讓我鬆懈的虛假講法。不如把妳排除在外，只有我和九郎兩個人合作還比較安全些。只要我和九郎聯手，應該可以搶在妳前面活動好幾年呢。」

六花一副表示哀嘆似地刻意搖搖頭。

「畢竟九郎很遲鈍，或許還沒察覺到自己遲早會被妳殺掉。不過要是讓他聽完我們剛才的對話，恐怕再怎麼說都會跟妳分手吧？」

她說著，從外套口袋中掏出一支錄音筆。正是岩永用來錄音丘町口供的東西。看來不知什麼時候被六花拿去了。

岩永無意識地說道：

「妳在威脅我？」

「這對妳來說哪裡算威脅？妳明明連殺掉九郎都不害怕呀。」

六花毫不保留地把錄音筆丟到岩永旁邊。她說得沒錯，理論上來講，這種事情根本不構成威脅。因為岩永是個為了守護秩序能夠心無旁騖地把該做的事情完成的存在。

但總覺得不會構成威脅才真的很不妙，某種難以言喻的不安正逐漸沸騰。

要是現在不退讓，感覺自己好像會失去什麼難以挽回的東西。

經過漫長的思考，岩永把肺中的空氣全部吐了出來。

「我明白了。我成為妳的同伴。比起不擇手段把九郎學長與六花小姐排除掉，想辦法讓兩人恢復成普通人應該也更能得到妖怪們信賴。畢竟如果智慧之神總是做太多激烈的事情也有損形象，說不定會導致有妖魔鬼怪選擇拉開距離呀。」

這不是虛構的說明，不是為了欺騙自己的藉口。

六花聳聳肩膀。

「好吧，我就接受妳這樣的表面說法。妳也去告訴妖怪們這就是妳成為我同伴的理由吧。如此一來妳就沒辦法輕易食言了。畢竟妳要是為了得到妖怪們信賴而成為我同伴卻又很快背叛我，肯定會影響妳的聲譽吧？」

「好，我知道了。我立刻派人傳達。」

岩永只能逼不得已地如此回應了。

傳訊息告訴九郎談話已經結束後，岩永對愣頭愣腦回到房間的他，毫不隱瞞自己由衷不甘願的感情而說出結論：

「經過商量的結果，我決定要與六花小姐合作，一同尋找能夠讓你們兩個人失去能力的方法。」

九郎微微露出驚訝的表情，並立刻詢問六花：

「妳是用了什麼魔法？」

「我只是向她說明了做人的道理呀。」

六花一副若無其事地用冰匙挖起九郎買回來的杯裝冰淇淋吃進嘴裡。這次也是在訊息中附註叫九郎順便買來的。

雖然還沒吃晚餐，但岩永總有一種不先吃點甜食就幹不下去的心情。話說岩永明明只有指示要買自己的份而已，九郎卻沒忘掉也要幫六花買，實在搞不懂這男人究竟是笨還是不笨。

那個九郎竟一副高高在上模樣地對岩永說道：

「岩永，妳怎麼可以被做人的道理牽著鼻子走？」

「難道你想說我原本偏離了人道嗎！」

岩永挖著草莓冰淇淋大聲抗議。看來九郎無論如何都要把岩永看得很壞。

九郎感到奇怪地歪頭。

「但妳不是神明嗎？」

既然是神就不應該被人道牽著鼻子走。就理論上來講這跟六花一樣，是九郎比較正確。雖然正確，但唯獨在這種時候真的教人生氣。

「並不是什麼事情都能夠按照理論呀！」

岩永抓起留在桌上的寶特瓶砸向九郎的頭，但九郎不可能感到痛。他撿起掉到地毯上的寶特瓶後，獨自一個人理解似地看向上方。

「這樣啊，原來妳心中還有人性。」

「為什麼要講得那麼遺憾？都不知道我多辛苦！」

聽到這句彷彿在說他本來以為岩永欠缺人性似的發言，岩永差點又抓起手邊的東西砸過去，但忽然注意到一件事。

「九郎學長，難道你已經察覺出六花小姐對我說了些什麼嗎？」

岩永不自覺感到寒毛直豎。但她不願去想自己為何會不寒而慄，只能在腦海的角落祈禱著九郎不要察覺。

結果九郎露出極為認真的表情斷定：

「我沒察覺，但肯定不是什麼正經的內容。所以我故意不去察覺了。」

果然這男人不知該說是遲鈍，還是在莫名其妙的地方會發揮迴避危機的能力。不，也許是他對女友漠不關心才能如此斷定。這樣反而又令人感到很不爽。總而言之，一切都是九郎不對。

就在岩永如此對自己正當化的時候，六花把冰淇淋放進口中並表現出有些疲憊的態度。

「要是你能察覺，我倒可以稍微輕鬆一點的說。」

九郎帶著苦笑沒有多加回應，不過要是九郎能夠察覺，他會不會老早就捨棄岩永，站在六花那一邊去了？然後把岩永排擠在外，兩個人去尋找變回人類的方法，說不定還早就恢復成普通人了。

六花一臉滿意地對九郎說道：

「那麼九郎，今後我們就三個人好好相處吧。」

九郎看看岩永，再看看六花，接著很深很深地嘆了一口氣，對六花表示：

「總之，六花姊，妳先去找個固定的工作吧。既然要捨棄能力，就不能靠賭馬之類的撈錢啦。必須認真工作才行。」

這讓六花頓時閉嘴好一段時間，最後把眼睛別開。

「可是我……到了這個年紀都沒什麼工作經驗，也沒有可以寫在履歷書上的證照資格或學歷呀。」

「我也快要讀完研究所了，一起認真求職吧。證照資格現在去考也不算遲，而且只要妳對岩永低頭，她或許也可以幫妳介紹個好工作喔。」

的確，六花的年紀都差不多要三十歲了，卻沒資歷也沒證照，感覺應該會很難找工作。如果靠岩永家的關係就有不少出路可以介紹。在這方面來講，岩永的立場應該遠比六花來得強。

把身體縮得小之又小的六花對九郎控訴，眼眶中看起來好像還泛著淚。

「叫我對琴子小姐低頭？你就那麼看不過我贏了她嗎？」

「我只是在說明做人的道理。」

九郎講的話十分正確。勞動最可貴。這正是做人的道理。

原來如此，居然還有這種進攻方式。岩永不禁有種拍案叫絕的感覺。完全被逼至劣勢的六花背對兩人縮到房間角落，鬧彆扭似地吃著冰淇淋。看來勝負已決。

果然還是六花錯得比較多。岩永頓時心情舒暢，得意地看著六花那模樣。不過九郎接著坐到岩永旁邊，問起這種事：

「岩永，妳不介意我失去這個能力嗎？」

「沒有什麼介不介意，那本來就是不該存在的力量。沒有那個力量才真的符合秩序該有的樣子。對智慧之神的活動上也不會有什麼困擾。」

就在這時，岩永想到自己忘了一項重大的問題。

「九郎學長不希望失去件和人魚的力量嗎？」

雖然六花非常執著於恢復成普通人，但九郎又是如何？岩永好像從來沒有認真問過。其實只要能習慣，不死之身與決定未來的力量是很方便又特別的東西，會產生不願失去的慾望也很正常。而那同時也是很危險的念頭。

對於瞬間變得緊張起來的岩永，九郎一副無所謂地回答：

「我以前好像也講過。在古事記中有描述，與石長比賣在一起的人會成為不死之身。那麼如果不再是不死之身，或許就意味著與石長比賣分開吧。」

岩永也記得九郎曾經搬出這樣的比喻，還記得自己當時對於九郎把神話中堪稱是醜女代名詞的石長比賣拿來套用在岩永身上感到非常生氣。

現在他似乎又把女友比喻為那個神話中的公主，讓岩永很不高興地表示：

「我聽不懂你在說什麼啦。」

「嗯，我好像也搞不太清楚。」

九郎哈哈笑了起來。這男人到底想要暗示什麼？

不管怎麼說，岩永是秩序的守護者這點不會改變。

在這個世界上，理所當然地存在有被稱為妖怪、妖魔、怪異、鬼怪、魔物、幽靈等等的東西。有超自然的法則，無理與道理也呈現兩立。

然而不需要感到害怕。這一切都是有秩序的。

岩永的責任就是守護那個秩序。如果有必要，甚至不惜架構出合理的虛構、超越真實的虛構，在虛實之間守護這個世界。即便會因此失去什麼，這都是岩永的職責。

然而假如有不會失去的方法，那麼選擇那個方法應該也無所謂吧？即便那不過是虛構的東西，但既然是超越真實的虛構，試圖去依靠也不是錯誤。如果那是一種錯誤，那就讓自己不再被承認為智慧之神，等著遲早被世界的法理毀滅吧。

就在思考不經意陷入黑暗的時候，九郎老神在在的聲音傳入耳中。

「岩永，妳總是正確的。所以今後也只要繼續維持就好。無論是健康的時候，或是疾病的時候。」

岩永現在真的有種想要病倒在床的感覺。即使到了這樣的時候，九郎還是一點都不明白岩永的辛勞。

忍不住火大的岩永抬頭挺胸說道：

「對，沒錯。我是正確的。九郎學長也給我做好覺悟吧。」

岩永沒有講明是什麼覺悟，乾脆放任對方擅自揣測了。而且岩永自己也沒辦法明確解釋。

這下雖然多了六花加入，不過秩序獲得了守護。那就什麼問題都沒有。

岩永如此說服自己，把冰淇淋含入口中，閉上了左眼。

# 第五章　智慧賦予者的惡夢

櫻川六花坐在飯店套房的沙發，拿起桌上的酒瓶把鮮紅液體注入杯中。接著將全身靠到椅背上，總算鬆了一口氣似地啜飲紅酒。

有種好一段時間沒有嘗到的滋味。現在只是讓岩永暫時讓步而已，還沒有找到使六花與九郎恢復為普通人的方法。下次要是岩永做出無論如何都必須排除這兩人的決斷，恐怕就再沒有交涉的餘地了。

狀況隨時會變成那樣都不奇怪。畢竟六花與九郎是偏離了秩序的存在，這點無從否定。不過這次得到岩永口頭答應會暫緩執行了。不只如此，甚至讓岩永答應會積極協助，因此毫無疑問是一場勝利。

六花用了好幾年的時間準備，毫不保留地使用了決定未來的能力。如此來看，這次的勝利或許感覺微不足道，但現況來講也無法奢望更多了。

時間到了晚上十一點多。岩永吃完冰淇淋後看起來平靜許多，不過她還是透過客房服務叫來以肉類為中心的晚餐，以吃洩憤似地大吃一頓後，就這麼睡著了。九郎則是一副理所當然模樣地把她抱進了臥房。那女孩真的不管在哪裡都有辦法睡。

據九郎說，由於岩永平常做為智慧之神對身心都造成很大的負擔，所以只要一放鬆下來就會為了休息而睡著的樣子。

這次岩永為了收拾長頸鹿亡靈的事件帶來的混亂絞盡腦汁，總算讓事件落幕卻又在最後被六花擺了一道。這使得她身心都承受過大的壓力，事情一結束後就昏睡過去也是在所難免吧。

站在六花的角度來看，自己可是一路來承受著比岩永更多的壓力才迎接了今天。雖然事前有盡量在可能的範圍之內決定出對自己有利的未來，但並沒能確定到真正勝利的這一步。照那女孩的能力，即便局勢對六花有九成九的優勢，依然會有很大的可能被她扭轉翻盤。六花一直都處於膽顫心驚之中，只不過因為擁有不死之身，才能在胃穿孔前修復，肉體感到的疲勞也立刻復原而已。但其實在精神上早已快要崩潰了。

「真虧妳能夠讓岩永讓步呢。」

從臥房回到客廳的九郎如此說道。把熟睡得有如人偶的岩永直接丟到床上明明是很簡單的事，但他卻花了不少的時間。八成是幫岩永好好換上睡衣，又好好蓋上被子不讓她著涼之後才出來的。明明岩永對於那樣的關懷呵護彷彿完全不放在心上的，真虧九郎能如此勤奮。

六花語氣厭煩地回應：

「如果你願意協助我，其實可以更輕鬆就逼她讓步的說。」

要是這堂弟能夠稍微明白六花的意圖，與岩永保持距離，減少把力量借給她的機會，說不定還能把狀況推向其他勝算更高的發展。剛才也說過了，九郎的遲鈍總是發揮在不利的事情上。

九郎聳聳肩膀，坐到六花對面的沙發上回答：

「事情沒有那麼單純吧？那樣做的話，岩永搞不好早就二話不說地把我們都殺掉啦。」

「就算是這樣，你也可以稍微含蓄地幫我講講話吧？」

「為什麼我要幫做錯事的六花姊講話才行？」

六花總覺得自己好像聽到一句非常無情的發言，不過就在這時忽然感到有些不對勁。於是六花端正坐姿，重新確認：

「九郎，你知道照這樣下去，我們遲早會被琴子小姐殺掉的事情？」

假如九郎不明白岩永其實不只對六花，就立場上也無可避免要殺掉九郎的這個道理，他就應該不會講出「二話不說把我們都殺掉」這種話才對。

結果九郎爽快點頭。

「根據理論思考，也只有那樣的未來吧？」

他講得一副理所當然的樣子。那態度感覺就像他並非這兩三天才想到，恐怕早在好幾年前，與岩永開始親近的時候就早已明白這點了。

六花不禁感到更加錯愕。

「你明知如此，還一直待在琴子小姐身邊？」

「畢竟要是沒有我在身邊，岩永搞不好會更早死啊。像這次長頸鹿亡靈的事情也一樣，要持續幫妖魔鬼怪們解決問題絕不是什麼安全的事情。岩永何時會因此身受重傷甚至喪命，也一點都不奇怪吧？」

「話是這麼說沒錯啦。」

再加上岩永本身感覺就像對自己的安危毫無顧慮，也常看到她做出有幾條命都不夠用的行動。

九郎嫌麻煩似地說道：

「不只是物理上的危險而已，岩永在解決問題的時候也會過度用腦。有時要狡辯實際存在的怪異並不存在，為了不要在各種地方發生問題，又必須在說明之中調整各式各樣的事物現象。反覆這樣的行為，怎麼可能不會對精神造成異常的負擔？她絕對是在削減自己的壽命啊。」

就算睡眠能夠恢復疲勞與傷害，也總有個極限。要是復原趕不上消耗，搞不好就會讓哪根神經被燒斷，讓哪條血管承受不住負荷而破裂。岩永的身體之所以維持那麼嬌小，說不定就是因為早已無法承受那些負荷，使成長停滯造成的影響。

「所以你想要盡可能從物理性的危險中保護她，並且透過決定未來的能力也減輕她身心上的負擔？」

「畢竟我擁有不死之身，又能操作事情的成功率啊。」

只要九郎挺身成為肉盾，想必可以幫岩永排除很大部分的暴力與障礙。如果能在某種程度上確定將會發生的未來，當岩永要解決問題的時候也能選擇較輕鬆的策略。至少在擬定戰略的時候假如不需要考慮失敗的可能性，光這樣就能讓思考與手法簡略不少。而且既然已經決定出成功的未來，也能夠使難料結果如何發展而不安等待的心理壓力大幅減輕。無論在哪個方面，想必都能發揮減少岩永負擔的效果。

「話雖如此，但你不是經常會拒絕那孩子的拜託嗎？」

六花也曾不只一次聽到岩永抱怨這種事，並且代替九郎幫忙岩永。

九郎頓時苦笑一下。

「要是她不管拜託什麼我都答應，會使得她容易採取把我的能力做為前提的強硬手段來解決問題。那樣雖然可以盡快把問題處理掉沒錯，但岩永的負擔自然也會變得比較大。」

「意思說她會以處理速度為優先考量，而故意採用強硬的策略？」

如果能自由利用擁有不死之身與未來決定能力的隨從，便能增加可行的策略。當中除了負擔較少而輕鬆的策略之外，想必也有負擔很大但能夠盡速解決的策略。然後在這種狀況下，會讓既複雜又棘手、正常來想會因為風險過高而無法選擇的後者變得比較容易被採用。

就九郎的立場來說，是希望岩永能選擇前者，但要是讓她選擇後者，就完全是反效果了。

「如果她盡早解決問題後，會拿多出來的時間好好休息也就算了，但她要是馬不停蹄地接受下一樁委託，只會增加對自己的負擔。因此我如果沒有適時拒絕她的拜託，將會讓狀況陷入惡性循環。」

「她難道不會增加自己的睡眠時間抵銷負擔嗎？」

「岩永雖然給人的印象老是在午睡或長時間睡眠，但其實那代表她有一段期間不眠不休地處理妖魔鬼怪的問題。假如合計一整年的睡眠時間，其實她睡得比一般人的平均時間還少啊。」

照理來講如果生活規律正常，應該就不會做出到處睡午覺或睡上一整天之類的行為才對。

「琴子小姐因為是智慧之神，所以會優先考量盡量接受更多妖怪們的商量。而為了盡快解決問題，她都不會考慮到對自己造成的負擔是嗎？」

為了抑制這樣的現象，九郎才會刻意隨便找理由拒絕岩永的拜託。六花雖然早就知道九郎很重視岩永，但沒想到他居然還考慮到這種程度。

同時六花也立刻明白，岩永對於九郎的這些顧慮想必完全沒有理解。對她來說達成身為智慧之神的責任才是最重要的事，而怠於協助的九郎看在她眼裡肯定很薄情吧。

「琴子小姐對於那樣的自己遲早會殺掉九郎的事情完全沒有自覺，明明連你都有注意到這點的說。」

九郎愉快地笑起來。

「那是當然的。對於神明來說那只是瑣碎的小事，除非遇到絕對必須那麼做的狀況，否則她不會去思考那種事情吧。就像我們一般人也很少會去想到遲早要到來的老年生活，有時要直到迫近眉睫了才會感到慌張啊。」

六花可以理解他想表達的意思，但舉的例子並不太適切。

「也是有人會為了老年生活好好準備呀。而且對於擁有不死之身的我們來講，就連老年生活會不會到來都不曉得。另外，琴子小姐依然有考慮到必須殺掉我的可能性吧？」

「畢竟我姑且還在岩永的管理之下，但她對於六花姊隨心所欲地使用足以干涉秩序的能力就無法視而不見啦。」

「我只是想要讓自己變回一個普通人而已，但琴子小姐很明顯不會幫忙我，甚至還會出手阻礙，所以我才獨自行動的呀。」

六花發現自己好像受到堂弟很差的評價，於是這麼主張自己並非隨心所欲地亂來，而是基於迫切的需求行使正當權利。

「就算那樣，也應該稍微挑選一下手段啊。」

九郎雖然語氣溫和但如此回應批判，接著繼續表示：

「話說我本來以為岩永會對於殺掉我感到猶豫，轉而選擇尋找方法讓我們恢復成普通人這種不確實手段的可能性應該很低才對。沒想到她其實意外地有人性啊。」

明明如果事情沒變成這樣，六花與九郎都會陷入困境的說，他卻講得好像對不關自己的事情感到佩服一樣。

六花懷疑這堂弟是不是還有什麼地方認知不足，而稍微試探：

「因為我製造出了一個讓她會判斷與其殺掉我們兩人，不如像這樣做比較不費事的狀況。我想說只要那女孩對你稍微有點執著心，應該就能讓局勢變得對我有利。畢竟她即便是神也原本是個人，應該沒有辦法完全做到無私無情吧。」

話雖如此，但也是一場賭局。假如換成親戚朋友，岩永肯定會毫不猶豫地割捨。只因為放到天秤上衡量的對象是九郎，才讓六花勉強有些勝算的。

然而九郎本人卻保持懷疑地揮揮手。

「我認為那與其說執著，比較像是我看起來會聽話卻又不聽話，讓她變得倔強固執。而她要是在這種狀態下把我割捨，感覺就像輸掉一樣很不甘心，所以她才會對六花姊讓步的。假如我對岩永很順從，總是表現得像個稱職男友，她應該早早就感到膩了。跟六花姊交涉的時候也是，她想必會嫌麻煩而判斷乾脆把我們兩人都收拾掉啦。」

這分析雖然太過直截了當，但也很有說服力。

六花忍不住想為岩永稍微講講話：

「你對琴子小姐的評價會不會太過分了？人家好歹是對你一見鍾情交往到今天，應該不會只因為那種莫名其妙的倔強理由就如此判斷吧？」

「那所謂的一見鍾情也很可疑。我覺得那應該算是一種吊橋效應。」

九郎講得非常乾脆，一點猶豫都沒有。

所謂的吊橋效應是指當人處於類似在搖晃的吊橋上之類，因此亢奮、緊張與動搖的狀態下如果與異性接觸，就會把因為吊橋造成的心理狀態誤以為是來自戀愛情感，進而對對方產生好感的效果。其實就算不是在吊橋上，只要在產生興奮或緊張的場所也會得到同樣的效應。

「你和琴子小姐的邂逅並不是在那種像吊橋上的狀況吧？說到底，我一點都不認為那女孩會因為外來因素影響自己的心境呀。」

她可是在日常生活中被妖魔鬼怪們圍繞，像昨晚還能獨自一人讓巨大的長頸鹿亡靈追趕，還輕易跳出懸崖也不以為意的智慧之神。光是站在搖盪的吊橋上根本不會讓她感到慌張吧。

九郎一臉認真地回答：

「我體內可是有人魚和件混雜在一起，就連在妖怪們眼中看起來都很異形，還是個可能足以破壞秩序的怪物喔？她突然與這樣的我相遇，站在秩序守護者的立場來看就算還不知道真面目，直覺上應該也會感到動搖吧？而她只是把那樣的心情動搖誤以為是戀愛情感，然後那樣的感覺一直持續下來——這麼想比較合理啊。」

「呃，雖然的確也有人說戀愛是從錯覺開始的啦。」

那麼結論就是岩永琴子的戀愛情感其實是虛構的。而正因為她用那樣的謊言欺騙自己，這次六花才贏得了勝利。

「別看岩永那樣，她似乎還是有身為人類的慾望，因此也會對戀愛產生憧憬吧。然而這個世界上沒有多少人能夠和神明交往。而拿我當成交往對象算是一種適切的選擇。感覺就像身為秩序守護者而不得不面對孤獨的她，找到的一點小小娛樂。」

九郎乾脆的態度莫名達觀，甚至帶著爽朗的感覺。

「那也就是說，你是隨時都可能被琴子小姐丟棄的存在呀。」

「那樣就很好了吧。我不會介意。反正我如果變回普通人就會失去保護岩永的力量，沒辦法繼續待在她身邊了。雖然說，就算我到時候想待在她身邊，她應該也會對變成普通人的我失去興趣就是了。」

的確，六花也認為岩永應該不會執著於失去了特別要素的九郎。就算她依然執著，變成普通人的九郎也無法再幫上岩永的忙，繼續待在身邊只會被捲入妖怪們的問題之中，遲早喪命而已。

如果要和石長比賣在一起就必須擁有不死之身。雖然原本的神話中是和石長比賣在一起的人會成為不死之身，但這個情況下，理論則是完全顛倒。

只要就近觀察就能知道，九郎是很重視岩永的。乍看之下似乎對她很過分，但也表示九郎對她不會客氣或畏縮，總是率直地對待。明明就連岩永的父母感覺都有點害怕與她接觸的說。

那麼為何岩永本身總三不五時就生氣抱怨九郎對她的愛不夠？以前六花都對這點感到難以理解，如今才總算有些明白了。

岩永琴子是不是根本無法體會來自別人的情感？正由於她心中只懷抱著從錯覺之中誕生的理想戀愛形象，是否因此使得她即便接觸到別人真正的心意，也完全無法接收呢？

「九郎，你不想要變回一個普通人嗎？」

如果把岩永放在第一，九郎會希望維持現狀也可以理解。六花好不容易才跟岩永建立了合作關係，但這樣搞不好九郎反而會成為抵抗勢力。

「現狀是錯誤的，所以我認為如果可以修正，當然是修正比較好。」

這種講法可以解讀為他雖然不會抵抗，但也不會舉雙手贊成的意思。

「你明明知道如果沒能變回普通人，就只有等著哪一天被是不是真的愛你都很令人懷疑的琴子小姐殺掉，你還講得這麼悠哉？」

「世上沒有不會死的生物。」

「燈塔水母怎麼說？」

「那只是返老還童而已，要死的時候還是會死啊。」

這種事六花也知道。

九郎看起來絲毫沒有悲愴的感覺，既遲鈍又平凡，存在感薄弱，就跟平常沒什麼兩樣。雖然六花在某種程度上也覺得九郎會做出這種選擇並不奇怪，但那麼做真的有意義嗎？

九郎簡直如同抱著一顆炸彈。不，假如是炸彈只要丟掉就好，拉開距離也能避免受害。但他這樣根本是踩到了致命性的地雷。就算想逃，光是把腳抬起來就會在近距離爆炸。等於在踩到的那一刻就註定無法動彈了。

果然岩永琴子對於六花和九郎來說，都是逃也逃不掉的災禍。

六花把裝有紅酒的杯子放到桌上。

「你當初為什麼會跟琴子小姐交往？我聽說你一開始總是避著她呀。」

六花以前從岩永口中已經聽過好幾次她和九郎成為情侶關係之前有多辛苦。雖然對於堂弟的戀愛想法還是別多過問比較好，不過為了當成今後的參考，六花還是忍不住提問了。

本以為九郎可能會隨便敷衍過去的，但他竟然沒有多加思索就馬上回應：

「因為我會夢到。」

「夢到琴子小姐？」

「對。」

「雖然的確有人說當某個人經常出現在夢裡就證明自己喜歡對方，但你因為那種程度就開始在意她了？」

這樣俗氣的理由讓六花差點感到傻眼，不過九郎接著提出訂正：

「不，出現在夢中的岩永每次都是屍體。」

或許看到六花用力眨眨眼睛，於是九郎又補充說明：

「那個岩永的屍體總是仰天倒在地面上，義肢和義眼都拆下來掉落在旁邊，被大雨淋著。那樣的景象好幾度出現在我夢裡。」

六花試著提出最有可能的假說：

「是那孩子派遣什麼會操控夢境的妖怪到你枕頭邊，讓你做那種會產生罪惡感的夢嗎？」

「假如有那樣的妖怪，岩永肯定會讓我夢到猥褻的事情啦。」

「你講得那麼篤定也很誇張，但聽起來確實有道理。」

九郎笑了起來。

「我只能想到那是我體內來自件的未來預知能力，讓我夢到了總有一天會成為現實的景象。」

「應該只是普通的惡夢吧？」

「真是那樣就好了。但我到現在也偶爾會夢到那樣的景象。」

就算說只是惡夢，也不表示就不符合現實。假如岩永琴子沒有九郎在身邊而繼續當個智慧之神行動，想必遲早會遇上那樣的未來吧。而且岩永就算知道這點，肯定也會泰然自若地繼續當智慧之神。

而這樣的現實正是一場惡夢——六花不禁這麼想。

九郎大概自己也很清楚這部分沒有邏輯可言，而尷尬地抓抓頭。

「雖然這也不能代表什麼啦，不過既然有了那樣的預感，總不能還放著她不管吧？」

「只要你恢復成普通人就不會再夢到那種事了，然後也能和琴子小姐斷絕緣分。」

「或許吧。但沒過多久後，岩永應該就會在什麼我不知道的地方，跟夢境一樣喪命了。」

這果然是一場惡夢。九郎與六花由於吃了人魚與件的肉而脫離了秩序。這種事本身就如同惡夢了，不過岩永琴子必須守護秩序的義務同樣也是惡夢。

仔細想想，岩永當上智慧之神其實打從一開始就是等著被消耗的存在。為了體現自己的任務而對死亡不抱恐懼，為了守護秩序甚至對殺掉親近的對象也毫不猶豫，又不會關心自己的身體。就這樣等到有一天身心再也承受不了職責而崩壞。然後立刻又出現下一任接棒，前任則不再被注意。而且還認為這樣做是正確的。

這樣不是惡夢又是什麼？簡直比六花和九郎的狀況更需要被人幫助呀。

而且這個被任命為智慧之神的夢，想必到死都不會醒來吧。就算岩永能在有生之年從智慧之神的任務中獲得解放，也只是換成另一個人背負起任務，成為犧牲。

承受著自己把犧牲推卸給別人的重擔，往後的人生還有辦法過得安穩嗎？難道不會對自己至今身為神明做過的種種無情判斷感到後悔，使內心受盡折磨嗎？那樣又是另一場惡夢的開始了。

或許就是因為這樣，九郎才會不惜抱著自己被殺的危險，也想要讓岩永稍微活得久一點，活得有趣一些吧。

既然如此，六花忍不住這麼說道：

「琴子小姐應該不是因為錯覺，而是真的很在乎你。要不然她就不會對自己可能殺掉你的未來感到恐懼，不會害怕讓你知道自己是會把你殺掉的存在。她應該不會對我低頭認輸，而是盡到神明的責任對我判罪才對。」

至少六花是這麼預測，才會計畫這次的交涉。而且六花也難以接受九郎是為了保護一個只抱有虛假或錯覺情感的人就這樣犧牲奉獻。

然而九郎卻露出苦笑，否定那樣的假說。

「是虛假或錯覺反而比較好啊。若感情不是假的，但岩永卻只能選擇失去我的未來，這並不是一個有趣的結論吧？」

如果九郎與六花無法恢復成普通人，岩永遲早會必須殺掉這兩人。但如果恢復成普通人，岩永就沒辦法把九郎留在身邊。無論哪一邊，岩永都會失去九郎。假如岩永的感情是真的，到時候她會如何？對她來說，感情是虛假或錯覺說不定反而比較好。

所以九郎才會這麼說嗎？即便與事實相違，他還是會這麼希望嗎？

岩永沒能想像到自己殺死九郎的未來，或者沒注意到就算讓九郎恢復為普通人也只能失去他的未來，搞不好其實是因為無法承受那樣沒有希望的事實，而在無意識間避開思考了吧？

六花認為自己的不死之身是不好的東西，一直在尋求消解的方法。既然現狀是不正確的，那麼為了恢復為普通人而不擇手段應該也還在容許範圍之內。正因為如此，六花才成功讓岩永讓步了，對於自己攻擊她最脆弱的部分也絲毫沒有罪惡感。

然而六花這下也不得不承認，岩永同樣是在無自覺中受盡折磨的存在。那麼自己把岩永逼到絕境，讓她低頭認輸的行為中又有幾分是正確的？事到如今，六花才隱約感覺到越想越複雜的心情。

「要是你有對琴子小姐說過自己有被她殺死的覺悟，或許這次我就不會贏了。換言之，你也多少有顧慮到我是嗎？」

假若岩永知道九郎是如此重視她，恐怕就不會感到畏懼，也沒有對六花讓步的必要性了。這樣想想，九郎可以說打從一開始就掌握了決定勝敗的關鍵。甚至可以說，這個堂弟裝得一臉傻愣愣地，其實在背後操弄著六花與岩永。那麼或許該慶幸他在最後的最後有將勝算留給六花吧。

不過要背著六花與岩永，把自己的真意隱瞞到如此地步，又守護一切到底，對這堂弟來說肯定是很辛苦的事情。

可是九郎忽然板著臉……

「不，我只是覺得就算講了，岩永也一定不會當真啊。」

他說得讓人搞不清楚是認真還是說笑，接著從沙發起身，從櫃上拿出一個杯子，回來將紅酒注入杯中。

的確，六花腦中也想像不出來那個岩永會將九郎愛的話語信以為真的模樣。感覺她只會說出「你休想用花言巧語騙我」之類的話，然後大肆揮舞拐杖。

「我覺得那是因為你平常的行為不佳吧？」

從別的角度來想，就是因為九郎平常怠於用能夠確實傳達的方式對岩永表達心意，所以剛才交涉的時候才會一點都沒有發展成對六花不利的情況。果然一切都是在九郎的計算之下保持著平衡也說不定。

六花自認非常理解九郎，而這次得知的內容也不至於讓她感到意外，反而覺得很有九郎的風格。然而這同時讓六花再度體認到，九郎已經是岩永的了，因此也感到有些不悅。

九郎啜飲一口紅酒，用聯絡業務般的語氣說道：

「最壞的狀況下，我也會製造出一個最起碼讓六花姊恢復成普通人的未來。所以這點請不用擔心。」

「那你怎麼辦？」

「哎呀，船到橋頭自然直吧。」

這回應聽起來真的像是什麼都沒在想，對自身毫不關心的感覺。他難道不知道就是這樣才會讓六花感到擔心嗎？說不定他其實是明知故犯的。但不管怎麼說，結論都是一樣。

「總覺得比起我和琴子小姐，感覺你更像個壞人呢。」

「講得太過分了吧？這世界上沒有那樣的存在啦。」

九郎說得自己很無辜的樣子，但言下之意似乎評價六花與岩永是站在壞人的頂點互相爭霸。六花雖然想開口反駁，不過感覺只會浪費力氣而作罷，最後只喝了一口紅酒。

現在看來是前途多舛。即便發展得順利，終究也會失去什麼人。即便守護了秩序，可能也無法守護真正想守護的對象。

因此至少在那一天到來之前，希望能有多一點的好日子。就算是在一場惡夢之中。

六花輕吐一口氣，暫且閉上了雙眼。

## 主要參考文獻

《人魚的動物民俗誌》　吉岡郁夫　新書館　一九九八
《長頸鹿解剖記》　郡司芽久　夏目社　二〇一九

本書內容為月刊少年 Magazine Comics 連載作品《虛構推理》的原作劇本。

逆思流

# 虛構推理　逆襲與敗北之日

（原名：虛構推理　逆襲と敗北の日）

作者／城平京　封面圖／片瀨茶柴　譯者／陳梵帆
執行長／陳君平　榮譽發行人／黃鎮隆
協理／洪琇菁　國際版權／黃令歡
總編輯／呂尚燁　美術編輯／李政儀
執行編輯／丁玉霈　企劃宣傳／陳品萱
發行／英屬蓋曼群島商家庭傳媒股份有限公司城邦分公司　尖端出版
台北市中山區民生東路二段一四一號十樓
電話：（〇二）二五〇〇—七六〇〇（代表號）
傳真：（〇二）二五〇〇—一九七九
中彰投以北經銷（含宜花東）／楨彥有限公司
電話：（〇二）八九一九—三三六九
傳真：（〇二）八九一四—五五二四
雲嘉經銷／威信圖書有限公司　嘉義公司
電話：（〇五）二三三—三八五二
傳真：（〇五）二三三—三八六三
客服專線：〇八〇〇—〇二八—〇二八
南部經銷／威信圖書有限公司　高雄公司
電話：（〇七）三七三—〇〇七九
傳真：（〇七）三七三—〇〇八七
香港總經銷／城邦（香港）出版集團有限公司
香港灣仔駱克道193號東超商業中心1樓
電話：（八五二）二五〇八—六二三一
傳真：（八五二）二五七八—九三三七
E-mail：hkcite@biznetvigator.com
馬新經銷／城邦（馬新）出版集團　Cite(M)Sdn.Bhd.
E-mail：Cite@cite.com.my
法律顧問／王子文律師　元禾法律事務所
台北市羅斯福路三段三十七號十五樓
二〇二三年四月一版一刷

版權所有・翻印必究
■本書若有破損、缺頁請寄回當地出版社更換■

© Kyo Shirodaira 2021
All rights reserved.
Original Japanese edition published by KODANSHA LTD.
Complex Chinese publishing rights arranged with KODANSHA LTD.

本書由日本講談社正式授權，版權所有，未經日本講談社書面同意，
不得以任何方式作全面或局部翻印、仿製或轉載。

■中文版■

郵購注意事項：
1. 填妥劃撥單資料：帳號：50003021戶名：英屬蓋曼群島商家庭傳媒(股)公司城邦分公司。2. 通信欄內註明訂購書名與冊數。3. 劃撥金額低於500元，請加附掛號郵資50元。如劃撥日起 10～14日，仍未收到書時，請洽劃撥組。劃撥專線TEL：(03) 312-4212 ・ FAX：(03) 322-4621。E-mail：marketing@spp.com.tw

國家圖書館出版品預行編目資料

虛構推理 : 逆襲與敗北之日 / 城平京 著 ;　--初版.
--臺北市：尖端出版, 2023.04
面 ; 公分.--(逆斯流)
譯自: **虛構推理 逆襲と敗北の日**
ISBN　978-626-356-427-5(平裝)

863.57　　112002706